教育部高校思想政治工作精品项目成果
教育部高校"一站式"学生社区风采展示
浙江旅游职业学院"三全育人"综合改革成果

阳 光 书 院

书香社区"师生共读一本好书"

主 编 ◎ 徐初娜　金蓓蕾　陈雪琪

中国旅游出版社

前　言

　　百年大计，教育为本；教育大计，立德为本。落实立德树人根本任务的关键是要形成全员、全过程、全方位育人的管理机制和合力举措。高校"三全育人"综合改革作为落实新时代党的教育方针的有力抓手，体现了政治高度、教育广度和改革深度。浙江旅游职业学院作为全国唯一一所文化和旅游部与浙江省人民政府共建的高等旅游职业院校，致力打造旅游职业教育的"中国品牌"和"中国服务"人才培养的摇篮。学校以习近平新时代中国特色社会主义思想为指导，坚持社会主义办学方向，落实立德树人根本任务，扎实构建了先锋领航、四融并进、以文化人、数字赋能"四维合一"的"三全育人"模式，德智体美劳五育并举成效显著。学校获评全国黄炎培职业教育优秀学校奖、全国党建工作样板支部 2 个、全国高职院校首批"育人成效 50 强"、全国学生发展指数优秀学校、国家课程思政示范课程 2 门、教育部首批教育信息化试点优秀单位、教育部"一站式"学生综合管理模式建设试点单位、全国国防教育特色校、世界职业院校与技术大学联盟（WFCP)"学生支持服务卓越奖"，是浙江省职业教育"三全育人"典型学校、省首批高校智慧思政特色应用试点校、首批省级课程思政示范校、省 5A 等级平安校园、省高校示范性创业学院。

　　苏霍姆林斯基说"教育的终极目的应该是向人传送生命的气息"。浙江旅游职业学院在遵循和总结当代大学生成长规律的基础上，靶向定位、精准施策，深入推进全面关注学生成长的"阳光工程"，着力打造"坐标、修身、明德、实践、励志、启航"六大计划，致力于增强职业教育的适应性，加快推进职业教育高质量发展。浙江旅游职业学院《以"精准思政"为理念，创建"一站式"学生成长智慧社区》获得教育部高校思政精品项目立项；学校"三全育人"建设成果入选教育部职业院校"三全育人"典型案例（全国仅24例）；《弘扬劳动精神　培育最美文旅人——"519"劳动育人模式的探索与实践》获浙江省高校思想政治工作精品项目立项。一直以来，浙江旅游职业学院始终秉承"励志、惟实、博爱、精致"的校训，发扬"和礼勤进"的旅院精神，聚焦产教融合的文旅行业人才培养，促进学生励志拼搏、奋发向上，持续拓展当代大学生思想政治教育的载体和形式，全面提升大学生思想政治工作实效性，真正实现学生全面发展和成长成才。

　　《阳光书院——书香社区"师生共读一本好书"》收录了90篇"师生共读一本好书"读后感，进一步弘扬中华优秀传统文化，激发文化自信，激励广大旅院学子用阅读的力量点亮激情和梦想。阳光系列丛书表现方式更加灵活，内容更加多样，覆盖更加全面。在未来，众位学工线同仁仍将奋力发挥大思政主渠道作用，奋楫向前，持续推动学校思想政治教育向更高质量迈进。

目　录

壹｜初心书院

贰｜沐心书院

叁｜守正书院

肆｜创新书院

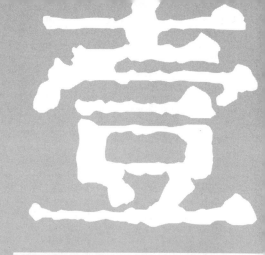

壹

初心书院

涸辙亦可腾跃　莫仰禹门浪高

——《晚熟的人》读后感

艺术学院 2022 表演 1 班　李诗雨

　　"晚熟"这个词时常在耳边回荡，每当我想要定义它时，却又难以言尽其中的深意。近日，再次拜读莫言的著作《晚熟的人》，不禁心生波澜，思绪万千，其简洁的笔触之中，蕴含着深沉的情感与智慧。而作者恰到好处的留白，又带着无限的韵味，让我沉醉其中。

一、再会——早熟之人

　　2012 年，莫言获得诺贝尔文学奖，以"讲故事的人"为题深情地发表了获奖感言。那些平凡却镌刻着人生烙印的故事，如晨曦中的朝露，在阳光下熠熠生辉——最早的梦想、最痛苦的挣扎、最深刻的领悟……乃至他心中那难以抹去的遗憾。莫言说他自己是个讲故事的人，此书他用了十二个故事串联起他获奖前后八年的人生。展望未来，莫言满怀激情地表示，他将继续做一个"讲故事的人"，用他独特的笔触和深刻的思考，继续创作出更多引人入胜的作品，讲好他的故事。

　　"本性善良的人都比较晚熟，并且是被劣人催熟的，后来虽然开窍了，但仍保持善良与赤诚，不断寻找同类，最后变成一个孤独的人。"莫言书中最让人惊觉乍醒的话莫过于这句，他说他希望自己是一个晚熟的人。从推崇"成长要趁早"，到观察如莫言等优秀的人在人生道路上成熟的时间较迟等观点，这些在我看来，每个人对于时间的感受都是独特的。生命的每个阶段，不论其成长的早与晚，都承载着不可或缺的成长经历，它们共同构筑了丰富又深刻的人生。

再读这本书时，我正独自一人坐在前往拉萨的火车上，这是我第一次进藏。在两天两夜的路程中，我遇见了一个人，一路上她给我讲了许多故事，关于她的梦想，她走过的路，以及遇到的人。快下车时，我提出想与她合影的请求，在按下快门的那一瞬间，我突然意识到镜头里竟是十八岁的自己。也许，直到此刻，我才发现自己是一个晚熟的人。

二、再寻——不同之人

曾见昔日少年霍去病，风华绝代，十七岁挥师八百，勇闯大漠，破匈奴之锐，豪言壮语："匈奴不灭，家何为归？"；曾见再三被贬谪不被重用的苏东坡，年岁愈长，文采愈涌，感叹"早生华发，人间如梦，一尊还酹江月"。有人言十七岁当如霍将军，志气凌云。然时移世易，满腔热血却难觅行动之迹。亦有人如苏东坡一般，年岁老去之时能增加人生经历，可将阅历融入诗文，进而堂而皇之地人云亦云，我们应积攒阅历，以使自身满腹经纶，学识渊博。其实在我看来，我更加赞同莫言在书中的观点，成长从来不是时间的早晚。

"当别人聪明伶俐时，我们又傻又呆；当别人心机用尽渐入颓境时，我们恰好灵魂开窍、过目不忘、过目成诵、昏眼变明、秃头生毛，我就是个例子。"在书中，莫言认为自己是被催熟之人，不得不面对成熟后的社会。当人人都追求出名趁早时，莫言却说自己更喜欢晚熟。晚熟的人，待到时机成熟，等到了能让他展现才华的舞台，他便有机会闪闪发光，莫言自身便是如此。这世上没有一蹴而就的成功，也没有一步登天的云梯。

三、再遇——善良之人

读至中途时，我刚好到达拉萨站，这是这趟列车的终点，彼时，拉萨下雪了。周围的藏族同胞说，拉萨很少下雪，我很幸运，她在书的封面给我留下了"扎西德勒"四个藏族文字，祝福我此行顺遂。我抬眼望见了一座又一座连绵的雪山，我想这应该是我人生之路的休憩点。即便我可能成为那个最孤独的人，我想我应该也不会孤独得太久，绵邈岁月，缱绻平生，我们亦是被劣人催熟的善良的晚熟的人。

从前写过的一篇文章，我在里面提到了王国维在《蝶恋花》中的诗句："最是人间留不住，朱颜辞镜花辞树"。而今我却要说，世间最遗憾的是朱颜尚未辞镜，朝气却已辞少年。

在现今的纷扰中，我们在艳羡他人的同时，忘却了每个人都有自己的时差。而我们所要做的，不是像扭闹钟一样试图调整我们的时差，而是珍惜时差，享受这忙里偷闲的岁月。旅途的第二天，我计划前往布达拉宫，这是那片雪域最神秘雄伟的地方。仓央嘉措的诗句在耳畔回响，"那个黄昏，我伫立在窗前，盼望着雪山的夕阳，凉透的酥油茶，渐渐燃尽的酥油灯，一个人不孤独……"可惜到达时，拉萨又下雪了，布达拉宫数年来第一次闭馆。我逆着人流走到传说中距离太阳最近的地方——天上西藏邮局，给十八岁的自己留了一封信。

四、再见——晚熟之人

生命的每一个阶段都是珍贵的成长。与其在纠结究竟是成为早熟之人还是晚熟之人，不如珍惜当下。不听"白日莫空过，青春须早为"的催促，也不念创新者沉沦下寮的劝你沉浮。如同涸辙之鲋，虽小但亦可跃过龙门，无须仰视禹门浪高。我们不是附小涸辙，也无须艳羡他人之光华，自当绽放内心之璀璨，照亮前行之路。

当我轻轻合上书页，虽然身处的已是归途的列车，心却已经踏上新的起点。我知道不论是十八岁的自己还是现在，我终究是不属于这里的山川湖泊的。岁月悠长，风霜雨雪，未来的路途不知将经历多少曲折与变迁。然而，我期待着，十年后再次踏足此地，或许能在时光的转角，与曾经的自己不期而遇。

艺术学院辅导员徐千惠点评：

本篇读后感以其非凡的文学魅力和深邃的思考，彰显了作者独特的个人风格，读者将阅读体验与火车旅程中的所见所闻巧妙融合在一起，构筑出一个既具哲理深度又充满真实感触的阅读世界。通过对"晚熟"主题的深入探讨，作者不仅引用了书中的精髓观点，更以自身的经历和思考，揭示了成长与时间之间微妙的联系，以及个体在生命不同阶段及成长经历中的蜕变与成长。

在行文中，作者巧妙地融入了旅途中的情感体验，如与陌生人的邂逅、拉萨雪景的壮丽以及布达拉宫的庄严神圣，这些生动的细节不仅为读后感增添了浓郁的生活气息，更让读者仿佛身临其境，与作者一同感受那份独特的情感波动。而在结尾处，作者以高瞻远瞩的姿态展望未来的同时，不忘强调珍惜当下和积极生活的重要性。这种积极向上的态度不仅与书中的主题相得益彰，更为读者提供了宝贵的启示和动力，激励人们在成长的道路上不断前行，探索更多可能。

身处平凡　不甘平庸

——《平凡的世界》读后感

艺术学院 2022 表演 1 班　饶曼卉

　　在一个宁静的午后，阳光透过树影洒在书桌上，我偶然间翻开了路遥的《平凡的世界》。那一刻，我仿佛被一股无形的力量深深地吸引住了，被这部百万字巨著的深邃与厚重所震撼。这部巨著，宛如清泉涤荡心灵，展现出一个时代的波澜壮阔。同时，也让我对人生有了更深刻的理解。《平凡的世界》以其深沉而真实的笔触，勾勒出一幅充满喜怒哀乐、爱恨情仇的生动画卷。它让我从虚幻中落地，领悟到人生的厚重与平凡的伟大。

　　《平凡的世界》是一部以中国 20 世纪 70 年代中期到 80 年代中期这波澜壮阔的十年间为背景，以孙少安和孙少平两兄弟为中心，通过复杂的矛盾纠葛，生动地描绘出那个时代社会各阶层中普通人的悲欢离合。这部作品巧妙地将劳动与爱情、挫折与追求、痛苦与欢乐这些人生的基本元素交织在一起，如同一首优美的交响乐，奏响了普通人在大时代历史进程中的坚韧与奋斗。他们的日常生活与社会的冲突纷繁地交织在一起，深刻展示了在时代发展之下个人命运的艰难曲折。

　　在这部巨著中，我窥见了那个时代的真实生活，深刻感受到了人们内心深处对美好生活的无尽渴望和执着追求。孙少平，一个平凡的矿工，他的人生充满了坎坷和挫折，但他从未放弃对生活的热爱和对理想的追求。他的坚韧和毅力，让我深受感动。在工作上，他展现出坚韧不拔的精神，无惧艰难困苦，始终为生活而努力奋斗；在日常生活中，他则是一位善良正直的人，对家人和朋友始终保持一颗赤诚之心。在他身上，我看到了那个时代无数普通人的影子，也看到了我们这个时代所缺少的东西。孙少平的经历让我明白，生活不是一帆风顺的，但只要我们有坚定的信念，不懈努力，就一定能够战胜困难，实现自己的理想。在作者笔下的世界里，我也看到了那个时代复杂交织的社会矛盾和冲突，深切体会到了人们对美好生活的渴望和对未来的憧憬。在那个特殊的年代，人们虽然经历了重重的苦难和挫折，但他们对生命的珍视却从未动摇。这种精神力量，正是我们这个时代所应汲取与传承的宝贵财富。

除了孙少平这一主角外，《平凡的世界》中还有许多鲜活的人物形象跃然纸上、各具特色。他们有的善良、有的自私、有的勇敢、有的软弱……这些角色栩栩如生，仿佛就生活在我们身边。他们的故事让我感受到了世间百态与人情冷暖。在这个平凡的世界中，每个人都在为自己的生活而奋斗着，他们的故事也激励着我更加坚定地追求自己的梦想。

在阅读《平凡的世界》的过程中，我的思绪不禁飘回了自己的生活。与书中孙少平所经历的苦难相比，我生活在和平年代，虽然未曾亲身体验过那些历史的沉痛，但我们也同样面临着层出不穷的挑战和困难。在这个竞争日益激烈的社会中，我们需要不断地学习、进步，才能跟上时代的步伐。同时，我们亦需坚守一颗善良、正直的心，对待家人和朋友始终如一。只有这样，我们才能在生活中不断成长和进步。路遥先生在《平凡的世界》中通过对人物的刻画和故事的叙述，展现了他对人生和社会的独到见解。这部小说不仅反映了时代的变迁，更是深刻剖析了人性和情感。它告诉我们：在这个看似平凡的世界里，我们每个人都是渺小的存在，但内心都怀揣着各自的梦想和追求。只要我们坚守着信念，付出不懈的努力，就一定能够书写自己的辉煌篇章，创造出不凡的人生。

《平凡的世界》的阅读之旅，给予了我远非简单的感动与启示，更是一种心灵深处的洗礼。它犹如清泉，洗涤了我对生活和人生的模糊认知，让我领悟到了它们的真谛。在未来的岁月里，我将怀揣着孙少平那份坚韧不拔、勇往直前的精神，让它成为我挑战困难的强大动力。同时，我也会将那种对家人、朋友的真挚情感传递给身边的人，让这种温暖的情感流动在这个平凡的世界中，使之成为一种永恒的力量。

《平凡的世界》是一部卓越非凡的杰作。它深刻揭示了生活的真实面貌与复杂情感，让我在平凡之中领略到非凡的伟大。它让我明白，无论生活给予我们怎样的挑战与困境，我们都应该坚守信念、砥砺前行。它是一部值得每位热爱阅读的人细细品读、深入感悟的文学宝藏。

艺术学院学工办主任李希哲点评：

这篇读后感令人印象深刻，作者饶曼卉以其细腻的情感和深刻的思考，将《平凡的世界》这部作品的艺术魅力提升到了新的高度。她不仅细腻勾勒了小说的情节脉络和人物形象，更深入挖掘了作品蕴含的深刻哲理。她以孙少平为例，生动展现了一个普通人在逆境中坚守信念、勇往直前的精神风貌，这种精神不仅触动人心，更给予读者以启示和力量。

作者还巧妙地将小说世界与现实生活相互映照，凸显了作品的时代意义与现实价值。她深刻认识到，尽管时代变迁，但人们对于美好生活的向往和对未来的憧憬始终如一。这种洞察力和深刻理解，彰显了她的成熟与智慧，也使她的读后感具备了更为广泛的影响力和深远的启示意义。

命运之歌：在苦难与生命中探寻人生的真谛

——《活着》读后感

艺术学院 2022 工艺 1 班　王子璇

"活着在我们中国的语言里充满了力量，它的力量不是来自喊叫，也不是来自进攻，而是忍受，去忍受生命赋予我们的责任，去忍受现实给予我们的幸福和苦难，无聊和平庸。人是为了活着本身而活着，而不是为了活着之外的任何事物所活着。"

一、叹苦难多样

《活着》从主人公徐福贵的回忆展开，讲述了出生在富贵家庭的徐福贵悲惨的一生。他青年时因赌博散尽家财，终被命运无情捉弄，亲人逐一离世。历尽沧桑，晚年时只剩他与一头老牛相伴于田间。阅读完《活着》之后，我陷入了深深的思考：徐福贵的一生充满了种种的苦难与不幸，究竟是一种怎样的力量让他如此平静地说出了他痛苦的一生？直到我看到余华老师的话之后我恍然大悟，"去忍受生命赋予我们的责任，去忍受现实给予我们的幸福和苦难，无聊和平庸。人是为了活着本身而活着，而不是为了活着之外的任何事物所活着。"

我们看到的徐福贵是悲惨的，但是在徐福贵自己看来他的一生是幸运的。在徐福贵散尽家财之际，他的父亲没有放弃他，反而帮他还清赌债。他买药时被国民党抓走打仗，离家三年，他的母亲却坚信他能回归正道。徐福贵的妻子尽管生活困苦，仍为他生儿育女，无怨无悔。徐福贵的幸福感源自亲人的守护与信任，与外界的评判无关。虽然他历经的种种磨难在我们看来是不幸的，但是在他的眼里能见证的所有昙花一现的美好都是他莫大的幸运。苦难教会他珍视与担当，让他学会了如何承担起自己应有的责任，如何真正做一个人。徐福贵的人生，是对所有默默承受苦难者的赞歌，它诠释着努力活着的伟大意义。

二、敬生命至上

读完《活着》这本书，一种真实的悲凉感扑面而来，合上书本，才发现自己早已泪流满面。书中以徐福贵老年的视角，用极简的文字，将命运无常下普通人的辛酸与无奈娓娓道来。但徐福贵并没有如我期待的像其他故事的主角那样弹奏一首激昂的命运交响曲，而是像暴雨天里摇摇欲坠的树枝，仿佛风吹得再猛烈些就会将它折断。在金色的夕阳下，它摇摇欲坠，看不出一丝生机，它平静地等待着属于自己的命运。这种对命运的戏剧化处理，使《活着》中的活着之力更加震撼人心。它不仅是对一个人命运的描绘，更是对生命的一种敬畏和赞美。在徐福贵身上，我们看到了生命的不屈与顽强，看到了即使在最黑暗的时刻，生命依然能够绽放出属于自己的光芒。

敬生命至上，这是我从《活着》这本书中领悟到的深刻哲理。生命是短暂的，但在短暂的时间里，我们可以选择如何度过。徐福贵虽然经历了无数的苦难和挫折，但他从未放弃过对生命的热爱。他用自己的方式，诠释了什么叫作真正活着——那就是珍惜每一刻，活出自己的精彩和价值。

在这个瞬息万变的世界里，我们或许无法掌控自己的命运，但我们可以选择如何面对生活。我们可以像福贵一样，用坚定的信念和顽强的毅力去迎接每一个挑战，用积极的态度去面对每一个困难。因为在这个世界上，没有什么比生命更加珍贵。让我们都怀着对生命的敬畏之心，去珍惜每一刻，去活出自己的精彩和价值。因为在这个短暂而又漫长的生命旅程中，我们每一个人都是独一无二的存在。

三、与命运和解

在这生与死并行的世间，我们应当珍惜每一个活着的当下，珍惜每一个日出日落，不要因为突如其来的苦难而放弃生活看得见的美好。我们为疾病和灾祸唏嘘，感叹生命的渺小脆弱。但是活着就是为了隐忍苦难，去收获更多生命的美好瞬间。苦难，也是活着的一部分。人生不该只有苦难，人生也不会一直美好幸福。我们不是为了歌颂苦难，而是为了歌颂每一个经历过苦难但拼命成长的人，歌颂每一个看似在泥泞中挣扎的灵魂，歌颂每一个我们。

所以活着的意义就在于活着，没有什么比活着更快乐，也没有什么比活着更艰辛。我想以后如果我遭受突如其来的苦难，我不会不知所措，也不会质疑活着的意义到底是什么。我会努力地"活着"，借着过去的点滴幸福去寻找未来触手可及的星芒。命运就是这般的毫无道理、不可捉摸，我们每个人都在这个名为命运的泥坑中挣扎。旧时代的悲剧不会在我们身上再一次上演，而你我皆是徐福贵。

故事的结尾，老人和牛的身影渐渐远去，只剩他的歌声在田间回荡，他的歌声如同晚风一样空荡。我们只是他苦难人生的旁观者，但是我们也是自己人生的主角。漫长的人生路，我们慢慢地走。留在心头深深的伤，我们轻轻地揉。人生就像一条蜿蜒的河，我们乘坐一叶扁舟慢慢地划行在一条没有回路的时间的长河中，不知深浅，不知路途遥远，但总归还是得继续扬帆，向着未知、向着幸福、向着死亡。

艺术学院辅导员梁迎娣点评：

这篇关于《活着》的读后感，展现出了一种深入骨髓的情感洞察与人生哲理的碰撞。本文文字层次清晰，发出了属于读者自己内心的呼唤。作者从对生命感悟的三个维度，诠释了自己内心对于生命的看法。虽叹苦难多样，但是从苦难中她看到的是活着的力量，进而体会到了活着的意义。作者敬畏生命，发出了与命运和解的感叹。她认为，尽管生活中充满了苦难与不幸，但正是这些苦难塑造了我们坚韧不拔的性格，让我们更加珍惜和热爱生命。这种对生命的敬畏与和解，不仅是对《活着》主题的深刻诠释，更是对人生的一种积极态度。

这篇读后感还展现了作者丰富的内心情感世界和细腻的阅读感知力。她以女性特有的柔情与坚韧，将《活着》中的情感纠葛与人生哲理娓娓道来，让读者在感动中思考，在思考中成长。这种情感张力与朴实丰富的表达方式，使得这篇读后感成为一篇既有深度又有温度的作品。于平淡中见功底！

麦田守望：青春的成长与感悟

——《麦田里的守望者》读后感

艺术学院 2022 空乘 1 班　曾　悦

一、导言：书籍的呼唤

在我生命之中某个隐秘的角落里，总有一本书宛如旧友般静静地等待着我，以无言的呼唤穿透岁月的尘埃。而这一次，我决定倾听那来自《麦田里的守望者》的深情召唤，踏上一场心灵上的寻觅之旅。

我与这本书的不解之缘可以追溯到我的小学，这是语文老师送给我的毕业礼物。我仍旧记得那日阳光灼灼，目光所及皆显温柔。我的老师从他的车后备厢里拿出一沓厚厚的书本，他的目光在书本间游走，最终定格在一本书上，将它慎重地挑选出来，轻轻地递给了我。那本书仿佛承载着无限智慧，连带着他郑重的叮嘱，要我去研读这本书。

那时，我仍是孩子心性，在一个无聊的午后翻开它，当瞥见前面几页生涩又粗俗的语言的那个瞬间，我对它的兴趣消失殆尽。之后，我偶尔也会翻开这本书，断断续续地品味其中的文字。但直到这个寒假，我才得以静心将它从头到尾细细读完。此刻，虽然我对这本书的深层意义仍然感到有些许困惑——西方的文学著作对我而言总是难以理解，但我已经从中获得了一些初步的感悟。它不仅是一本书，更是让我踏上一次心灵之旅，让我在文字的海洋中遨游，探索成长的秘密。

二、遇见：初识霍尔顿

霍尔顿，这个 16 岁的少年，带着他的叛逆和迷茫，闯入了我的世界。他生于纽约的中产阶级家庭，性格独特，充满叛逆精神。他游荡于校园之中，对学校生活深感厌倦。无论是虚伪的校长，还是古板的教师，抑或沉溺于声色犬马中的同学，皆让他感到疏离。在第四次被开除后，他毅然决定挣脱家庭和学校的重重枷锁，选择逃离这里，只身前往了繁华的纽约城。

在这为期三天的短暂旅程中，霍尔顿目睹了成人世界的各种丑态：旅馆中穿着女装的男子、放纵的男女、卑劣的电梯工与妓女、伪善的慈善修女、虚情假意的萨丽等。这些令人作呕的经历让他对成人世界产生了深深的厌恶。当他在寒冷的夜晚中行走，甚至担忧自己可能因肺炎而离世时，对妹妹菲苾的眷恋使他决定返回家中。不久后，他生了场大病，又被送往疗养院里休养。对于霍尔顿来说，未来依旧是个开放式命题。

三、感悟：爱与守护的力量

霍尔顿的经历使我深切感受到了成长的痛苦与挣扎。在人生的十字路口，他迷茫而不知所措，努力探索着真实的自我与生活的种种意义。而他身边的人，都在用自己独特的方式，向他传授着如何去面对生活的困境，如何坚守自己的信念。

这本书给我带来的最大启示，莫过于爱与守护的力量。我们都曾是麦田里孩子中的一个，我们在金色麦浪里肆无忌惮地奔跑着，我们不知道目标是什么，也不知道路在何方。悬崖之下虽然隐藏着的名利与金钱，但都与我们无关。因为在每一个我们快要失足的时刻都有人紧紧地拉住我们的手，他们可以是老师，可以是家长，可以是朋友。无论是孩子还是成人，我们都需要一个可以依靠的人，一个可以在迷茫时给予我们指引和支持的人。

我想我的小学语文老师就是一位麦田里的守望者，他用他的耐心与智慧为我点亮了人生的方向。正是他，将那本饱含深意的《麦田里的守望者》递交到了我的手上。在未来的日子里，我也想成为像他一样的麦田里的守望者，伸出坚实的臂膀，牢牢地将在悬崖边横冲直撞的孩子拉住。同时，我也希望更多的人能够阅读这本书，从中获得启示与力量。让我们一起成为麦田里的守望者吧！

艺术学院教师严俨点评：

在这篇读后感中，曾悦同学深情地叙述了她与《麦田里的守望者》这本书之间的不解之缘。从小学教师送的这份珍贵的礼物开始，她断断续续地阅读，随着年龄增长，对书中的深意有了更加深刻的理解。最终在这个寒假，她从书中汲取了更多的感悟，萌生了成为一个守望者的愿望——希望用自己的力量去帮助和保护更多的人。这又何尝不是一种守望者之间的传承呢？在岁月的长河中，小学教师作为"守望者"默默关心着曾悦同学，见证了她在人生的"麦田"里自由奔跑、尽情嬉戏。而如今，曾悦同学在这个寒假接过了"守望者"的交接棒，成为新一代的"守望者"，继续传递着爱与守护的力量。这一转变具有深远的意义。通过这篇读后感，我们可以深刻感受到《麦田里的守望者》在曾悦同学成长过程中的特殊地位，以及这本书对她的人生态度产生的积极影响。这本书不仅陪伴她度过了青涩的少年时光，更在潜移默化中塑造了她的价值观和人生观，激励着她不断前行，成为更好的自己。

那一抹东方红

——读《红岩》有感

艺术学院 2022 空乘 3 班　来雨城

当今的中国凭借其坚实的政治根基、强大的军事实力和雄厚的经济基础，如巨龙般腾飞于世界民族之巅。而我们，身为华夏传人，无比自豪地生活在这片充满希望的沃土之上，与祖国母亲心心相印，携手共筑辉煌。中华民族是一个团结奋进、不屈不挠的民族，敢于并善于在重重困难和艰险中探索前进的道路，并且始终保持着坚定的民族自信心。

然而，身处新时代的我们，未曾经历过战火的洗礼，未曾体验过新中国成立之初的艰辛，因此，我们难以深刻体会到革命先烈们是如何用血与泪挺过这段艰难岁月。翻开《红岩》，我们仿佛穿越时空，重返国民党统治下那段乌云笼罩的黑暗的时刻……

一、"红岩"铸魂，铁骨铮铮

白公馆，坐落于歌乐山的山腰上。不远处，是渣滓洞——这里原本是一个小煤窑。然而，随着时间的流逝，这两个地方都变成了恶势力的牢笼，成为关押、审讯、拷打共产党人的看守所。即使身处在如此严峻的环境中，共产党人却始终保持政治本色，无惧艰险，勇敢对恶势力说不。他们秉持着"越是难进步，越是要进步"的精神，在敌人的严刑拷打下从未屈服，毫不退缩地与敌人展开英勇不屈的抗争。

在敌人日复一日的折磨下，江竹筠同志始终咬紧牙关，顽强地抗争着。那些凶残的敌人残忍地将竹签钉入她的食指，试图摧毁她的意志。然而，面对这般毒刑，她以不屈的姿态，铿锵宣告："严刑拷打是太小的考验，竹签子是竹子做的，而共产党员的意志是钢铁铸成的！"敌人费尽心机，却未能从她的口中探出一丝情报。她就是丹娘的化身，更是我们中华儿女坚定不移、奋勇向前的革命精神的典型！她的坚韧与牺牲，无不让人动容，震撼着每一位读者的心灵。

一曲《红梅赞》，唱不尽江姐等革命者的忠贞。在那白公馆和渣滓洞两座"魔窟"之中，我们的英雄们身陷囹圄。冰冷的刑具、非人的折磨，无时无刻不在考验着他们的意志，但这些铁骨铮铮的革命者们宁死不屈。他们没有一人背叛组织，向敌人低头。在许云峰、江姐等革命党人被害的当晚，渣滓洞和白公馆同时发生了暴动，许多的同志在斗争中献出了宝贵的生命，但他们的牺牲并未白费。随着解放军的炮声越来越近，更多的同志挣脱了黑暗的束缚，他们终于冲出了那两座"魔窟"。那一刻，他们从漫长的黑夜中挣脱出来，迎接黎明的曙光。这场斗争，不仅见证了革命者们的忠诚与坚韧，更彰显了解放军的英勇与正义。回望那段历史，我们心中不禁涌起对英雄们的无限敬意。他们用生命和鲜血谱写的壮丽诗篇，将永远激励着我们前行。

在那个特殊的年代，有一种精神叫作："人生自古谁无死？可是一个人的生命和无产阶级永葆青春的革命事业联系在一起，那是无上的光荣！"有一种伟大叫作："为了免除下一代的苦难，我们愿把这牢底坐穿。"正是那崇高的共产主义信仰，如同熊熊的火焰，照亮了无数革命志士前行的道路，让他们"向死而生"，用自己的生命谱写出一首首壮丽的诗篇。

《红岩》塑造了许云峰、江姐、成岗等一系列崇高的英雄形象，他们将共产党人视死如归的大无畏英雄气概体现得淋漓尽致。所谓"崇高"并非指他们在党组织中的地位，也不是他们创造的革命业绩，而主要来自对人物精神世界的刻画。他们追求的都不是锦衣玉食、儿女情长，而是如马克思所说要让自己的幸福"属于千百万人"，他们毅然决然将新中国的命运放在首位，却将个人的生存抛之脑后。在生命的最后时刻，他们依然用鲜血和生命凝练出八条"狱中意见"，给党组织留下全面从严治党的"血泪嘱托"，对他们的敬佩之情油然而生。

"在东方的地平线上，渐渐透出了一抹红光，闪烁在碧绿的嘉陵江上，湛蓝的天空万里无云，绚丽的朝霞放射出了万道的光芒。"

二、"红岩"不朽，坚如磐石

习近平在重庆考察时深刻指出："重庆解放前夕，关押在渣滓洞、白公馆的革命烈士在牺牲前用血的教训提出了'狱中八条'，对今天加强党的作风建设仍然具有很深刻的警示意义！"

在新时代伟大工程建设过程中，我们必须继续传承和弘扬红岩精神，尤其是其中的"学习""民主""廉洁""奉献"等精神。为了提升我们自身的能力，我们需要增强学习的本领，积极推进学习型党组织和学习型政党的建设，进而推动整个国家朝着学习型大国的目标迈进。特别是我们要以更加勤奋的态度系统深入学习习近平新时代中国特色社会主义思想，要用党的最新理论武装头脑。同时，我们必须坚持始终不渝地追求真理，坚定对马克思主义的信仰，坚定共产主义远大理想和中国特色社会主义共同理想，为取得新时代中国特色社会主义伟大胜利、全面建成社会主义现代化强国、实现中华民族伟大复兴而努力奋斗！

三、红心向党，砥砺前行

烈士的鲜血染红了脚下的岩石。他们的英勇事迹如同烈火般烙印在我们心头。他们怀揣着坚如磐石的斗争意志，秉持着必胜的坚定信念，为了理想和信仰，奋不顾身地前行。如今，我们生活在和平年代，沐浴着春风与阳光。我们难以真正体会到革命先烈在那个动荡的年代所经历的磨难与挑战，更难以想象五星红旗背后所承载的无数血泪与牺牲。

在《红岩》这本书中，我深刻领略到了信仰的力量，它如同熊熊燃烧的火焰，照亮了一片黑暗的岁月。老一辈的中国共产党人，他们坚毅的身影在我眼前一一浮现，为了民族独立的伟大梦想，他们英勇斗争，不屈不挠。如今，全国人民正满怀热情地投身于党的二十大精神的学习热潮之中。在中国式现代化的新征途上，我作为一名大学生，肩负着时代的重任；作为一名预备党员，我更应该自觉坚定地维护党中央的权威与统一领导。深入学习贯彻党的二十大精神和习近平总书记的系列重要讲话与指示，这不仅是我们提升政治觉悟的必由之路，更是我们弘扬红色精神、传承红色基因的重要方式。我们必须不断汲取这些精神养分，将共产党人的崇高精神代代相传。

中国正朝着建设成富强、民主、文明的社会主义现代化强国而不断前进，作为大学生的我们要始终坚守以人为本的原则，坚持实事求是的工作作风。作为新时代的青年，我们要以实际行动践行党的二十大精神，为全面建设社会主义现代化国家贡献青春力量，续写共产党人的光辉篇章。

艺术学院组织员梁妮妮点评：

这篇读后感展现了作者对《红岩》的深刻理解和感悟，深刻揭示了《红岩》这一文学瑰宝所承载的红岩精神之精髓。作者以精湛的笔触，生动描绘了革命先烈们在严酷环境下坚守信仰、英勇斗争的壮丽画卷，将红岩精神的伟大内涵展现得淋漓尽致。同时，作者还独具匠心地将这一精神与新时代的背景相结合，强调了在新时代背景之下弘扬红岩精神对于推进伟大工程建设、实现中华民族伟大复兴的重要性，具有强烈的时代感和使命感。在语言表达上，文章流畅自然，用词准确而生动，能够很好地传达出作者对于原著的深刻理解。同时，文章结构清晰、层次分明，读者能够轻松理解作者的观点和思路。总的来说，这篇读后感不仅是对《红岩》原著的深入解读，更是对新时代红岩精神的独到理解和崇高礼赞。它以其高尚的情操和深刻的思考，激发了读者的阅读兴趣，弘扬了红色革命精神。这对于我们推动社会进步、建设美好未来具有深远的影响和积极的意义。

一种生命的语言

——读马歇尔·卢森堡《非暴力沟通》有感

工商管理学院 2022 会计 5 班　沈金莎

> 愤怒总是正当的，因为远离生命、挑起暴力的思维方式会不可避免地导致愤怒。问题不在于愤怒，而在于当我们愤怒时内心的想法。
>
> ——题记

我们生气的时候总是选择向亲近的人恶语相向，向身边亲近的人展现自己糟糕的一面。而在这本书的前言中，一句话"语言是窗，否则，它们是墙"深深触动了我。

细读完这本书之后，我更加明白，语言的力量是如此的神奇和强大。它可以如春风般温暖，给身边的人带来安慰与力量；然而，它也能像利剑般尖锐，不经意间伤害到那些我们深爱的人。因而，我更加珍视自己与他人的交流方式，努力让语言成为沟通的桥梁，而非隔离的墙壁。

探寻非暴力的奥义

书的开篇，缓缓展开了非暴力沟通的四大精髓——观察、感受、需要、请求。这四个要素，宛如沟通之道的四根支柱，支撑着非暴力沟通这座宏伟的殿堂。它们不仅是非暴力沟通的核心，更是贯穿全书、指引我们前行的明灯。

非暴力沟通并非只是简单的言语交流，它教会我们如何以更加深入的视角去审视问题。问题的关键，往往不在于对方的行为本身，而在于我们如何观察与理解这些行为背后的需求和情感。

想象一下，当我们面对一个愤怒或拒绝沟通的人时，如果我们只是一味地指责或抱怨，那么沟通的桥梁就会被无情地切断。然而，如果我们能够运用非暴力沟通的技巧，先冷静下来观察对方的行为，然后深入感受对方的情绪，逐步深入地去理解他们内心的需要，最后以诚恳的请求来建立联系。那么沟通的障碍就会被逐一消除，心灵的窗户也会被慢慢打开。

一开始，我或许也像许多人一样，对非暴力沟通这个概念感到迷茫和困惑。但当我翻开这本书，随着作者的笔触深入探索这四个核心要素时，我逐渐领悟到了非暴力沟通的真谛。它不仅是一种沟通技巧，更是一种生活态度，一种对待他人和自己的方式。

自我探索与沟通

《非暴力沟通》这本书，仿佛为我打开了一扇通往心灵深处的窗户。它不仅仅教会了我沟通技巧，更是触动我内心最深处的情感。

我，曾是一个习惯隐藏内心的人。在与他人交流时，我常常难以表达真实的想法，更不擅长拒绝别人的请求。我时常忽视自己的感受，过于关注他人的情绪和需求，导致内心充满了压抑和困惑。面对问题时，我常常选择独自承受，而不是与他人分享和寻求帮助。在人际交往的舞台上，我时常感到迷茫。我不是一个善于倾听的人，也未能掌握有效表达需求的艺术。我曾误以为有效的沟通就是大声地说话或强行表达自己的观点，却忽略了倾听的力量。然而，正是倾听，那无声的沟通，能够触及人心最柔软的部分，并带来身心的治愈。我曾对身边的人抱有高期待，希望他们能够理解我内心的世界，却又害怕过多的解释会暴露自己的脆弱。这种矛盾的心理让我倍感疲惫，也让我在人际交往中陷入困境。

然而，当我开始正视自己的不足，并尝试从《非暴力沟通》这本书中汲取智慧时，一切都有了改变。我开始模仿书中的案例，试着用温柔而坚定的语气表达自己的想法和感受。我逐渐学会了倾听他人，也学会了如何表达我的需求。

每一次的尝试都让我更加接近真实的自己，也让我在人际关系的舞台上更加自信。我开始感受到沟通带来的力量，它让我能够与他人建立更深层次的连接，也让我在解决现实生活中的困难与烦恼时更加从容不迫。

这是一段自我探索与沟通的觉醒之旅。

自爱与进阶

很喜欢村上春树的一句话："不是所有的鱼都会生活在同一片海里。"这句话道出了人生的真谛：每个人都是独一无二的，我们无须为了迎合他人而改变自己。无论我们遇到怎样的人，或是成为何种模样，总会有人评头论足。然而，这个世界我们只来一次，何不勇敢地活出自己的色彩？

在《非暴力沟通》中，我学习到了同理心的重要性，它教导我们要学会换位思考，站在对方的角度去考虑问题。然而，最重要的一点是我们要学会同理自己，不让自己的同理心变成"玻璃心"。只有先照顾好自己的感受，我们才能够更好地与他人相处，更好地去爱别人。让爱融入生活，不仅意味着我们要去爱他人，更要学会爱自己。正如那句古老的谚语所说："葡萄藤上开不出百合花。"当我们迷失方向，找不到答案时，我们应该回到自己的内心，倾听自己的声音。

不要被他人的定义所束缚，我们要做自己生活里的主角。做自己，爱自己，那些真正爱你的人自然会靠近你。毕竟，陪伴我们时间最长的人，始终是我们自己。因此，让我们做自己喜欢的人，活在自己的频道里，随性且自由地成为那个理想中的自己。

如果我们只是想改变别人，从而使他们的行为符合我们的利益，那么非暴力沟通并不是适当的工具。

非暴力沟通，不是为了改变他人来迎合我们，也不是改变自己纵容他人，而是重视每一个人的需求和感受，学会做情绪的主人。

这是一种生命的语言。

工商管理学院辅导员张军点评：

这篇读后感深刻而感人，作者通过细腻的笔触展示了自己在阅读《非暴力沟通》一书后的心路历程和深刻领悟。文章不仅是对书籍内容的简单复述，更是作者个人成长与自我觉醒的真实写照。作者从书中汲取的智慧，成功地应用到了自己的生活中，实现了自我突破与成长。

文章中的观点独到，特别是关于语言的力量、非暴力沟通的核心要素、自我探索与沟通的重要性等方面的论述，都充满了深刻的洞见。此外，作者还将书中的理念与自己的生活经历相结合，用生动的例子说明了非暴力沟通在实际生活中的运用与效果。

析《朝花夕拾》 品人生五味

——《朝花夕拾》读后感

工商管理学院 2022 会计 3 班　屠　嘉

一、困惑

　　每当翻阅鲁迅先生的《朝花夕拾》时，就会想起它的原名《旧事重提》。为此，我常常思索，为何鲁迅先生要选择"旧事重提"？或许是我尚未全然理解先生的深意，又或许是因为这部作品深深打动了我，让我即便在二十岁的年纪，依然愿意反复品味，细细咀嚼。在《朝花夕拾》的字里行间，我品味着旧事的酸甜苦辣咸。那些看似平凡的生活琐事，在鲁迅先生的笔下却变得鲜活而深刻，让我仿佛穿越时空，置身于那个充满变革与探索的年代。每一次阅读，都是一次心灵的触动，一次对过去岁月的深情回望。

二、解困

　　酸。在鲁迅先生的笔下，我们窥见了那个封建思想根深蒂固的年代，那是一个处处充满不公与苦难的时期。其中，《朝花夕拾》中的《无常》一篇，更是以独特的视角揭示了当时社会的冷漠与无情。无常，本是阴间之物，却带着一丝人间的温情。他虽来自阴间，却比那个时代的许多人更有人情味，更懂得善良与慈悲。然而，在这个黑暗的社会里，即使是这样的"无常"，也难免遭受毒打与不公。读到这里，我们不禁为"无常"的遭遇感到心酸。他救人于危难，却遭到无情的打击。而那些身处旧社会的人们，面对黑暗与不公，心中充满了绝望与无奈。他们的生活与我们如今的幸福安宁有着天壤之别，这种巨大的反差让我们深感心酸。

甜。在鲁迅先生的笔下，人物形象栩栩如生，其中不乏令人难以忘怀的角色。例如，《阿长与〈山海经〉》中的长妈妈，尽管她有时显得有些严厉，她踩死了鲁迅先生的小隐鼠说是猫干的。但她的善良和老实同样让人印象深刻。她会送给鲁迅先生《山海经》，陪伴他度过童年的时光。长妈妈是鲁迅先生怀念的人，她守护了鲁迅先生小小的童年。如果说长妈妈是鲁迅先生生活中的"老师"，那藤野先生便是促使鲁迅做出弃医从文抉择的关键人物。《藤野先生》这篇文章详细叙述了鲁迅先生在日本的留学经历，其中藤野先生的形象尤为突出。他是一位充满趣味的老师，以他独特的方式给鲁迅先生留下了深刻的印象。同时，藤野先生也时常鼓励鲁迅先生弃医从文。这两位人物的出现，都让鲁迅先生感到了温暖和快乐。

苦。鲁迅先生在童年时期，饱受了生活的磨难。在《父亲的病》一文中，我们深刻感受到他对于那个时代的无奈与悲痛。他的父亲身患重病，却因为当时社会的贪婪与冷漠，病情一拖再拖，无法得到及时有效的治疗。医生们为了金钱而故作玄虚，勒索钱财，全然不顾病人的生死。鲁迅先生在童年时便看透了这些虚伪与贪婪，那些所谓的"名医"在他们眼中，只是金钱的奴隶，而非真正的医者仁心。那个时代是黑暗而痛苦的，人们生活在水深火热之中，无法逃脱苦难的束缚。

辣。鲁迅先生的童年，虽然不乏沉重与悲苦，但同样也有许多有趣的记忆。在《五猖会》中，我们得以窥见那些稀奇古怪、充满童真的事物。然而，鲁迅先生的笔触却揭示了这些趣味背后的另一面。原先赶会应该是孩子们翘首以盼的趣事，充满了欢声笑语和纯真的童心。但在鲁迅先生的笔下，赶会却成了对儿童天性的抹杀。孩子们被告知，只有不断地背书，把书背得滚瓜烂熟，才能换来参加这小小的"五猖会"的机会。这样的要求，无疑将儿童的天性束缚在了严苛的教育制度之下。

咸。在人生的旅途中，我们时常会陷入平淡无奇、日复一日的循环之中。通过鲁迅先生的《从百草园到三味书屋》，我们得以窥见他的读书生活，同样也充满了这样的平淡。在那时，封建的教育体制如同无形的枷锁，束缚了儿童们活泼的天性。然而，鲁迅先生并未完全沉浸在这种压抑的环境中。相反，他在百草园里找到了属于自己的乐趣，释放了那份被压抑的天性。这种在压抑与自由之间寻找平衡、在矛盾中找寻乐趣的状态，其实是生活中再平常不过的写照。

鲁迅先生的文字蕴含着人生的酸甜苦辣咸。《朝花夕拾》这本散文集，虽充满矛盾，揭露了人性的阴暗面，却也不乏善良之人的存在。他将这些旧事一一拾起，重新呈现，构筑了这部散文集。散文集的每一篇都记录着不同的回忆，既有对过去的怀念，也有对现实的反思。《旧事重提》不仅是对往事的回忆，更是对那个黑暗时代下人们愚昧和人性矛盾的深刻揭示。鲁迅先生的童年经历，引起了许多人的共鸣。我们中的许多人，或许也曾在童年时期被要求背诵各种文章，若不达标，玩耍的权利便会被剥夺。孩子们的天性本应是活泼好动的，但很多时候，他们却被迫在书本和功课中度过。因此，当我们读到鲁迅先生的这些文字时，更能深切地体会到其中的感受。

三、感悟

《朝花夕拾》，五品人生，通过这部作品，我第一次深入了解了鲁迅先生，也第一次感受到了他所生活的那个时代的沉重与黑暗。这部由十篇文章组成的散文集，不仅让我领略到了鲁迅先生独特的人生体验和情感，更让我在品味美好之余，深刻体会到了岁月的无情和生活的多舛。每个故事背后，都蕴含着让人深思的哲理，让我对人生有了更深刻的认识。酸甜苦辣咸，是我阅读这本书时的真实感受和总结。然而，每个人在阅读时都会有自己独特的体验和感受。或许你会感同身受，为鲁迅先生的经历而感动；或许你会被那个黑暗的年代所震惊，对当时的社会现实有更深刻的认识。但无论如何，鲁迅先生的这本散文集，想要传达给我们的，不仅是他对那个时代的怀念和回忆，还有他内心的愤怒与不平。他借《朝花夕拾》是想要告诫我们：面对生活挑战，需勇敢前行。封建束缚虽在，但不应禁锢我们的思想。要坚守自我，追求自由和真理。

工商管理学院辅导员张军点评:

这篇读后感不仅深情地回顾了鲁迅先生《朝花夕拾》这部作品,还深刻剖析了其中蕴含的人生五味——酸甜苦辣咸,以及这些味道所映射出的时代背景和人性洞察。作者通过细腻的笔触,将鲁迅先生的文字与个人的感悟紧密结合,展现出了对作品深入的理解和对生活的独到见解。屠嘉同学深入解读了《朝花夕拾》原名《旧事重提》的寓意,探寻了鲁迅先生选此名的深意。通过细腻品味书中的故事,读者得以领略鲁迅先生笔下的五感人生:酸涩现实、甜蜜温情、苦涩磨难、辛辣束缚、平淡自由。这篇读后感不仅对作品进行了赏析,更有着对人生的深刻反思,揭示了时代的黑暗与人性的复杂。作者从中汲取力量,呼吁勇敢面对生活挑战,这是对鲁迅先生的致敬,也是对读者的鼓舞与启示。

总之,这篇读后感不仅具有深厚的文学功底和敏锐的洞察力,更展现了作者对于生活和人性的深刻理解和独到见解。它是一篇充满智慧和情感的读后感,值得每一个人细细品读和反思。

漫游边缘人的内心世界：一段永恒的自省

——读《阿Q正传》有感

工商管理学院 2023 会计 1 班　边于昂

一、初识阿Q

在璀璨的中国现代文学星空中，鲁迅先生的《阿Q正传》宛如一颗熠熠生辉的星辰。这部作品以其独特的艺术韵味和深邃的思想境界，在中国现代文学史上留下了不可磨灭的印记。每当我沉浸于这部小说之中，都被其内涵所震撼，留下了难以忘怀的印象。

《阿Q正传》以阿Q为主人公，通过对他的生活经历的描绘，展现了一个典型的中国农村小人物的形象。阿Q是一个既可笑又可悲的人物，他的生活充满了矛盾和挣扎。他的一生，既是对封建社会的讽刺，也是对人性的剖析。在这部小说中，鲁迅先生运用了丰富的想象力和高超的艺术技巧，将阿Q的形象刻画得栩栩如生，令人叹为观止。

鲁迅先生在塑造阿Q这一形象时，运用了生动的细节描写，赋予了阿Q鲜活的生命力。在《阿Q正传》中，阿Q的每一个细微动作、每一丝微妙表情都仿佛跃然纸上，使他仿佛成为我们生活中的真实存在。当阿Q遭遇欺辱时，他巧妙地运用"精神胜利法"来进行自我慰藉，那份坚韧与自嘲交织的复杂情感，令人深感同情与共鸣。而当他意外受到夸奖时，那份喜悦与自豪溢于言表，仿佛自己便是这世间的英雄豪杰。这些细节描写，使阿Q的形象更加丰满、立体，也使得读者更容易产生共鸣。

鲁迅先生在塑造阿Q形象时，运用了大量的对比手法。在小说中，阿Q与其他人形成了鲜明的对比。他既是一个贫穷的农民，又是一个自命不凡的英雄；他既是一个受人欺负的弱者，又是一个自以为是的强者。读者通过这些对比，能够更加深入地理解阿Q的内心世界，感受到他的挣扎与矛盾。

鲁迅先生在塑造阿Q形象时，运用了讽刺与幽默的手法。在小说中，阿Q的许多言行都充满了讽刺意味。例如，他在被人欺负时，会说"我的儿子比你的大"；他在被人嘲笑时，会说"你们这些人不懂道理"。这些讽刺与幽默的元素，不仅让阿Q的形象变得更为生动有趣，还让读者能够以更加轻松的姿态去接纳这一角色，从而深入体验其独特的人物魅力。

鲁迅先生在塑造阿Q形象时，还运用了象征手法。在小说中，阿Q的形象象征着中国封建社会的腐朽与黑暗。他的命运，就是无数中国农民的命运；他的精神世界，就是无数中国农民的精神世界。这种象征，使得阿Q的形象具有了更深刻的思想内涵，也使得读者更容易理解鲁迅先生的批判精神。

二、品析阿Q

在阅读《阿Q正传》时，我被鲁迅先生的卓越文学才华所震撼。他巧妙地运用多种艺术手法，将一个平凡的农民形象刻画得生动而立体，跃然纸上。同时，我也深切感受到了鲁迅先生深沉的人文关怀。他对阿Q所流露出的同情与关爱，让这个人物更加贴近现实。正是这种卓越的文学造诣与深沉的人文情怀相互交织，使《阿Q正传》在中国现代文学史上独树一帜，被誉为不朽的经典之作。

《阿Q正传》所蕴含的思想内涵和艺术价值，堪称文学瑰宝。通过这部作品，我得以一窥中国封建社会的历史背景，并深入了解了一个典型的中国农村小人物——阿Q。同时，这部作品也深刻地揭示了一个生活真谛：人的尊严和价值，并非取决于其社会地位和物质财富，而是由个人的品质和精神世界所决定。阿Q便是这样一个例证，他身处社会底层，却拥有着一个绚丽多彩的精神世界。正是这份独特的精神内核，让阿Q的形象历久弥新，成为一个不朽的文学角色。《阿Q正传》不仅被誉为文学经典，更是一本能够启迪思想的佳作。

三、理解阿Q

在这个物欲横流、金钱至上的社会洪流中，我们更应坚守自己的精神世界，不让它沦为物质的附庸。鲁迅先生的箴言至今依然振聋发聩："一个人的价值，应看他为这个世界播种了什么，而非仅仅看他从世界中收割了什么。"我们应当从阿Q身上汲取力量，他那种在逆境中坚韧不拔、永不言败的精神，是我们面对生活种种困难与挑战时应持有的态度。正是这样的精神，让我们在风雨飘摇中稳住内心的锚，不被世俗的波涛所吞噬。勇敢地迎接每一个挑战，不畏艰难险阻，这正是阿Q精神的内核。只有我们秉持这种态度，才能在生活中保持自己的尊严和价值，不被物质和金钱所诱惑，坚持自己的梦想和追求。只有这样，我们才能成为一个真正的有尊严、有价值的人。

同时，我们也应该学习鲁迅先生的批判精神。在他的作品中，我们可以看到他对封建社会的深刻批判和对人性的深刻剖析。正是这种批判精神，使鲁迅先生成为一位伟大的文学家。因此，我们应当在自己的日常生活中，勇敢地发声，对不合理、不公正的现象进行批判，为构建一个更加和谐美好的社会贡献出我们的一份力量。

《阿Q正传》是一部值得我们每一个人去阅读深思的著作。它不仅是一部文学瑰宝，更是一部教育人心的良书。在这部小说中，我们既可以洞察中国封建社会的历史脉络，又能领略一个典型中国农村小人物的鲜活形象。更为重要的是，它让我们认识到人的价值与尊严的真正内涵。

工商管理学院学工办主任周永青点评：

首先，我必须称赞这篇文章给我带来的惊艳感受！作者的逻辑思维能力令人钦佩，整篇文章条理清晰，每一句话都紧密围绕主题展开，让我在阅读过程中如痴如醉。

其次，作者在遣词造句方面展现了极高的水准，用词精准且表达生动。阅读这篇文章，仿佛是在聆听一位挚友娓娓道来他的故事，让人沉浸其中，仿佛身临其境。

　　不过，我也想提出一点小建议。部分句子的长度略显冗长，阅读起来稍显吃力。倘若能将长句适当拆分为短句，将更有助于读者理解和接受。尽管如此，作者依然以其独特的视角，对阿Q精神的精髓进行了深刻的总结，将一个小人物塑造得栩栩如生，充分表达了对原著的敬意。尤为值得一提的是，文中的一句："个人的价值和尊严的真正含义在于生活在正确的时代"，写得相当到位和准确。我给这篇文章点一个大大的赞！

生命珍且贵，热忱且欢洽

——读《活着》有感

工商管理学院 2023 会计 1 班　张楚婕

一、为活着而活

"人是为了活着本身而活着。而不是为了活着之外的任何事物而活着"。生命所雕刻的不是夏花之绚烂，而是淋过世间万物仍有冬日之静默。

启书，合页。我仿佛懂得了读者的所有感悟。余华的笔触如同锋利的刀片，而《活着》无疑是他最锐利的一把文学之刀。他以冷静而客观的笔调，为读者揭示了生命的可贵。看着书中的角色一步一步走向死亡，莫名的压抑感充斥全身。原来"活着"最有抗争性的不是呐喊，不是无谓的反抗，而是在沉默中坚持与忍受。诚然，我们应承载生命的可贵，生而热忱，终而欢洽。

二、为生存而活

这本书细腻地描绘了作者余华在民间采集歌谣时的偶遇。他在田野间与徐福贵老人相遇，从而开启了一段关于生活、变迁与命运的深刻叙述。通过老人的回忆，我们走进了他在社会大变革时期的个人历史。徐福贵，生于富裕的地主之家，年轻时他肆意挥霍着家族的财富与自己的青春。然而，命运之手让他一夜间输掉了所有家产，也失去了父亲的庇护。战乱之中，他身陷囹圄，九死一生后终于逃回家中，却发现母亲已离世，女儿也在疾病的折磨下成了聋哑人。接踵而至的厄运像黑暗的巨浪一次次拍打着他。他为了救助难产的校长而慷慨献血，却换来了心爱儿子的离世。妻子的软骨病日益加重，尽管女儿的婚姻曾给他带来一丝慰藉，但那份短暂的幸福也在女儿因产后大出血离世时烟消云散。不到三个月，妻子也随女儿而去，之后女婿又在一场意外中丧命。最后，连他唯一的外孙也在他精心烹制的美食中意外撑死。他亲手将最后一个亲人埋入黄土。

现在，徐福贵孤身一人，唯有一头老牛默默陪伴在他身边。在经历了人世间最残酷的生死离别后，他已看淡了生死，以一颗平静的心面对命运的无常。

三、为希望而活

在人的一生中，我们会遭遇许多的不确定性和变数，有时候，我们以为某个转折是通往更美好生活的起点，然而它也可能成为我们陷入困境的开始。我们总是期盼生活能按照我们的设想发展，但一旦遭遇挫折，生活似乎就失去了光彩。余华所倡导的人生态度，与徐福贵的观点不谋而合——生活的意义并非仅仅为了生存，更重要的是去深入感受每一个生活的瞬间，去体验其中的酸甜苦辣。即使面临再多苦难，依然笑着面对，这才是活着的意义！

这本书虽叫《活着》，却书写着死亡。徐福贵的一生充满了对死亡的直面与抗争，从最初的无力接受到后来的低声哭泣中隐忍。他所珍视的每一个生命，都以同样的方式一一离他而去，留下的只有无尽的哀伤。书中这样写道："生的终止不过是死亡，死的意义不过在于重生或者永眠。死亡不是失去生命，而是走出时间。"是啊，徐福贵应该也是这样安慰自己的吧。虽然徐福贵的人生态度很难搞清楚，至少他依然活着，依然学着怎么去活。正如徐福贵所说的："以笑的方式哭，在死亡的伴随下活着。"

《活着》中描绘的不幸故事让人痛心，其中有庆的离世尤为令我难以接受。当县长夫人因生孩子而失血过多时，善良的有庆毫不犹豫地跑到医院献血。然而，医院的工作人员在为了拯救生命的过程中，却过度抽取了有庆的血液，直到他失去了心跳。面对这一悲剧，医院的人却似乎并未给予足够的关注，而是继续投身于产房去拯救另一个生命。徐福贵说："我看着那条弯曲着通向城里的小路，听不到我儿子赤脚跑来的声音，月光照在路上，像是撒满了盐。"这段悲凉的话却见证了徐福贵看淡的死亡……

诚然，面对我们自己的人生是否也有些颓废？生逢如此盛世，路漫漫其修远兮，吾将上下而求索。著名作家史铁生在二十一岁那年，厄运突然降临，让他失去了双脚。他找不到工作，没有了出路。抱着消极的态度，他一度想结束自己的一生，也正是这样才有了与地坛的故事。他沉浸在对人生和生命意义的深度思考之中。正是在这样的沉思中，他找到了创作的灵感，并逐渐将这份灵感转化为实际的创作。写作成为他的救赎，也成了拯救他的最后一根稻草，让他看到了未来的希望。史铁生总说是文学拯救了他。但是支撑下去的不是文学而是他对写作的热爱。史铁生的故事告诉我们，若信念不移，那跌入低谷之时，也恰是崛起之时。跌倒了之后，拍拍尘土，继续奔跑，生命很可贵，且行且珍惜。

两千多年前，塞涅卡就说过："我们何必为人生的片段而哭泣，我们整个生命都催人泪下。"而这催人泪下不仅是生命的坎坷，而是生命的壮阔。每一个生命都有去追求绽放的权利，即便不美，不富裕，甚至不健全，但是内心是可以丰盈和完整的。人生来不易，苦而不言，痛而不语，面对生活中的苦难和逆境时不妨坦然一些，毕竟生活本身是没有意义的，是人们赋予了它意义。

人生这条路终点在何方，会面临怎么样的惊心动魄我们并不清楚。所有的生命都要经受命运的锤炼，当我们一次次经受苦难时，便找到了活着的勇气。勇敢，坚毅地活下去，才能发现生命中的光芒，也会感受到人世间的温情。

苦，才是人间常态。只要活着，希望之灯自然明。

生命很可贵，愿生而热忱，终而欢洽！

工商管理学院学工办主任周永青点评：

这篇读后感以其深邃的洞察力和对《活着》这部作品独特而高尚的诠释，展现了作者对于人生意义的深刻理解和敬畏之情。作者开篇即直击"活着"的本质，将生命的意义升华至不仅是为了生存而活着，而是要在生活中感受每一个瞬间，体验其中的酸甜苦辣。通过徐福贵的人生经历，作者让我们看到了一个普通人在面对重重困境时，如何以坚韧和乐观的态度继续前行，即使生活带给他无尽的苦难，他依然保持着对生命的尊重和热爱。

在徐福贵的故事中，我们看到了命运的无常和人生的残酷，但同时也看到了他如何在苦难中寻找到活着的勇气，如何以笑的方式面对生活的困境。这种对生活的态度不仅是对自我救赎的渴望，更是对人类精神力量的肯定。作者将徐福贵的人生与史铁生和塞涅卡的名言相结合，进一步深化了对生命和生活的思考，表达了对生命的敬畏和对人生的热爱。

整篇读后感语言优美、流畅，作者以高超的文学素养和深刻的哲学思考，将《活着》这部作品的精神内涵展现得淋漓尽致。它不仅是一篇读后感，更是一次对生命和人生的深刻探讨。作者通过这篇读后感，让我们重新思考了活着的意义，激发了我们面对生活困境时的勇气和力量。这篇读后感不仅高大上，更是一次心灵的洗礼和升华。

极尽·不甘·冲破

——在《平凡的世界》书写不平凡

工商管理学院 2023 会计 2 班　吴家璇

一、世界本不平凡

每个时代都会有英雄或者说代表人物，但平凡的人才是时代的负荷者，才是这个世界的主人翁。平凡，这样一个洗尽铅华的词，从口中读出来，无端端地就让人有历经磨难之后的淡定从容而又宽厚良善之感。

《平凡的世界》，书如其名，没有任何传奇色彩的跌宕起伏，也没有武侠小说中的刀光剑影血雨腥风，更没有时下一些爱情小说的缠绵悱恻深刻动人，甚至一点华丽矫情的词藻都没有。整部作品平淡而又质朴。在路遥的笔下，一个平凡人的生活图景就浸润在这几十年的时光里，普通，却又蕴含着劳动人民特有的淳朴与坚强。书中为我们描绘了一群世世代代面朝黄土背朝天的农民们，他们为这片荒凉的土地上贡献了自己的一生。生活中的平凡，如生老病死、悲欢离合、苦难与拼搏、劳动与爱情、挫折与追求、痛苦与欢乐等都展现了劳动人民琐碎而坎坷的生活。作者为我们阐释了平凡与苦难，这才是生活的意义。人生就如同一个苦行僧的修行过程，我们要历经困苦，才能修习圆满。人性的真善美与假丑恶都在这个平凡的世界里一一折射出来。轻易地，我就对文中的人物产生了共鸣。因为自己的家乡就在农村，感觉里面这些平凡而深刻的人物不经意间就会与自己的乡亲们重合。阅读这本书的时候，一种亲切而熟悉的感觉便油然而生。它描绘了日出而作，日落而息的生活，农民伯伯的播种与收获，家庭的分别与团聚。每个小小的家庭都有过节时的欢悦，有亲人去世的哀痛，更有日常生活中的小口角和小娱乐，这就是乡村人的生活。

枯黄瘦弱，粗黑粗布的少平，在雨中为残羹而等待；润叶硬塞的小纸包，常常让站在黑暗的少平眼中含泪；病弱的老人和执拗的兰花妹妹，压垮了少平的身躯。正是因为贫穷，因为吃不好饭，因为年轻而敏感的自尊心，才使他躲避同学的目光，悄悄然地取走自己那两个不体面的黑家伙，以免遭受许多无言的耻笑。困境接踵而至，少平在黑暗的世界里微弱地喘息着。

一道曙光洒下斑驳的光影，书籍让少平在艰苦的生活中得到了慰藉，使他的精神不至于被劳动压得麻木不仁。书本如同坚实的屏障，帮助少平隔绝了父亲的抱怨声，让他能够忽视哥哥少安责备的目光，同时也让他暂时放下求学过程中的沉重负担。普通人不会在纷繁的日常生活中沉湎自己的不幸，青年们即使满身伤痕，也要在现实中挣扎生存。他们无论受到怎样的挫折和打击，都咬紧牙关，砥砺向前。生活的种种困境只不过是人生道路上的一块普通的绊脚石。

他在书中见识到了更为广阔的天地，他渴望像鸟儿一样在无垠的蓝天里自由飞翔！即使外界的重重阻力让他磕得头破血流，他也毫不畏惧，他要去闯出属于他的一方新天地！当他终于力排万难去外界只身闯荡时，独自一人置身于陌生的世界，无所依靠时，他会感到惧怕吗？或许吧。可他因此畏缩不前了吗？绝不！他不怕一切艰难困苦。

正如书中关于苦难的哲学中有过的这样一段动人心魄的表述：是的，他是在社会的最底层挣扎，为了几个钱受尽折磨；但他并不是把生活当作谋生活命的工具，而是生活本身就具有意义。他热爱自己的苦难，通过这一段血火般的洗礼，他相信自己历经千辛万苦酿制出的生活之蜜，肯定比轻而易举拿来的更有滋味。这是怎样一位对苦难有着深刻的认识，对生活有着深邃的理解，对精神世界有着深远追求的人啊！他有着与命运对抗的铮铮铁骨和强大的精神力量！从学生时代的"非洲人"到成年时代的"揽工汉"，他经历的是艰苦卓绝的人生奋斗。在痛苦与磨砺中，他形成了一种对苦难的骄傲感、崇高感。我欣赏他关于苦难的哲学，更钦佩他对奋斗的认识和对生活的理解。故事的最后，孙少平又回到了大牙湾，那个他经历了青春并倾注了深厚感情的地方。他选择放弃了吗？没有，他只不过是认识到了自己的平凡，所以他选择了平凡。可即使是最平凡的人，也要为生活奋斗。

二、世界怎甘平凡

什么是平凡？我想，平凡绝不能与平庸画上等号。那种迷失在日常生活中、思想上逐渐沦为甘于平庸、生活中不思进取的人，才是真正的平庸。孙少平的一生，于平凡中成就了不凡。他在贫瘠苦难的生活里播撒下希望的籽粒，经过春种夏收的浇灌，最终收获了奋斗的硕果。因而，平凡的世界，始于平凡，却终将归于不凡！

书中田晓霞的死，为这个故事增添了悲剧色彩，也为孙少平与田晓霞这一对悲情恋人画上了类似尤里·纳吉宾式的结局。掩卷至今我仍忘不了她的猝然离世。晓霞是多么美好纯真、善良无私的一个姑娘啊！哪怕生命已走至尽头，也要用最后的余力挽救另一条鲜活稚嫩的生命；哪怕两相邂逅时，孙少平只是一个煤炭工人，晓霞也不曾嫌弃过他；哪怕后来她见识了外面更广阔的世界，也依然心心念念地牵挂着她的少平。两人曾有过对未来无限美好的憧憬，可晓霞最终还是失约了……此去经年，小山湾绿草如茵，草丛间蝶舞蝉鸣，杜梨树依然绿荫如伞、亭亭如盖，枝丫间未成熟的青果隐约闪烁着翡翠般的光泽。良辰美景未曾变更，故人却已早早远去、不知何踪。虽堪恋，何必重逢？息壤生生，谁当逝水，东流无终。是她让他成长，可当他终于披挂着漫天的星辰荣归故里时，彼时随伊人同往、仰望星空的心境已然无存，那漫天的星子璀璨于他又有什么意义呢？田晓霞的逝去，让少平在悲伤之余也成长了很多。也许，这就是人生，虽然充满了遗憾与不完美，但我们唯一能做的，就是以砥砺奋斗书写无悔青春，立足于当下，让人生尽量不留下太多遗憾。

其实，我们每个人的生活都是独属于自己的一方天地，正如每个人都是自己世界的主宰。即使再平凡不过的人，也要为他所属的那一方天地而奋斗不息。正如书中所言，"只有永不遏止的奋斗，才能使青春之花绽放。"通过此番阅读，我再一次深刻地感悟到：平凡本就是生活的底色，我们每一个普通人，对于这个浩渺的世界来说，都十分渺小且微不足道。这个世界也是平凡的，悲与欢、生与死、穷与富、世事的变更等，于历史的长河而言，无非是些平凡事。然而平凡的世界，却能够因理想而变得不平凡！如果为我们平凡的本色绘就一层奋斗的底色，将个人的奋斗与历史的进程交织在一起，就能令原本平凡的世界精彩纷呈、惊心动魄！平凡的世界，始于平凡，却终将因理想而不平凡！

三、冲破不平凡

立足当下，勇敢前行。生逢其时是我们最大的幸事。与祖国建设初期的孙少平以及底层百姓的生活相比，在当今的时代，我们的国家富强民主，民族独立自强，生活殷实。正所谓"仓廪实而知礼节"，如今的中国为我们每个人的梦想实现都提供了强大的物质保障，我们又有何理由安于现状、不思进取呢？

时代蓝图已绘就，青春奋斗正当时。书中的双水村里，那条裹挟着黄土高原泥沙的东拉河水依然潺潺流淌着，好似在轻声诉说那片黄土地上的世事变幻、沧海桑田。"逝者如斯夫，不舍昼夜"，幸而我们的岁月从未虚度。愿以平凡之个体，迸发巨大的能量；以奋斗之人生，开创不凡之未来！

工商管理学院学工办主任周永青点评：

这篇文章对《平凡的世界》的剖析堪称精妙绝伦！作者不仅精准地捕捉到了书中人物的性格特质和故事精髓，更深入地挖掘了平凡与苦难背后的深层含义。文字流畅且富有诗意，让人在阅读过程中享受到极致的舒适与愉悦。

在亮点上，文章巧妙地勾勒出主人公孙少平的人生轨迹，生动地展现了他对生活的无限热爱与对苦难的顽强抗争。通过细腻的笔触和独到的见解，读者能够更加深刻地理解书中人物的形象与内心世界。此外，文章还巧妙地辨析了平凡与平庸的界限，提出了对平凡世界的独到见解，使得整篇文章充满了深邃的哲理与丰富的内涵。当然，在追求完美的道路上，文章仍有进一步拓展的空间。例如，可以更加全面地解读书中其他人物和情节，使得文章内容更加丰富多彩。同时，适当运用修辞手法，如比喻、排比等，可以进一步增强文章的表现力，让文字更加生动、有趣。

　　这篇文章已经展现出了极高的水准，充分展现了作者对《平凡的世界》的热爱与深刻理解。期待作者在未来的创作中继续发扬这一优点，为读者带来更多精彩纷呈的作品！

心灵的触动

——读《小王子》有感

工商管理学院 2023 会计 2 班　朱思甜

一、地球的奇妙之旅

作为一部享誉世界的经典童话，安托万·德·圣埃克苏佩里所著的《小王子》一直以其深邃的哲理和温馨的故事风格，吸引着各个年龄段的读者。阅读这本书，我仿佛踏入了一个充满幻想而又深刻的世界，与小王子并肩而行，一同探索人性、友情、爱情和生命的意义。在这个奇妙的旅程中，我不仅被小王子的纯真勇敢所打动，更让我拾起了成年人所遗忘的感性与真实。

故事的主线围绕着小王子展开，他诞生于一个遥远的星球，怀揣着纯真和好奇踏上了前往地球的奇妙之旅。他通过与飞行员之间的互动，引发了一系列关于人类行为和价值观的深刻思考。其中，小王子与狐狸之间的友情最令人难以忘怀。狐狸告诉小王子，"人只有用心灵才能看清事物，真正重要的东西是肉眼无法看见的"。这句话深刻地阐述了人际关系的真谛，使我不禁反思起自己与他人之间的交往方式。我在与人相处时，有没有做到用心看待对方，是否真正理解对方内心的需求。除了人际交往，作者还通过小王子与其他星球的居民的对话，探讨了人类社会中的种种问题。

懒惰的国王、虚荣的人类、吞食绵羊的人和为爱情困惑的人，每个人物的登场都象征着不同的人性特点。作者对人类行为和社会现象的细致入微的洞察，引发了我对自身行为和社会问题的深入思考。

二、心灵的智慧之旅

小说中蕴含的哲理和寓意也令我受益匪浅。在小王子与飞行员的对话中，作者透过小王子的眼睛，对人生和世界提出了许多发人深省的问题。其中，小王子的一句疑问："为什么玫瑰花美呢？"触动了我的心灵，让我对美的本质和主观性进行了深刻的思考。我意识到，美并非仅仅源自外表的华丽，更多的是内心的一种感受，是每个人独特的审美体验和情感共鸣。

此外，小王子也对现实世界的虚伪和功利提出了批判。他观察到成年人过于追求权力和财富，却忽视了内心的真实和感性。这引发了我的深思：人们往往在追求物质和名利的过程中，忽视了内心的需求和感受，逐渐失去了对生活的热情和向往的美好。

读完《小王子》，我更感受到生活的价值和意义，这本书虽然是童话故事，但其中却蕴含着深刻的哲理。它如同一本关于人性和人际关系的启示录，引导我反思自己的内心世界。它通过寓言的方式，呼吁我们要保持纯真和好奇心，珍惜人与人之间的情感联系。同时，它也提醒我们不要被功利和虚荣所迷惑，要追求内心的真实和感性，寻找生活中真正需要的事物。

《小王子》是一本跨越时空、触及人心的经典童话。它通过寓言的方式，以一个纯真孩童的视角来开启人们的内心世界，引导着读者深思人类的情感与存在。

故事中的小王子来自遥远的星球，他用清澈的眼神看待世界，用敏感的心灵感知生命。他与飞行员的相遇，仿佛是稚嫩与成熟的两个世界的交汇。小王子不仅带给飞行员童话般的冒险，更是启示了他反思生活和人性。

小王子的探险之旅，丰富多彩而又颇具象征意义。每个星球上的居民都象征着不同的人类特点和情感。懒惰的国王和虚荣的人类，让人反思权力和虚荣心在现实中是如何驱使人们。爱吃羊的人和认识不了自己的人，则传递出对物质与自我认知的迷茫。这些奇特的人物，仿佛是一面镜子，映照出人类的各种弱点和矛盾。

然而，在这些弱点和矛盾之中，小王子的友情之光闪耀着。他与狐狸的温馨交往，揭示了真正的友情是需要时间、信任和真心的。狐狸的名言"人只有用心灵才能看清事物，真正重要的东西是肉眼无法看见的"，道出了人际关系中感性和情感的重要性。这种深刻的交流不仅是动人的，更是对人际关系的一次深刻探讨。

在小王子与狐狸的交往中，友情的纽带在心灵的碰撞中变得牢不可破。这种温暖的纽带告诉我们，人与人之间的关系需要用心去经营，需要真诚和付出。

故事的另一个重要主题是爱情。小王子的玫瑰花虽然自恋而娇气，但他依旧对他的玫瑰花情有独钟。这种爱情虽然带有一丝苦涩，却也展现了爱的真谛。通过与玫瑰花的相处，小王子深刻体会到了爱情的复杂性和真实性，这也引导我们在感性与理性的交织中探寻爱的深刻内涵。

而小王子离开玫瑰花前往地球的旅程，更让我们思考起生命与生存的价值。在地球的旅程中，小王子遇见了许多虚伪功利的人物。生活是美好的，我们不能被物质和名利诱惑，而是更应该追求内心的真实和感性，坚守生活的真正意义。

在整个故事中，小王子的成长过程充满了奇幻色彩。他的经历不仅是一次冒险，更是对人性和情感的探索。这本书唤起了我对于人生的疑问和思考，让我更加珍惜与他人的交往，用心去感受生活的美好与意义。

三、童话世界的哲思之旅

《小王子》这本书构筑了充满想象和哲思的童话世界。通过对它的解读，不仅让我感受到了童真与纯粹，更激发起我对现实世界的深刻思考。它教会我去安斯人性，探索生活，激励我以积极的态度去用心感受爱与生活。

工商管理学院学工办主任周永青点评：

《小王子》这本书，真是让人爱不释手！安托万·德·圣埃克苏佩里以其独特的笔触，为我们呈现了一个既梦幻又深邃的世界。读完这本书，我仿佛跟随小王子一同穿越了星际，感受到了纯真、友情、爱情和生命的无尽魅力。

《小王子》是一本充满智慧和哲理的经典之作。它让我们在欣赏美丽童话的同时，也思考了人生的意义和价值。这本书不仅适合孩子们阅读，更是一本值得每一个成年人细细品味的佳作。读完朱思甜同学的读后感，我仿佛找到了通往内心的钥匙，更加珍惜与他人的交往，用心去感受生活的美好与意义。

平凡中的不平凡

——读《平凡的世界》有感

工商管理学院 2023 会计 3 班　王一平

《平凡的世界》是路遥先生倾心力作的一部现实主义巨著，它横跨了中国 70 年代中期至 80 年代中期的十年风云，通过孙少安和孙少平两兄弟的悲欢离合，勾勒出了一幅波澜壮阔的社会画卷。在这本书中，劳动与爱情的交织，挫折与追求的并行，痛苦与欢乐的碰撞，都以一种细腻的笔触被巧妙地编织在一起。同时，这部小说也带有浓郁的地域特色，黄土高原的广袤与苍茫，贫瘠与诗意，都渗透在这部作品中，构成了这部小说独特的艺术魅力。

一、平凡而又不平凡

"生活不能等待别人来安排，要自己去争取和奋斗；而不论其结果是喜是悲，但可以慰藉的是，你总不枉在这世上活了一场，有了这样的认识，你就会珍重生活，而不会玩世不恭；同时，也会给人自身注入一种强大的内在力量。"这段话出自路遥所作的《平凡的世界》。

在这个瞬息万变的信息时代，能够历久弥新、沉淀下来的故事其实并不多。然而，《平凡的世界》这部小说却以其朴素的笔触，勾勒出了一个既平凡又真实的世界。作者用平淡而有力的语言，深入描绘了那个贫穷时代人们生活的艰辛与不易。让我感受到了平凡的世界里有着一群不平凡的人，他们怀揣着梦想，希望创造出属于自己的不平凡的世界。

我最欣赏作者对主人公孙少平的刻画，他展现出的真实与顽强，一直激励着我们勇往直前。他那美好而略显寒酸的初恋，最初是靠着最简朴的饭食而引起的灵魂共鸣。尽管他们的贫富地位犹如天壤之别，但那份温暖与热烈的情感却足以让人动容。即便最终阴阳相隔，也足以令人荡气回肠。

在曲折蜿蜒的故事脉络中，主人公孙少平毅然地走着自己的路，他面对困难，既不卑微地乞求，也不高傲地拒绝，而是以一种不屈不挠的精神去挑战、超越。他愿意为了爱而付出，为了爱而牺牲。这种大义凛然、包容博爱的精神，塑造了一个真正男人的形象。这就是作者想要传达给我们的信息，不仅是一段故事，更是一种精神的力量。

二、品酸甜苦辣

在这个看似平平无奇的世界里，生活着许多的普通人。他们经历了生活的风霜雨雪，体验了人世的酸甜苦辣，品味了爱情、亲情和友情的甜蜜与苦涩。在这漫长的旅程中，他们逐渐领悟了生活的真谛。当然，他们也曾自卑过，觉得自己在这广阔的世界中微不足道；也曾落泊过，觉得前路迷茫。但正是这些日子，如同磨砺的砥石，让他们变得更加坚韧。这些经历化为他们内心的记忆，成为他们宝贵的财富，塑造出一个个不羁的灵魂。

在一个平凡的日子我看完了《平凡的世界》，内心却不再像往常一样平静。在这个世界上，不是所有合理和美好都能按照自己的愿望存在或实现。孙少平，身上带着伤疤，手里提着破行李袋，走回了煤场，走向了向他扑来的惠明嫂和明明。无论精神多么独立的人，感情却总是在寻找一种依附，寻找一种归宿。

三、寻现实归属

我们生活在安稳的年代，虽然没有艰苦的环境来磨砺心智，但我们也要坚守我们的远大理想。

伴随时间的流逝，我们的生活环境发生了改变。经济的快速发展，使我们的物质生活和精神生活也发生了翻天覆地的变化。尽管当今的文学作品越来越难以引起人们的共鸣，但《平凡的世界》却以其深刻的内涵，激励着无数读者去追寻自己的梦想。这是一个喧嚣浮躁的时代，每个追梦人都应该重温《平凡的世界》。这本书会让你懂得：命运可能不公，但如果你心怀梦想，脚踏实地，最终定会绽放自己的光华。

勇敢地迈向成功，每个人的生命起点都是平凡的。然而，平凡的人们往往不甘于自身的平凡。他们不断努力，持续奋斗，给自己平凡的生命赋予了不平凡的意义。人生无法容纳过多的自私，因为自私最终只会让自己陷入困境。盲目跟风、趋炎附势，都是自私的表现。如果人的一生都只是自私地活着，那么最终只会毫无价值地归于尘土。

路遥教会我们，独立的人格是人生中不可或缺的品质，即使这意味着我们要面对孤独。孤独，其实是每个人自我成长的必经之路。只有我们坚定自己的理想，并且坦然地面对孤独，我们终将迎来属于自己的辉煌。

所谓平凡，即不平凡。

工商管理学院辅导员王张静点评：

王一平同学对《平凡的世界》的解读非常深刻，准确捕捉了作品的主题和精髓。作者通过对小说中人物命运的剖析，展现了普通人在面对生活挑战时的坚韧与不屈，以及他们如何在平凡的生活中寻找不平凡的意义。作者在表达上也极具感染力。他通过对孙少平等人物形象的描绘，成功地传递了作品所蕴含的情感力量。这些都使得这篇读后感充满了感染力。此外，作者从"平凡而又不平凡"的主题入手，逐步深入探讨了作品所蕴含的人生哲理、社会现实以及个人成长等多个层面。文章在结尾处还提出了对现代人的启示和号召，这具有很强的现实意义。作者呼吁现代人坚守远大理想，勇敢面对孤独和挑战。这种积极向上的态度不仅符合《平凡的世界》所传达的精神内核，也具有很强的时代感和现实意义。

综上所述，这篇读后感是一篇高水平的读后感作品。它准确解读了《平凡的世界》的主题和精髓，充分展现了读者对作品的深刻理解和独到见解。同时，读后感在表达上极具感染力，论述条理清晰，具有很高的文学价值。

生活能治愈的，是愿意自愈的人

——读《我与地坛》有感

工商管理学院 2023 会计 5 班　张艺超

> 于无路处踏出新路，于荆棘中开辟坦途。
>
> ——题记

《我与地坛》是史铁生先生的散文代表作，凝聚了他十五年来对地坛的深深思考。文章中饱含了作者对人生的感悟，对亲情的讴歌，朴实的文字间洋溢着作者内心深处的情感，是一部不可多得的优秀作品。"职业是生病，业余在写作"是他对自己的评价。

史铁生先生相信大家都不陌生，但是关于他的人生经历却并非人人可知。他在二十一岁时因腿疾回北京住院，从此他再也没有站起来，他在人生最美好的年纪里失去了双腿。当这样的灾难降临到这位年轻人的头上时，对于他而言，这无疑是一次沉重的打击。但史铁生先生并未因此陷入内耗，而是开始用笔进行创作，发泄着自己内心的痛苦与迷惘。

一、受苦时，保持旷达的心态

在双腿残疾的沉重打击下，史铁生先生陷入了前所未有的困境。当他感到前路迷茫，几乎失去了一切方向和希望时，他意外地"走"进了地坛。自此，地坛成为他的精神寄托，与他结下了不解之缘。

最初，史铁生在友谊医院住院的那一两个月里，他的内心充满了希望，相信自己的双腿可以痊愈。然而，随着日子一天天过去，他的双腿非但没有痊愈，反而病情日益恶化，他陷入了深深的焦虑与煎熬。但也就是在这段"求死"的日子里，他无意间走进了地坛并与其结缘——就在如此静默的自省中，他的心逐渐沉静下来，开始了创作。

在深入探寻生与死的奥秘时，史铁生先生逐步认识到"死"是人生不可避免的终点，这使他对"死"产生了新的理解。而关于"生"的认识则是需要时间去细细琢磨的。因此，他从地坛四季更替、景物变迁中领悟到，与其在痛苦中挣扎求生，不如选择以积极的态度去面对生活。于是写作成了他走出绝望的出口，让他看到了未来的曙光。

这个地坛就是一个古园，此地荒凉得如同一片野地，很少被人忆起。史铁生以他强烈的宿命感来描述地坛与他的关联，地坛历尽沧桑四百年，等待着残了双腿的他。静观残垣破壁、荒草秋虫，剥蚀了琉璃、淡褪了朱红、坍圮了高墙、散落了玉砌雕栏，正如曾经健康而今残疾的自己。是他用心灵观照古园，这种相似命运的感触，让他找到了一个心灵的伙伴。所以自从那天他无意进了这园子，就时常来到这里。对于他来说，这个古园不仅是他生活的避难所，还是他的精神家园，让他能更加清楚地看清生命的本质。

古人尚知留须蓄发，谓之父母所赐，我们当代青年又岂能不珍惜自己的生命？

二、绝境中，探寻人生的出路

在我们小的时候，我们的父母都会细心呵护着我们。天冷了会让我们穿毛衣；摔倒了大哭时会将我们抱起询问是否受伤；上学了会和我们说要学会交朋友……在我们长大后也无例外，他们依旧会关心我们，关心我们有没有按时吃饭，关心我们有没有受别人欺负，关心我们是否一切安好……这些都是爱。当我们聚焦于史铁生先生时，我们发现他的后半生几乎在轮椅上度过。为了减轻他因身体上的限制而可能产生的痛苦和不安，他的母亲以一种无比细腻和深沉的方式表达着她的母爱。她不再提及"跳"或"跑"这样的字眼，因为在她看来，这些字眼可能会触及儿子内心深处的敏感和渴望。这种对言语的慎重选择，是她对儿子无声的关爱和呵护，也是她母爱伟大之处的体现。

在史铁生先生频繁前往地坛的那段日子里，他的母亲深知阻止他外出散步并非明智之举。因为她明白，家中的封闭环境只会加剧他内心的孤独和苦闷。然而，尽管她理解儿子需要这样的独处和释放，她还是无法抑制内心的担忧："如果他真的在园子里出了什么事，这苦难只好我来承担。"直到母亲去世很久，史铁生才明白当年他独自跑到地坛的行为，给母亲到底出了怎样一个难题。"我真是多么希望母亲还活着"是他对母亲的怀念。母亲之前偷偷来园中找是不想让史铁生先生发觉……只知道当时的他被命运冲昏了头脑，一心以为自己是世上最不幸的那一个，却不知儿子的不幸在母亲那是要加倍的。多年来他第一次意识到，那园中不止到处都有过他的车辙，而且有过母亲紧随他车辙的脚印。

史铁生先生以其细腻而深沉的笔触，透过"我"的眼睛和内心，描绘了母亲的无声付出与深深的爱。他并未直接描绘母亲的心理活动，却通过"我"对母亲的思念，让读者感受到那份母爱的伟大与力量。地坛的广阔，仿佛成为母爱的象征，无边无际，包容着一切，也滋养着"我"的成长。

三、迷惘时，学会和过去和解

史铁生没有放弃自己的生命，他勇敢地面对困境，顽强地走了过来，自此文坛上多了一个新秀。当他的第一篇文章被发表的时候，他想与母亲分享快乐。但他的母亲没有留下过什么隽永的誓言，只是简简单单地希望他能活下去。史铁生先生感受到了母亲坚忍的意志和毫不张扬的爱。遗憾的是，他的母亲再也不知道了。我们的人生又何尝不是如此呢？在很多东西失去后才懂得珍惜，才知道它的珍贵，对待父母的爱更是如此。树欲静而风不止，子欲养而亲不待。何必要让自己感到悔恨时才幡然醒悟呢？不如父母在身边的时候，对他们好一点，乌鸦尚且有反哺之情，更何况人呢？文中作者多次问道：我为什么要活着？我内心深处回答的是：为了母亲，为了亲人，为了自己的梦想，为了自己未尽的责任。

史铁生在文中不但写了自己感受到的母爱，还有老夫妻间的恩爱，兄长对智障女孩的关爱以及作者对女工程师的敬爱等。这些丰富的感情足以升华我们的灵魂，拉近人与人之间的距离，让社会充满温暖……这些都是生命的意义，都是让人坚强的理由。文中充满了对生命意义的思索，对生命目标的探寻，字里行间鼓励着人们善待生命、善待生活。在史铁生的文字中，我们能够窥见一个人内心世界的无尽波澜，那些起伏不定的情感在笔下跃然纸上。同时，正是通过这些内心起伏的描绘，我们也能感受到他冷静地观察和坦然地面对。

乐观积极的心态是铸就成功的重要因素之一。生命是大自然赋予的奇迹，每个生命都有自己独特的轨迹。然而，这命运如同翻云覆雨的天气，时而明媚，时而阴霾。我们不能因一时的好运而沾沾自喜，忘却了生活的艰辛；也不能因遭遇困境而一蹶不振，陷入绝望的深渊。面对命运的起伏，我们应当保持一颗平和的心，既珍惜眼前的美好，也勇敢面对挑战。面对生活的困境，我们应以积极的心态应对，学会与自己和解，与过去和解，期待遇见更好的自己。

工商管理学院辅导员王张静点评：

这篇读后感确实写得十分出色，它精准地捕捉到了史铁生先生的人生智慧，并且融入了张艺超同学对生命的独到见解。整篇文章如同一部优美的交响乐，旋律和谐，引人深思。通过这篇读后感，我们不仅可以感受到史铁生先生的坚韧和勇气，更能体会到作者对于生命的敬畏和热爱。史铁生先生的一生充满了曲折与坎坷，但他始终保持着乐观的心态和坚韧的精神。他用自己的经历告诉我们，生活中无论遇到多少困境和挑战，都不应放弃，而是要勇敢地面对，积极地寻找解决问题的方法。这种精神不仅是对文学的贡献，更是对我们生活态度的启示。因此，我们应该从史铁生先生的经历中汲取智慧和力量，学会如何在困境中保持坚韧和勇气。当我们遇到挫折时，不妨回顾一下史铁生先生的故事，从中汲取力量，继续前行。只有这样，我们才能在生活中不断成长，不断超越自己，从而实现更高的目标。

红星点亮光明　庇佑华夏儿女

——《红星照耀中国》读后感

工商管理学院 2023 会计 5 班　洪方怡

一、红星启航

在百年前的时光隧道里，隐匿着一个与世界隔绝的神秘角落，那里虽然孤悬海外，却燃烧着最炽热的革命火焰。有这样一群人，他们怀揣着坚定不移的信念，在逆境中砥砺前行，即便面对再艰难的未来，也毫不退缩地付出努力，哪怕这些努力在旁人看来似乎微不足道。而我们离这一切并不遥远。我们就是这些人执着坚定的结果，是那片传奇土地上的儿女。

《红星照耀中国》带着我们从最客观的角度去认识那段荡气回肠的史诗，用最冷静的陈述句为我们呈现最热血沸腾的故事，展现了最感人肺腑的精神。

此书从一个外国记者的独特视角出发，叙述了红军从诞生到崛起的故事。作者不仅详细阐述了红军的基本思想和政策，更通过深入采访和观察，生动刻画了众多红军将领的形象与性格，为我们展现了他们独特的魅力和坚定的信念。同时，书中也如实记录了中国当时的社会状况和民众生活，为读者提供了一个全面了解当时中国社会的窗口。在叙述中，作者巧妙地融入了自己的主观思考和客观辨析，使这部作品既具有历史的厚重感，又不失个人的独特见解。

由于作者的立场，他一开始并未对这场红色革命报以太大期待，也难以理解红军在明知与敌人实力悬殊的情况下，却依然坚定不移地坚持斗争的勇气和决心。但随着目睹帝国主义侵略者的残暴行径和人间惨状时，他的心灵受到了极大的震撼。同时，随着他对红军的风格与执念的深入了解，他开始真切体会到红军革命的动力和人民抗战的决心。在斯诺笔下，他对中国穷苦人民的同情之心也越发浓厚。面对红军艰苦奋斗、舍己为人的精神，他表达了毫不吝啬的赞美，到后来甚至开始有些与红军同仇敌忾的意味。仅仅是目睹了这一切，仅仅是聆听那些革命者"轻描淡写"般的叙述，就足以让斯诺这位记者对一场革命、一个民族的看法发生如此巨大的转变。我不禁想：那些革命先辈的意志和信念是有多么坚毅，他们是有多么奋不顾身，他们的心灵和对国家的感情是有多么质朴纯洁啊！

书中讲到毛泽东、周恩来、彭德怀、朱德等一个又一个伟大的领导人。他们虽然出身平凡，但怀揣着救国救民的坚定信念，以一颗为人民无私奉献的心，不断壮大人民军队，最终缔造了新中国。作为领导人，他们与战士们同甘共苦。吃食普通，衣着简朴，却难掩他们那拳拳爱国之心。他们不为功名，只为百姓；不求利禄，只求和平。问百姓为何如此爱戴红军，那朴实话语动人心弦：因为那是百姓的军，那是救国的军！

二、时代跨越

在斯诺的文字中，我们既能感受到那些革命先烈们震天撼地的情感，也能感受到他们心脏有力的跳动。

真实，是这本书最显著的特点。因为无须激昂的文字、华丽的辞藻，只要将他们的事迹真实地记录下来，便可震动整个世界。

当我独自坐在静谧的房间中，在柔和而明亮的灯光下翻开《红星照耀中国》的那一刻，我仿佛跨越了时空的界限。我想没有任何人能比我们更能体会这种心情："我正在享受的，这普通、平静，安详的生活，是书中的那些无比伟大的人在那灰暗恐怖的世界里为光明而奋斗、挣扎才换来的！"

这样普通又随意的，被我们一笑而掷的时光，他们要付出的代价竟然那样沉重，让人不禁热泪盈眶。

三、万千庇佑

我们如今幸福稳定的生活是建立在万千将士的忠骨之上的，我们不是应该感到庆幸，应该感动吗？不是应该倍加珍惜，并继续奋进吗？

强大和安定赋予了我们幸福美满的生活。然而，我们这一代养育在温室中，习惯了父母的呵护与付出。如此成长的我们，常常因为事不如意就怨天尤人，遭遇挫折和打击便选择退缩逃避。遇到问题就推卸责任，而非积极寻求解决之道。我们不再像过去的英雄那样勇敢面对和克服困境，反而像是一个懦弱怕事的逃兵，这种态度亟待改变。遥想当初如果红军战士们在长征初始，就因为这样那样的理由和借口，说一句"我不去"，那怎么可能换来我们今天的幸福生活啊！试想，如果我们贪求安逸而萎靡不振，怎么能承担肩上为振兴中华而学习的责任，如何去建功立业、报效祖国，如何能让为国牺牲的先辈们得偿所愿！

此刻我多么希望那些可爱的人能看到，现在的中国强盛到足以成为人民坚不可摧的保护伞，岿然不动的后盾；也多么希望斯诺先生能够看到，他力排众议看好的中国和中国共产党如今的繁荣昌盛。所以，我们也更要珍惜现在的一切条件，传承先辈们的坚强意志与信念，让那闪耀的红星永远悬飞在东方的巨龙之下，庇佑华夏儿女！

工商管理学院辅导员王张静点评：

这篇读后感展现了洪方怡同学对《红星照耀中国》一书极其深入的理解与感悟，其真挚的情感与高度的历史责任感令人深感敬佩。通过对书中人物和事件的细腻描述，作者不仅表达了对革命先烈们的崇高敬意和深切感激，更从中汲取了力量，对当代年轻人的生活态度和价值观进行了深刻的反思。

文章引用书中的内容恰到好处，结合作者个人的思考与感悟，使得整篇文章既具有历史的厚重感，又不失现代的鲜活气息。尤其是在结尾部分，作者以高远的视野和坚定的信念，表达了对祖国的深沉热爱和对未来的坚定信心，展现了一种积极向上的精神风貌，令人为之动容。

作者的文笔流畅且富有力量，用词准确而富有感染力，使整篇文章读来如行云流水，酣畅淋漓。这样的读后感不仅是对《红星照耀中国》这一历史巨著的致敬，更是对当代年轻人的一种激励和鞭策。它告诉我们，要铭记历史，珍惜当下，更要勇敢地面对未来，为祖国的繁荣富强贡献自己的力量。

情深缘浅意难平

——读《边城》有感

工商管理学院 2023 会计 5 班　伍项澴

一、边城故事多

《边城》故事很美，美得惊心动魄，却隐藏着遗憾。

读完《边城》的那一刻，我默然，不知你是否与我同感，胸中似有重石，气息难平。然而，我也庆幸自己踏入了这个故事的深邃之中，未让自己如翠翠般，无尽地守候那或许永远不会到来的"明天"，以及那个或许永远无法触及的人影。

边城的意难平，仿佛一幅淡雅的水墨画，在细腻的笔触下，流淌着深沉的情感和无尽的哀愁。这部作品以其独特的魅力，让我在阅读的过程中，仿佛置身于湘西的边城，感受着那里的山水、人情以及那份难以言表的情感纠葛。其中的亲情爱情相互交织充斥着人生。

翠翠，这个纯真善良的女孩，她的命运似乎注定要与那个渡口、那艘渡船紧密相连。她等待着傩送的归来，那份执着的等待，如同边城那悠长的河流，波澜不惊，却充满了无尽的期盼和失落。而傩送，他是否真的能够回来？这个问题的答案，或许只有沈从文先生自己知道。

在翻阅《边城》的篇章时，我时常被一种深沉的压抑感所笼罩，它源于对命运无常的无奈和对人性深邃的洞察。这种情感如同沉重的石块压在心头，让我难以释怀。然而，正是这份沉重与压抑，让我对生活有了更为深刻的理解和珍视。它让我意识到，每一个瞬间都蕴含着宝贵的意义，每一次相遇都可能是命运的馈赠。人与人之间的情感纽带，如同脆弱的丝线，却承载着无尽的温暖与力量。

二、感悟边城

我同样庆幸自己曾沉醉于《边城》的世界。它并未让我如翠翠般，在那缥缈的“明天”中，无尽地等待一个或许永远无法抵达的身影。这部作品教会我，生活中的每一次抉择，都如同轻触命运的琴弦，奏响着人生变幻的旋律。真正的幸福，并非对遥不可及的梦想的执着追求，而是在于我们如何珍视和把握眼前所拥有的一切。

在这座静谧的边城中，沈从文的笔触如细丝般温柔而精准，将那些深藏的遗憾一层一层地展现在我眼前，它们如同尖锐的细针，无声无息地刺入我心底最柔软的地方。这份遗憾，让我心如刀绞，久久不能平静。然而，正是这份沉重的遗憾，教会了我一个深刻的道理：误会要及时解释，爱要勇敢表达。不要因为一时的犹豫和彷徨，错过了与所爱之人共度的宝贵时光。因为一旦错过，那份遗憾将会如同影子般，伴随我们一生，让我们在无数个寂静的夜晚，辗转反侧，意难平。让我们珍惜每一个与所爱之人相处的瞬间，用真诚和勇气去表达内心的情感，不让遗憾成为常态，而是让爱与幸福永远陪伴在我们身边。

《边城》以其独特的魅力，引领我们穿越时光的长河，深入体验人性的复杂与命运的变幻莫测。尽管书中弥漫的遗憾与无奈令人心痛，但正是这份意难平，让我们对生活有了更深刻的理解与感悟。它教会我们，珍视当下，把握每一次相遇，因为生命中的每一个瞬间都弥足珍贵，不容错过。

工商管理学院辅导员王张静点评：

这篇读后感对《边城》的解读深入而精准，展现了作者对作品细致入微的观察和独到见解。伍项濮同学不仅聚焦于故事情节和人物形象，更从深层次探讨了书中蕴含的复杂人性和命运的无常。在这个世界里，人们虽遭遇重重困境和无奈，却依然保持着对生活的热爱和对未来的乐观。这种精神在主人公翠翠及其他角色身上得到了充分体现，他们坚韧不屈、乐观向上的态度，是作者对人性中美好一面的赞美。此外，伍项澬同学还从文学手法角度对《边城》的艺术价值进行了深入分析，沈从文先生将湘西乡村的风土人情和人物形象刻画得栩栩如生，使读者仿佛置身其中。

这篇读后感不仅让读者对《边城》有了更深入的了解和认识，也展现了伍项澬同学对文学作品深刻的分析能力和独到的见解。这是一篇充满智慧和洞见的读后感，值得我们细细品味和学习。

古今多少事，都付笑谈中

——读《明朝那些事儿》有感

工商管理学院 2023 会计 6 班　马思雨

人之渺小在历史长河中犹如沧海一粟。在古书上的每一笔的轻描淡写，可能就是古人波澜壮阔的一生。

在作者笔下，1368—1644 年这 200 多年的明朝历史画卷在眼前徐徐展开，明朝的人事更迭、兴衰荣辱一一呈现在眼前。当我翻阅完这部作品的最后一页，我仿佛亲身经历了这个帝国的崛起与辉煌，又目睹了其悲壮的落幕。通常，史书会以客观冷静的笔触记录着过往，对于大多数人而言，那些陈年往事可能显得遥远而乏味。然而，这本书却以其独特的魅力，将枯燥的历史变得生动有趣，让我深刻感受到历史不仅是时间的堆砌，更是人性和命运的交织。它让我沉浸其中，仿佛与那些历史人物并肩而行，共同经历了那段波澜壮阔的岁月。

一、朱元璋重塑汉人荣光

谈起明朝，我的思绪首先飘向那位铸就华夏新篇、重塑汉人荣光的伟大君主——洪武大帝朱元璋。对于朱元璋，我初时的印象是，身为贫困农民出身的他，应更能体会民间疾苦，可是他为什么会这么暴虐呢？但当我读到这部作品中朱元璋的这一部分时，我才发现我错了。到底什么是真正的民？是那些地主、贪官污吏、衮衮诸公的家眷们是民，还是那些每日耕耘的穷苦老百姓是民？那些贪官，贪污旱灾水灾的钱财，导致百姓被淹死、饿死，剥几个贪官污吏的皮，算是残忍吗？官不聊生，一点都不残忍；民不聊生，才是真正的残忍。朱元璋生于乱世之中，自贫寒之家崛起。他几乎赤手空拳，单枪匹马，建立起了庞大的帝国。

二、于谦光明磊落

在历史的洪流中，除了朱元璋，还有一位勇士。他在大明王朝面临危难之际挺身而出，宛如砥柱中流，力挽狂澜，守护着京城和大明的半壁江山。他从小满怀以身许国的志向。他身居政坛，以刚正不阿之姿，斩除权贵之弊，坚守公正之道。即便屡遭排挤，他亦如磐石般坚韧，始终不改初衷。他就是大明第一忠臣——于谦。于谦一生两袖清风，光明磊落，保卫国家，却没有一个好结局。他保护得了大明，却保护不了自己。书中写道，"于谦被杀之后，按例应当抄家，可当抄家的官员来到于谦家里时，才发现除了生活必需品外，于谦家中根本没有多余的钱"。"粉骨碎身浑不怕，要留清白在人间"，以前只是背过于谦的诗，直到现在我才真正了解于谦，才真正读懂了《石灰吟》。于谦之死，史载：天下冤之。

三、抵御倭寇

明代的抗倭战争也是中国军事史上光辉的一页。万历二十年，执掌日本军政大权的丰臣秀吉入侵朝鲜，欲借道攻明，鲸吞中国。朝鲜国土大部沦陷，向大明求援。明朝大将李如松率四万大军横渡鸭绿江，抵达平壤，迎战十五万日军。激战数个时辰，明军突入平壤，大破日军。丰臣秀吉认为用多年征战、训练有素的士兵，凭借先进的武器去进攻大明，是稳赢不输的，但他错了。碧蹄馆之战，大明五千骑兵迎战四万日军。明军往来冲击，杀出重围，日军死伤惨重，退至王京，不敢再与明军野战。

几百年后的 1937 年，日本的武器技术已经走到了时代的前沿，成为无可争议的强大国家之一。与此同时，旧中国却陷入了军阀割据的混乱之中，重型武器的引进依赖国外，显得捉襟见肘。面对这样的中国，日本似乎看到了胜利的曙光。然而，历史的车轮并未按照他们的预想轨迹前行。在这场持续了八年的战争中，中国人民展现出了顽强的抗争精神，使日本最终输掉了这场战争。因为他们不懂得中国人，越是苦难越能磨砺出中国人坚韧的信念。"几千年来，无论什么样的困难、什么样的绝境、什么样的强敌，从来没有人能真正地征服我们，历时千年，从来如此。"这是我在书中最喜欢的一句话。坚信"天下兴亡，匹夫有责"是刻在中国人骨子里的信念。

明朝跨越两百余年，历经十六帝。徐阶卧薪尝胆终除严嵩，张居正身处高位仍锐意改革，他们的坚韧与担当，让我深感明朝政治文化的独特魅力，明朝续命的历史贡献令人敬佩。明朝，或许只是历史车轮中的一个齿轮，但作为汉人最后一个王朝，却给我们留下了太多的念想。大明终其一朝二百七十六年，不和亲、不赔款、不割地、不纳贡，天子守国门，君王死社稷。我曾无数次想过大明王朝会以什么样的形式结束。讲了九本书的王侯将相，世袭贵胄，什么样的结局才能配上这样波澜壮阔的历程。可一切似乎也没多惊天动地，崇祯就在寿皇亭旁边的一棵大树上自缢了。嗟尔明朝，气数已尽。那些为了大明延续而奔走的人和事都将走向终局。千千万万人的故事，就这样结束了。

收燕云十六州，复我汉家衣冠。历朝历代，得国之正，莫过于明。

工商管理学院辅导员谢建颐点评：

　　这篇关于《明朝那些事儿》的读后感，马思雨同学不仅对明朝历史进行了深刻剖析，更有着对人性、命运和社会变迁的独到见解。作者以精湛的笔触，将明朝200多年的风云变幻娓娓道来，令人仿佛置身于那个波澜壮阔的时代。作者没有简单标签化朱元璋，而是深入剖析其成长背景、性格与治国策略，展现了这位伟大君主的复杂面。同时，文章也强调了"民"的本质是辛勤耕耘的百姓，而非权贵，体现了作者对人性的深刻洞察。于谦的忠诚与抗倭战争的顽强抵抗，彰显了明朝人民对国家和民族的深厚情感与责任感，对今天仍有启示意义。文章通过对比明朝与1937年抗战，彰显了中国人民的坚韧与不屈，呼吁人们要珍惜今天的和平。结尾"收燕云十六州，复我汉家衣冠"既是对明朝的怀念，也是对中华文化的传承与赞美。

　　这篇读后感是一篇高质量的历史文化评论。它不仅展现了作者深厚的历史文化底蕴和独特的思考角度，也为我们提供了一个全新的视角来审视和理解明朝这段波澜壮阔的历史。相信这篇文章会激发更多人对历史和文化的兴趣与热爱。

自杀式救赎

——读《天堂旅行团》有感

工商管理学院 2023 人力 1 班　方　娜

"如果我离开你了，你会找我吗？"

"会的。"

"我想去世界的尽头，那里有一座灯塔，只要能走到灯塔下面，就会忘记经历过的苦难，你去那里找我吧，到了那里，你就忘记我了。"

"好的。"

一、对生命的思考

宋一鲤，1995 年生于南京燕子巷，自幼父母离异，母亲含辛茹苦抚养他长大。年幼时，他时常被同学欺负。进入大学后，宋一鲤的生活迎来了一丝转机。他遇到了林艺，一个愿意为他刷饭卡、陪伴他、理解他的女孩。他们彼此相知相爱，成为世界上最懂对方的人。然而，生活并非总是如此美好。突如其来的变故打破了他们的平静生活。宋一鲤的母亲因脑梗发作而住院，病情严重到甚至想过跳楼，希望以意外保险的赔偿来保障儿子的未来。他的母亲最终没有成功，反而瘫痪在床，需要长期照顾。面对工作的压力和瘫痪母亲的照顾，宋一鲤感到力不从心。与此同时，林艺也因为无法承受这样的生活压力，提出了离婚。这一切的打击让宋一鲤感到绝望，他开始产生了自杀的念头。"压抑是有实质的，从躯壳到内脏，密不透风地包裹，药物仅仅像缝隙里挤进去的一滴水，浇不灭深幽的火焰。"

余小聚，八岁患脑癌的小女孩，在偶然的情况下得知宋一鲤要自杀，假借去看演唱会缠着宋一鲤开启了一段旅行，一路上宋一鲤和余小聚不仅领略了风景，也认识了一群可爱的人：洒脱的大明星陈岩、严谨的助理青青、勇敢的村姑田美花等。"童年没有太阳，却惦记着亲手造一道光。"这是宋一鲤对她的形容。余小聚用她的天真烂漫，勇敢善良感染了宋一鲤，使他看到了生命的希望。最后余小聚还是离开了这个她想用力活下去的世界。

二、对爱的理解

在电影《想见你》的尾声，那句"去爱，去失去，要不负相遇"恰似宋一鲤的生命轨迹。他体验了爱的深沉：母亲无尽的关怀，林艺昔日的温情，小聚纯真的友谊，以及朋友们无私的陪伴。然而，他也承受了失去的痛苦：父亲的离去，母亲健康的消逝，林艺的离开，以及小聚生命的终结。但每一次的相遇与别离，都成为宋一鲤成长的烙印。他在这个过程中，逐渐学会了珍惜与放手，最终实现了自我救赎。他告别了过去的自己，如凤凰涅槃，浴火重生。去爱，去失去，每一次的相遇，都让他更加坚定，要不负这世间的每一份情感。

也许在这个世界上存在着很少甚至没有余小聚这个角色，可正如作者所说："《天堂旅行团》，希望你能照亮那些在黑夜中走路的人。"余小聚救赎宋一鲤，成为他活下去的希望，可遗憾的是救赎的人先离开了。"没有机会的人试图抓住每一缕风，残留机会的人却想靠一瓶药离开。"

整部小说虽然围绕自杀展开，但蕴藏着给予他人前行的力量。在现实世界里，站在林艺的角度，宋一鲤确实不是一个好的对象，所以她清醒地选择离婚。林艺的选择，是对自我价值的坚定追求。她意识到，作为独立的女性，不应被传统束缚，为爱情牺牲自我。她拥有野心，渴望凭借自己的力量创造美好生活。林艺的觉醒，是对女性力量的赞美，她选择取悦自己，成为生活的主宰，拒绝为一段不佳的感情埋葬自我。在林艺身上，我们见证了新时代女性的独立与力量。

三、人性的善良

请坚信，世间仍有温情与善良。宋一鲤与余小聚，原本陌路，却因意外才成为彼此的朋友。宋一鲤的慷慨与关怀，让余小聚感受到了家的温暖；余小聚的纯真与信任，也让宋一鲤找到了前行的力量。宋一鲤会答应刚认识的余小聚去看演唱会，并在途中尽心地照顾她。余小聚会在生命的最后在只有几个人的直播里拜托大家支持宋一鲤，会在最后对他说悄悄话。所以不是所有的陌生人都是恶人，保持一颗善良的心，温柔地对待这个世界，也记得要保护好自己。他们的故事，是善良与爱的赞歌。让我们怀揣一颗善良的心，温柔地面对这个世界，同时不忘保护自己。

四、命运的谱写

最后一个主题是命运。很多人都会说命运在你出生那天就被上天写好了，可没有谁规定一朵花应该长成什么样子，布莱曾经说过："命运并非机遇，而是一种选择，我们不该期待命运的安排，必须凭借自己的努力创造命运。"故事开头的支离破碎与结尾的岁月静好形成鲜明的反差，每个人的最后都有了圆满的结局，谁又能说这不是他们自己努力过后的结果呢？每个人的命运都不相同，有人能把好牌打得稀烂，也会有人把一手烂牌打成王炸，所以不要轻易地下定义。"命运不停地从你身边取走一些，甚至你觉得是全部，你舍不得，放不下，扛不住，可是不活下去，你就无法发现，命运归还给你的是什么。"就像青青给宋一鲤那个意外的吻，在命运揭开谜底之前，你永远不知道下一刻会发生什么，是幸福还是灾厄，是始料未及的相逢还是猝不及防的离散。

"我们一路上遇到很多人，很多事，有爱而不得，有得而复失，有生不如死，有死里逃生。"所以请肆意地与这个世界发生碰撞，也许幸运会与你撞个满怀。

工商管理学院辅导员谢建颐点评：

方娜同学对《天堂旅行团》的解读深邃而动人，她不仅是对生命、友情、爱情和命运进行了精湛剖析，更是一次灵魂的洗礼和心灵的触动。《天堂旅行团》给作者的启示，如同晨曦之光，照亮了前行的道路，激发了她对生活的热爱与执着。愿我们都能从这本书中汲取那份坚韧与勇气，坚定面对生活中的种种挑战，珍视每一个美好的瞬间。更愿我们怀揣着善良与爱心，成为他人生命中的温暖之光，共同编织出命运中最为绚烂的篇章。

愿山河依旧，国泰民安

——《红岩》读后感

工商管理学院 2023 人力 1 班　刘沁欣

在这个寒假，我来到了南京，穿梭在这座古老而庄重的城市里，其中一站便是肃穆的侵华日军南京大屠杀遇难者同胞纪念馆。那里的历史痕迹沉重而深刻，犹如一块巨石压在心头，让我不禁陷入沉思。在返回的途中，我脑海中突然闪现出一本尘封已久的书——《红岩》。回到家中，我迫不及待地走向书柜，轻轻翻出那本已经泛黄的书页。再次打开它，我仿佛又回到了那个充满激情与信仰的年代，心情也变得复杂起来。

一、何为"红"？

红，不仅仅是党旗、国旗永不褪去的颜色，更代表着中国共产党人、中国革命党人炽热的心脏。岩，不仅记载了中国共产党人在追寻光明之路上所历经的千难万险，更凝聚了他们为中华民族谋复兴、为人民谋福祉的不屈意志。《红岩》描写了在人民解放军进军大西南的形势下，重庆的国民党当局对共产党领导的地下革命斗争进行疯狂镇压。书中着重表现了以齐晓轩、许云峰、江雪琴为首的共产党人在狱中的英勇抗争。他们虽最终惨遭屠戮，却以无畏的姿态彰显了共产党人的大无畏英雄气概，为革命做出了最崇高的牺牲。

1948 年，人们刚刚从日本侵华战争的阴霾中走出来，内战却又开始了。中华大地上硝烟弥漫，炮声、枪击声，无间断地回响在这片刚刚经历磨难的土地上面。革命党人为改变人民受压迫的命运，追求中华民族的光明未来，与国民党之间展开了不屈不挠的斗争。这些英勇无畏的革命先辈，无惧身体上的疼痛与敌人精神上的压迫，在苦难中锻造出钢铁般的意志，坚守着对党和革命的信仰。他们在热血的洗礼中成长，于硝烟弥漫中传递着革命的火种，为中华民族的未来奋斗不息。

二、《红岩》是什么？

《红岩》这部红色经典著作，深刻展现了革命先烈为民族独立和人民幸福所做出的巨大牺牲。它让我深刻认识到，我们如今享有的安宁生活，是无数革命先烈用他们宝贵的生命铸就的。我们应铭记革命先烈们的英勇事迹，珍惜来之不易的和平与繁荣。我们不仅要将他们的崇高品质和奋斗精神传承下去，更要汲取历史教训。落后就要挨打，我们必须时刻警醒，不断加强国防安全，提高国家的综合实力。只有这样，我们才能让每一位中华儿女远离战争的硝烟，永远生活在一个和平富强的国家之中。

此外，《红岩》也让我明白了革命事业的艰巨性，以及传承革命事业的必要性。前辈们用他们的牺牲换来了革命的火种，用他们的牺牲开启了中国逐步成为世界强国的新征程。万丈高楼平地起，辉煌只能靠自己。周恩来总理曾经说过"为中华之崛起而读书"。在前辈们的引领下，我们这一批新时代的中华子女要时刻铭记为中华崛起而奋斗。祖国的繁荣富强，不是一蹴而就的，需要中华儿女坚守信念并为之不懈奋斗。只有每一代中华儿女心中有梦、眼里有光，时刻铭记并传承先辈们留下的坚韧不拔的革命精神，我们才能战胜一切敌人，克服一切困难，并取得最终的胜利。在未来的求学之路上，我将继续怀揣着一颗赤诚之心，为实现中华民族伟大复兴的中国梦贡献自己的力量。

《红岩》这部著作以 1948 年的重庆为背景，塑造了许多鲜活的人物形象。其中，许云峰、江姐等角色以其独特的个性和坚定的信仰，给读者留下了深刻的印象。他们不仅是书中的人物，更是那个特殊时期革命者的缩影。阅读《红岩》时，我时常疑惑革命者为何始终都能保持着不屈不挠的精神？为何会有如此高的革命觉悟？在继续深入阅读之后，我发现像江姐，许云峰等革命者都曾遭遇过国民党黑暗统治的摧残。他们深知人民的疾苦，更渴望着可以改变现状，让每个人都享有平等自由的权利。因此，他们甘愿牺牲自我，以成就更伟大的理想。"有些人死了他还活着"，这句话恰如其分地描述了革命的先行者们。他们虽然已经离世，但他们的奋斗精神永垂不朽，值得后世的我们无限敬仰。先辈们的牺牲并非轻于鸿毛，而是重于泰山。他们的精神在中华大地生生不息，流传至今。如今，在亿万中华儿女的传承下，这革命的火焰已然汇聚成燎原之势，照亮前行的道路。

三、向革命先烈致敬

2016年7月1日，在庆祝中国共产党成立95周年大会上的讲话中，习近平总书记提出"理想之光不灭，信念之光不灭。我们一定要铭记烈士们的遗愿，永志不忘他们为之流血牺牲的伟大理想。"正是因为这些革命先烈的无畏牺牲，才铸就了今日中国的和平与繁荣。他们坚定理想信念，推动了中国在历史的长河中不断前行，成为世界的翘楚。他们用血肉之躯为中华民族的振兴铺设了一条宽广而坚定的道路，谱写了一曲壮丽的国歌，激励着一代又一代的中华儿女奋斗前行。当五星红旗冉冉升起，当五十六朵鲜花绽放在中华大地上，当新年的钟声敲响在没有炮火的黑夜里，我们才知道如今的和平的可贵，才知道什么叫：山河依旧，国泰民安！

"东方的地平线上，渐渐透出一派红光，闪烁在碧绿的嘉陵江上。湛蓝的天空，万里无云，绚丽的朝霞，放射出万道光芒。"《红岩》的悲壮结局，触动了无数人的心弦，但中国革命的道路永不止步。重读此书，我深感祖国的繁荣富强来之不易，和平生活更是弥足珍贵。我们应该怀揣着对革命先烈的敬仰，愿他们的英灵在这片昌盛的土地上安息，愿祖国山河永固，国泰民安！

工商管理学院辅导员谢建颐点评：

在这篇读后感里，刘沁欣同学对《红岩》的分析深刻而高远。作者不仅深入领略了这部描写革命斗争历程的经典著作的精髓，更从中汲取了丰富的历史智慧与人文情怀。通过对书中人物的细致解读，作者对革命先烈的牺牲精神和崇高的革命理想有了更加深刻的理解。值得一提的是，作者还将自己的感悟与当下国家的发展、个人的奋斗紧密联系起来，展现出一种高度的历史责任感与时代使命感。作者认识到，革命先烈的奋斗与牺牲为我们创造了今天的幸福生活，而我们作为新时代的公民，应该更加珍惜这一切，并努力为国家的繁荣富强贡献自己的力量。此外，作者对《红岩》的创作意图有着独到的见解。这种鉴赏能力不仅让读者在欣赏作品时获得美的享受，更能够深入理解作品的深层含义和创作者的思想。

一封道歉信　一段人生旅程

——读《外婆的道歉信》有感

工商管理学院 2023 人力 1 班　　周湘云

　　《外婆的道歉信》以其独特的叙述方式和深刻的主题，让我在阅读过程中深受触动。这本书不仅讲述了一段关于亲情、友情与爱的温馨故事，更是一次关于成长、勇敢面对过去与拥抱未来的心灵启示录。在此，我愿将这份感悟与思绪化作笔墨，细细道来。

一、亲情的感触

　　书中外婆的形象令我为之动容。她并非传统意义上的家长典范，而是一位充满童真与冒险精神的灵魂舞者。她挣脱了传统观念的桎梏，她的行为在外人眼里或许显得与众不同，甚至有些"古怪"。然而，正是这份与众不同的勇气，让她敢于直视过往，坦然承担错误，她的坚毅与坦荡在我心中激起阵阵敬意。

　　外婆留下的道歉信是小说的核心情节，她的道歉信不仅是对过去的忏悔和道歉，更是对未来的期许和守护。这些信件让爱莎逐渐了解外婆的过往经历，将她引入了一个充满奇幻和冒险的不眠大陆，让她在童话般的世界中学会了勇敢、坚强和原谅。这些信件也成为一种情感的纽带，连接了外婆和爱莎。爱莎渐渐窥见了外婆丰富的过往和她对亲情的独特理解。这些文字如同打开了一扇窗，让爱莎更深入地走进了外婆的内心世界。这个过程让爱莎学会了理解与原谅，也让她更加珍惜与家人之间的情感联系。

　　外婆与爱莎之间的亲情，并非止于表面的照顾与被照顾，而是一种深入骨髓的默契与无言的扶持。外婆以她独特的方式，为爱莎编织了一个充满奇幻色彩的童话世界。她给予爱莎的，不仅是深沉的爱与关怀，更是对亲情真谛的诠释。同样，爱莎也以自己的方式，去理解外婆，去接纳她的不同。这种相互间的理解与支持，构成了她们之间那份无法割舍、坚如磐石的亲情。这份亲情超越了时间的流转与空间的隔阂，即便在外婆离世之后，她的爱和对亲情的独特理解仍通过那些道歉信，温暖而坚定地传递给每一位家人与朋友。

二、友情的召唤

书中的友情也给我留下了深刻的印象。爱莎与邻居们之间的关系由陌生到熟悉，再到相互扶持，共同守护着他们的公寓，并肩面对生活中的种种挑战。这种友情如同温暖的阳光，给予爱莎力量与慰藉，也使我深刻体会到人与人之间那份真挚的关爱与支持。在快节奏的现代社会中，我们或许常常因忙碌而疏忽了与他人的交流与联系。但《外婆的道歉信》却提醒我们，友情是生命中不可或缺的宝贵财富，它能够给我们带来无尽的快乐和力量。

同时，小说也探讨了成长的主题。通过外婆的道歉信，爱莎逐渐成长为一个勇敢、聪明和强大的女孩。她学会了面对现实的残酷，学会了理解和原谅，也学会了珍惜和爱护身边的人。这种成长不仅体现在爱莎个人的变化上，也体现在她对亲情的理解和认识上。在《外婆的道歉信》的字里行间，我深刻感受到了成长的苦涩与迷茫。外婆离世后，爱莎开始逐步揭开自己内心的面纱，并学会面对外界的纷繁复杂。她不仅要克服内心的恐惧与不安，更要学会独自应对生活的种种挑战。这一过程固然充满痛苦，但它也是成长的必经之路。它使我们更加成熟坚韧，让我们能够更加勇敢地面对生活中的每一个考验。

三、人性的追寻

书中的爱也让我感受到了人性的美好。外婆的爱、爱莎的爱、邻居们的爱，都展现了人类内心深处的善良和温暖。这种爱不仅是对亲人和朋友的关爱，更是对生命和世界的敬畏和珍视。在阅读过程中，我不断思考着爱的真谛和意义。爱不仅是一种情感上的表达，更是一种行动上的付出和奉献。只有当我们真正去关爱他人、去珍惜生命、去尊重世界，才能体会到爱的力量和价值。

四、自我的审视

最后，这本书也让我重新审视了自己对过去和未来的态度。过去是我们无法改变的，但我们可以从中吸取经验和教训，为未来做好准备。未来是充满未知和变数的，但我们依然可以怀揣希望与勇气，去迎接它、去塑造它。在这个过程中，我们需要珍惜当下、活在当下，让每一天都充满意义和价值。

《外婆的道歉信》是一本充满感动与启示、温情与深度的书。它不仅让我深刻感受到了亲情、友情和爱的伟大与美好，更让我认识到了成长的重要性、过去的价值以及未来的可能性。我相信，这本书会给每一个读者带来深刻的思考和感悟。

在未来的生活中，我将带着这些感悟和思考，更加珍惜身边的人和事、更加勇敢地面对生活的挑战和困难、更加坚定地追求自己的梦想和目标，开启属于自己的人生旅程。

工商管理学院辅导员谢建颐点评：

周湘云同学笔下关于《外婆的道歉信》的读后感，以其独特的魅力和深邃的内涵触动着读者的心灵。通过对外婆与爱莎之间的亲情，以及爱莎与邻居之间的友情展开的描述，展现了作者对人性温情与成长的体会，这种态度令人感动。同时，作者在对爱、过去、未来的态度上也表达了深刻的感悟，展现了积极向上的人生态度。综合来看，周湘云同学对这本书的理解和感悟相当深刻，希望作者在未来的人生旅程中能够继续秉持着这种感悟，勇敢面对挑战，珍惜每一刻，实现自己的梦想和目标。继续保持对生活的热爱和积极的心态，相信其会走得更远、更好。

波澜壮阔的人生哲思

——《老人与海》读后感

工商管理学院 2023 人力 2 班　许　韬

初识

《老人与海》是海明威的杰作，我深爱其纯净、简练的叙述，更着迷于其中蕴含的人生智慧。它用最简单的文字，描绘出最深刻的哲理，让我领悟到坚韧不拔的精神与面对挑战的勇气。

《老人与海》写的是老渔夫桑提亚哥在海上的捕鱼经历，描写老人制服马林鱼后，在返航途中又同鲨鱼进行惊险的搏斗。"一个人并不是生来要被打败的，你尽可以把他消灭掉，可就是打不败他。"这是桑提亚哥的生活信念，也是《老人与海》中作者要表达的思想内核。通过对桑提亚哥的形象塑造，海明威热情地赞颂了人类面对艰难困苦时所表现出的坚不可摧的精神力量。

他曾经以强健体魄和无尽毅力著称，如今却沦落到孤独的境地，只能生活在海边一个简朴的小茅棚里。他曾经拥有与黑人掰腕子一天一夜的传奇力量，但岁月的无情流逝使他晚年生活变得凄凉。连续 84 天的捕鱼空手而归，让他遭受了周围渔夫的嘲笑和同情。然而，即便在如此困境之中，他毅然决定再次出海，去追寻那对大海的执着和对渔获的渴望。回港后他依然空手而归，他的遭遇令人心酸，但他的坚韧和不屈精神却让人肃然起敬。

在《老人与海》中，我深刻感受到了桑提亚哥生命的顽强与坚韧。尽管他被其他渔夫嘲笑为失败者，但是身处孤独与困境之中的他却从未放弃。在与大马林鱼搏斗了整整三天三夜之后，他终于战胜了对手，彰显出他那无与伦比的毅力。然而，归途中鲨鱼的屡次袭击，更是对他意志的严峻考验。面对鲨鱼的凶猛攻击，桑提亚哥没有选择妥协，而是倾尽所有力量与之搏斗，用智慧和勇气击退了鲨鱼。尽管最终回港时只剩下大马林鱼的残骸——鱼头、鱼尾和一条脊骨，命运再次与他开了残酷的玩笑，但他心中却毫无遗憾。因为正如他的生活信念所坚持的那样，他的精神从未被打败。他已经尽了自己最大的努力，完成了人所能做的一切。这份坚持和毅力让他为自己感到骄傲，也让读者对他充满敬意。桑提亚哥用实际行动证明了，无论生活给予他多少挫折和磨难，都无法摧毁他那英勇无畏的意志。他是一位真正的勇士，值得我们每一个人尊敬和学习。

再品

小说塑造的老渔夫桑提亚哥的形象：坚强、宽厚、仁慈、充满爱心，他刚强有力、坚不可摧，从不向困难低头，任何阻碍也吓不倒他，即使在人生的角斗场上失败了，面对不可逆转的命运，他仍然是精神上的强者。尽管失败了，他却保持了人的尊严和勇气，有着胜利者的风度。他不只把捕鱼当作谋生的手段，而是当作一种向往，一种光荣！在他身上体现出了一种大无畏的英雄气概！

"在人生的道路上，可怕的不是跌倒，而是跌倒了在原地不起。"老渔夫桑提亚哥将这个道理彰显得淋漓尽致，不管遇到了何等强大的阻碍，他依旧选择积极乐观地面对生活。或许正是因为老渔夫桑提亚哥身上所展现的优秀品质，是我内心深处所渴望却尚未拥有的，所以我每次阅读《老人与海》时都会深受触动，产生了强烈的共鸣。过去，每当遭遇困境，我总是习惯于抱怨命运的不公，或是责怪他人。然而，当我看到老渔夫桑提亚哥是如何坚强地与艰苦生活抗争，甚至在其中找到乐趣时，我不禁深感羞愧。我反思自己，仅仅因为生活和学习中的琐碎小事而苦恼，而桑提亚哥却在与命运的较量中展现出了无比的勇气和坚韧。世事无常，每个人都会面临不同的挑战和难题。正如书中所言："没有一桩事是容易的。"关键在于我们如何面对这些问题。如果我们被问题所左右，那么只能说明我们是弱者，无法掌控自己的人生。然而，若我们能像老渔夫桑提亚哥那样，勇敢地与命运抗争，即使最终失败，我们依然是胜利者。因为我们经历了过程，从中吸取了教训，历练了人生。这样的我们，是真正的强者，是拥有智慧的智者。我们学会了在困境中保持坚韧，在失败中寻找成长，在挑战中超越自我。这样的生活态度，才是我们应该追求的。

在《老人与海》这部小说中，海明威借由老渔夫桑提亚哥之口，深刻地写道："人不抱希望是很傻的。"这句话深刻地揭示了桑提亚哥的人生态度和精神面貌，他确实是一个值得我们尊敬和学习的人。尽管命运对桑提亚哥进行了无情的戏弄，连续 84 天捕鱼没有任何收获，这对于一个以捕鱼为生的渔夫来说，无疑是巨大的打击。然而，桑提亚哥并没有因此屈服或放弃。他始终怀揣着希望，坚信自己仍然强壮如牛，拥有战胜命运的力量。正是这种对希望的坚守，让桑提亚哥在面对困境时始终保持积极的心态。他敢于向命运抗战，向自己的极限挑战。他的这种精神力量，让我们看到了人类在面对逆境时的不屈不挠和勇敢无畏。桑提亚哥的人生经历告诉我们，无论遭遇多少挫折和失败，只要我们心中怀揣着希望，就能够战胜一切困难。他是我们学习的榜样，他的精神力量将永远激励着我们前行。

这次阅读让我有了深刻的领悟：无论在学习上多少次让家人和自己失望，无论内心如何沮丧和灰心，我都应该向老渔夫桑提亚哥学习，不轻易对自己失去信心。我要怀抱希望，坚信只要持续努力，终将迎来收获的那一天。这样的信念将成为我前行的动力，让我更加坚定地面对未来的挑战。

奔赴

人生旅途漫长，难题和挑战如同层峦叠嶂，层出不穷。我们并不畏惧问题的存在，因为问题本身就是成长和进步的催化剂。真正令人担忧的是，当问题出现时，我们选择逃避而非面对，让小问题逐渐演变成难以收拾的大麻烦，或在成堆的困难面前感到无力与迷茫。正如那句古老的谚语所说："世上无难事，只怕有心人。"任何困难和挑战，只要我们以积极的态度去面对，勇敢地寻找解决方案，都能被一一克服。当我们遭遇问题时，不要总是抱怨资源的匮乏或条件的不足，而应思考如何利用手中已有的资源去解决问题。正如老渔夫桑提亚哥在与鲨鱼搏斗时所展现的那样，他没有因为鱼叉断裂、船桨破损而气馁或抱怨，而是凭借自己的智慧和勇气，利用一切可用的手段与鲨鱼展开了殊死搏斗。如果他在面对困境时选择了放弃或抱怨，那么鲨鱼不仅会吞噬他的马林鱼，还可能危及他的生命。因此，当我们面对生活中的问题和挑战时，应该像老渔夫一样，保持冷静和勇敢，积极寻找解决之道。无论环境多么艰难，只要我们拥有坚定的信念和不懈的努力，就一定能够克服困难，实现自己的目标。

在此，向老渔夫致敬！

工商管理学院辅导员陆理辉点评：

在作者的笔墨之下，书籍仿佛成为一股无尽的源泉，源源不断地为读者输送着精神能量。人生，本质上就是一场永无止境的征途，无论前方是否有胜利的彼岸，我们都应当持续前行，永不停歇。诚然，努力并非总能带来预期的成功，但缺乏努力，则注定无法触及成功的门槛。这位读者从这部作品中深刻领悟到了作者的核心理念，并将其内化为自我激励的力量。他将自己的人生境遇与书中情境相交融，激发出了面对困境时勇往直前的决心。他深知，面对生活中的种种挑战，唯有全力以赴，调动身边的一切资源，以积极的态度去迎接每一个艰难时刻，方能书写出属于自己的精彩篇章。

我们期待在现实生活中，每一个人都能像桑提亚哥一样，无畏无惧地面对人生的风雨和挫折。即便是在失败面前，也要因为曾经的努力而问心无愧，不留遗憾。因为正是这些不懈的努力，才让我们的生命焕发出独特的光彩，绽放出耀眼的光芒。

承生命之贵

——读《活着》有感

工商管理学院 2023 人力 2 班　林媛媛

一、生命开篇之举

读完《活着》才明白，人生有三道坎儿，迈过去就好了。

有些人，活着，已经不易。

我始终相信，走过平湖烟雨，岁月山河，那些历尽劫数、尝遍百味的人，会更加坚强。

"活着"二字看似朴素无华，没有华丽的辞藻去修饰，却蕴含着深邃的力量。在余华先生的笔下，《活着》让我得以重新审视这个简单的词汇，为其所蕴含的力量所震撼。我们活着，承受着来自四面八方的压力，不论这些压力是否可见；我们活着，品味着生活的百般滋味，从酸楚到甜蜜，从苦涩到辛辣；我们活着，怀揣着对未来的憧憬与追求，不断追逐着心中的那份远大前程。然而，无论我们经历多少风雨，走过多少坎坷，最终我们活着的意义，或许就是那份最纯粹、最本真的"活着"。

《活着》讲述的是福贵的一生，一个历尽沧桑与磨难的老人的回忆历程。《活着》之所以能够引起共鸣，是因为福贵所经历的波折和磨难。它如同一面镜子，映照出那一代人共同的艰辛与辛酸，映射出 20 世纪中国社会的困顿与历史的变迁。而福贵对苦难的坚韧与承受能力，更是展现了人性中最宽广、最丰富的层面。他不仅是一个单独的个体，更是当时整个底层社会的缩影，他的故事，是那一代人共同的命运写照。

二、福贵其人

福贵的人生之路，宛如蜿蜒曲折的山径，布满了荆棘与坎坷，然而他却以不屈的意志，用毕生的岁月诠释了"活着"的真谛。青年时的福贵荒废人生，整日吃喝嫖赌，输光了家业也气死了父亲，此时的他为了玩乐而活着。年轻时的福贵被人抓作壮丁，在战场上九死一生，捡回了一条命，一心只想回到那残缺但又温暖的家，此时的他为了回家而活着。中年的福贵在田间勤恳劳作，然而命运却是如此的不公。他经历了突如其来的丧子之痛，妻子也得了绝症，此时的他为了家庭而活着。老年福贵身边的亲人一个个地离去，只留下他独自一人与老牛生活着，了无牵挂，此时的他为了自己而活着。

福贵是一个真正的勇者，贫穷困苦是他一生形影不离的"伴侣"。他从一个衣食无忧的阔少年沦落成一个吃了上顿没下顿的农民，他亲手送葬了所有至亲的亲人，最后孤苦伶仃地活着。他的"勇"即在于他具有强大的承受能力，扛起这些从天而降的沉苦负担。面对这些突如其来的变故，他没有一击就垮，而是继续为了活着而奔走。与《骆驼祥子》中的祥子相比，福贵的人生轨迹截然不同。祥子曾是个勤劳肯干的车夫，但在经历了多次身心的重击后，他逐渐沉沦、自甘堕落，成为又嫖又赌的行尸走肉。同是生活在较为贫瘠的年代里，拥有着可怜的命运。祥子变得堕落肮脏，而福贵却以坚强的姿态应对造化弄人。

在余华先生的笔下，福贵一家展现了对生活无比的乐观与坚韧。尽管遭遇重重困境，他们依然保持着对生活的热爱和坚持。凤霞虽因高烧而聋哑，但她并未因此自暴自弃，更未怨天尤人。相反，她以乐观的心态面对生活，默默地为家中分担家务，用她勤劳的双手传递着对生活的热爱。家珍虽身患软骨病，行动不便，但她依然坚持下地劳作。即使汗水湿透了衣衫，她也咬紧牙关，用她的坚持诠释着对生活的执着与热爱……

那个年代有很多如福贵一般的贫困农民，他们每天辛勤劳作，却依然难以摆脱贫困的枷锁，难以活得有尊严。一场突如其来的疾病或饥饿，便能轻易夺去他们脆弱的生命。他们在不成熟的时代潮流中如同孤舟漂泊，四处碰壁，遭遇着种种不公与困境。然而，正是这些普通的农民，用他们内心的坚强与乐观，默默地承受着生活的苦难。他们没有被困境击垮，反而在苦难中找到了生存的力量，用勤劳的双手和坚定的信念，书写着属于自己的诗篇。

三、福贵与福贵们

当我们回顾那些遥远的动荡岁月，远离了绝望与困顿的直接体验，我们不禁要深思：在福贵、家珍、凤霞、有庆等那些坚韧不拔的农民面前，我们的品性显得何其脆弱。面对轻微的挫折，我们有时便会意志消沉；面对微小的困难，我们甚至可能轻易打起了退堂鼓。我们时常轻易地感叹命运的不幸，埋怨学习或工作的辛劳，却往往忽略了生活的真正意义。《活着》如同一面"人性的镜子"，映照出我们内心深处的软弱与不足。面对着福贵一家的坚强与乐观，我们不禁要反思自己的品性和生活态度。他们虽身处困难与贫乏之中，却依然保持着对生活的热爱与希望，这种精神力量值得我们深思和学习。

"人是为了活着本身而活着，不是为了活着以外的事物而活着。"这本书也让我们反思该为了什么而活着？人活着，一旦被赋予沉重的意义与价值，就终有一日会被生命不可承受之重所折磨、摧残。在这个纷繁复杂的世界里，人们各自怀揣着不同的追求。有的人，将生命的航向锁定在财富与名利的海洋，如同泰戈尔所言："一旦鸟儿的翅膀被系上黄金，它便失去了翱翔天际的自由。"这样的生活，犹如背负着沉重的包袱，被名利的枷锁紧紧束缚，让人在追逐中喘不过气。还有些人为了别人而活着，一旦在自己所爱之人、自己的灵魂寄托那儿达不到目的，就轻易变得堕落、变得绝望。

若是为了外物而活，这样的人生有着太多的负担与牵挂，总有一天会不堪重负。我们应遵从自己的心意，不为他人、为金钱等外在事物活着。意外的变故很轻易便能剥夺那些我们很看重的名利、夺走我们珍爱的亲人，我们都有可能在某一天变得一无所有。福贵将祖辈的财产挥霍一空，又经历了所有亲人的离世，他孑然一身，却与老牛踏实地度过余生。因为所有亲人都已离去，所有财产都已输光，他没有什么事情值得担心，便可不再为金钱或他人而活。有村民说他和老牛是两个"老不死",认为他只是幸运,而他真正地为了活着而活着,泰然自若地活在当下。

《活着》就像一首历经沧桑的诗歌,它用朴实无华的语调向我们讲述着生命的脆弱与顽强,活着的艰辛与苦楚,让我们体会到即使是卑微的生命也要坚强、乐观地活着,让我们懂得人性的光芒可以驱散苦难笼罩下的黑暗,更让我们明白为了活着而活着的意义。

工商管理学院辅导员陆理辉点评:

这篇读后感深刻而细腻地剖析了《活着》这部小说所蕴含的人生哲理和人性光辉。作者通过福贵的人生历程,展现了人生中的坎坷与磨难,以及面对这些挑战时人们内心的坚韧与乐观。作者不仅准确捕捉了小说的核心主题,还将其与个人经历、社会现象相联系,进行了深入的反思和探讨。这篇读后感精准地把握了《活着》的主题,揭示了"活着"是对生活意义的追求和坚守。对福贵的深入分析,通过他与祥子的对比,凸显了福贵的坚韧与乐观。文章语言优美流畅,生动描绘了小说情节与人物形象。结尾富含哲理,激发了对生活的热爱和对未来的信心。

历史中的坚韧与辉煌

——《南渡北归》读后感

工商管理学院 2023 人力 2 班　张子迅

一、入局

当翻开《南渡北归》的那一刻，我仿佛被一股深沉而庄重的历史气息所包围。这部作品不仅是对 20 世纪中国学术大师们命运的描绘，更是对读者一次心灵的洗礼和灵魂的触动。在这个时代里，一群杰出的学者们面临着国难与家仇的双重压力，但他们却以坚定的信念和顽强的毅力，继续追寻着知识的光芒和文化的传承。他们的人生经历，充满了挫折与磨难，但他们从未放弃过对真理的追求和对文化的坚守。《南渡北归》的三部曲不仅是对一个时代的深刻回顾，更是对一群坚韧绚烂生命的赞颂。

阅读完《南渡北归》这部作品，我内心久久无法平静。书中的人物形象跃然纸上，栩栩如生，他们面对战争的勇气和坚韧不拔的精神令我深感敬佩。这些知识分子在动荡的岁月中，不仅守护了自己的生命，更勇敢地担当起保护中华民族文化瑰宝的重任。我被他们身上所蕴含的正能量深深打动，同时对中国历史有了更为深刻和全面的了解。

书中以北平沦陷为背景，在屈辱与尊严、征服与抗争的相互交织中，为我们展现了那个特殊时期的真实面貌。每一个人物都并非杜撰，而是有血有肉、有情有义的真实存在。他们不仅是历史的见证者，更是历史的积极塑造者，他们用自己的行动和选择深刻影响了那个时代的命运。在战乱中，他们不仅要面对生活的种种艰辛，还要在极其困难的条件下坚持学术研究。然而，他们始终坚守着内心的信仰和追求，以卓越的智慧和才华，为中华文化的传承与发展谱写了不朽的篇章，为后世留下了宝贵的财富。

在烽火连天的年代，他们身处外界的侵略与压迫之中，内心亦承受着沉重的挣扎与困惑。然而，他们从未选择屈服，而是毅然坚守着自己的信念，与困境抗争到底。他们护送中国文物和大学图书在烽火下南渡，这不仅仅是对文化的保护和传承，更是对民族精神的坚守和弘扬。他们的行动，让我们看到了什么是责任和担当，什么是坚韧和不屈。

在那个动荡不安的时代，他们不仅在军事政治舞台上展现出坚韧不屈的精神和勇气，更在学术文化的领域里取得了令人瞩目的辉煌成就。在军阀混战、中日战争的硝烟中，他们不畏艰难，勾勒出了中国考古与建筑的最初轮廓，为后世的研究提供了珍贵的资料和参考。即便在山区艰苦的环境中，他们依然坚持进行生物科学实验，这种对科学的执着追求和深沉热爱，令人感到敬佩与赞叹。

在战火纷飞的年代，那位备受敬仰的学者陈寅恪，不仅成功地守护了自己的生命，更竭尽全力保护了无数的古籍和珍贵文物。他以实际行动践行了"文人救国"的崇高信念，他的坚韧与毅力让我深感敬佩。而另一位我们不应忘记的杰出人物梅贻琦，在战乱之中，他仍旧坚持自己的学术研究，并积极参与教育事业。他不仅为培养新一代的人才付出了巨大的努力，还留下了宝贵的教育思想和理念。这些思想和理念，至今仍然对我们今天的教育事业产生着深远的影响和重要的启示。

二、感悟

《南渡北归》这部作品让我深刻领悟到文化传承的非凡意义。文化，作为一个国家的灵魂与根基，不仅是民族认同的核心，更是凝聚国家力量的重要源泉。在战火硝烟中，那些南渡的知识分子们用他们的实际行动，守护着中华文化的瑰宝，为后世留下了弥足珍贵的文化遗产。如今，在这个信息全球化的时代，我们更应该珍视和传承中华文化，不断加强对它的弘扬与发展，让中华文化在世界文化的多元舞台上绽放出更加璀璨夺目的光彩。

除了那些杰出的学者，书中同样刻画了众多普通的知识分子。在战乱的年代里，他们以自己独特的方式，默默地为中华文化的传承与发展贡献着力量。他们的坚韧与勇气，同样让我深感敬佩。他们用自己的智慧和努力，守护着中华文化的根脉，为后世留下了宝贵的文化遗产。

更令人感动的是，他们在困境中仍不放弃对"自由之精神，独立之思想"的追求。这种精神，不仅在那个时代显得尤为珍贵，即便在今天，依然具有强大的生命力。它提醒我们，无论身处何种境遇，都应该保持独立思考的能力，坚守自己的信仰和原则。

这部作品不仅为我们揭开了那段特殊历史时期的面纱，不仅让我们深入了解了当时的时代背景，更让我们深刻感受到了人性的光辉与伟大。在艰难困苦中，知识分子们展现出了他们的担当与使命。他们凭借着无尽的坚韧与勇气，为了理想持续奋斗。这种精神，不仅是那个时代的独特印记，更是我们今天依然需要学习和传承的宝贵财富。它告诉我们，在任何困境下，我们都应该保持对理想的追求，用我们的智慧去书写属于自己的人生篇章。

这部作品让我深受震撼。它让我对历史的复杂性有了更为深刻的认识，也让我对人性有了更为真切的体会。在书中，我见证了知识分子们在动荡岁月中的坚守与奋斗。这部作品不仅激发了我对历史的敬畏之情，更坚定了我内心的信念和原则。它让我更加明白，无论在何种境遇下，我们都应保持对理想的追求和对信仰的坚守。

三、寻梦

在未来的征途中，我渴望以《南渡北归》中的英雄人物为榜样，矢志不渝地追求自己的理想和信仰。我期望自己能够不断挑战自我，用自己的实际行动，为这个世界注入一份积极的改变。从而能够让更多人感受到正能量的力量，让我们共同构建一个更加美好、和谐的社会。

《南渡北归》无疑是一部值得反复品读的经典之作。它不仅是历史的见证，更是人性的深刻剖析，让我们在了解历史的同时，也感受到了生命的坚韧与辉煌。我深信，在未来的岁月里，这部作品将持续影响和激励着更多的人，引领我们在历史的长河中寻找自己的方向，追求更高远的目标。

工商管理学院辅导员陆理辉点评：

这篇读后感深情而富有洞察力，如同缓缓流淌的江水，带领我们穿越《南渡北归》的历史长河，感受那些杰出学者和普通知识分子在动荡岁月中的坚韧与辉煌。这本书揭示了历史的风云变幻，展现了知识分子在国难中坚守文化、追求真理的壮丽历程。他们或南渡护宝，或逆境求学，其坚韧与勇气彰显人性光辉。书中强调的"自由之精神，独立之思想"仍激励我们坚守信仰，独立思考。这部作品不仅剖析了历史与文化，更启发我们珍视民族文化，以先贤为榜样，追求理想，贡献社会。

沐心书院

苦尽甘来终有时，一路向阳待花期

——读《苦菜花》有感

旅游规划与设计学院 2022 茶文化 1 班　邵可欣

> 向未来张望的时光，或许孤独漫长，别放弃，等到苦尽甘来的那天，终将都会繁花遍地。
>
> ——题记

那年的四月，水池边，花茎只沾染了第一颗露水，苦菜花开了满山，于是那翠绿明黄的样貌就嵌在了胶东半岛昆嵛山区。苦菜花，在初开花时百花齐放，争奇斗艳，它们是那么渺小，但经历了寒冬的逆境生存，它们也终会一路向阳去绽放属于自己的美。于是乎，我看到了它散发出耀眼的光辉——《苦菜花》。

一、苦菜花般不凡——冯大娘

冯大娘，一位农村妇女，也是一位平凡而又伟大的革命母亲。由于当时受日本人压迫，在残酷的抗日斗争中，她的丈夫被杀害，长子为国捐躯，当她知道长女娟子要参加武装暴动时，心中满是担忧，眼里全是恐惧。但暴动成功后，目睹曾经不可一世的王唯一被群众批斗、揭发，她的思想和行动都发生了翻天覆地的变化。此后，她积极支持大女儿娟子的工作，并且让大儿子德强也去前线。

"大娘"，一声亲切的问候想必就知道是八路军战士们，冯大娘像任何慈祥的母亲一样关爱着每个战士。在八路军们受伤时，她帮他们包扎伤口，尤其是在夜晚微弱的灯光下，她仍在细心地帮他们缝补衣服。那个年代，粮食缺乏，冯大娘依然会把一些好吃的留给他们，她虽不能和敌人去斗争，但她为八路军做的这些事都能体现出她对革命的热爱。日子虽说艰苦，冯大娘的脸上却经常带着微笑，她始终乐观坚强地面对生活中的苦难。

随着斗争的深入，在共产党革命精神的感召下，她那母亲般的慈爱和革命的意志在不断地发展。为了革命，为了保住兵工厂，她忍受一切酷刑和巨大的悲痛。多大的苦，她都坚持了下来。酷刑，摧残不了她钢铁般的革命意志；残杀，只能激起她更强烈的仇恨。从一个只知爱自己子女的母亲到爱革命、爱革命子女的革命母亲，她变得如此勇敢伟大！冯大娘最后不幸中弹，她注视着女儿秀子送给她的一大片金黄色的苦菜花，嘴唇两旁两道明显的深细皱纹微微抽动，流露出了幸福的微笑。在生命的最后一刻，她好像嗅到了苦菜花的芳香。

二、山茶花般坚韧——母亲

我的母亲，她是一名村书记，同时也是一名共产党员。身为女儿的我，被母亲的一言一行深深影响着。文章中的冯大娘经历了种种苦难，最后也看到了苦菜花盛开。前年冬天，新冠疫情来势汹汹，我们提前放假回家做预防措施。在这期间有这样一群人，他们没有誓师会，没有请战书，却日夜劳作担起重责，他们就是基层党员干部。我的母亲身为村书记，自然是第一个站出来挑重担的。那段日子，母亲白天几乎很少回家，他们挂横幅，发传单，量体温，在路口询问人员进出情况，才终于让防控取得有效成果。

我的老家位于浙西边，俗称"小东北"。每年冬天，雪花和寒风从不缺席，可山茶花毅然开得娇艳。看着母亲每天被风吹得冻红的手、脸，我心里莫名酸了好一阵子。母亲总是叮嘱我在家好好上课，家务帮忙做一些，保护好自己不要出门。我知道目前对母亲来说疫情防控就是一件大事，它关乎着所有村民的健康安危。看着母亲匆忙吃饭时，我有些担心地说："妈妈，你在外不要感染了。"母亲笑了笑说："要感染也是我们共产党员先，保护好村民们的健康才是最重要的。"我在门口望着母亲离开的背影，一个平凡的基层党员的身影……

就这样，母亲每天早出晚归的生活持续了一个多月。这些天里她从来没有一句怨言，只是想着要把村民安抚好。没有一个冬天不可逾越，也没有一个春天不会来临。山茶花在寒冷的冬季依然盛开，最危险的时候是母亲和多名共产党员的坚守换来了我们的安宁，母亲身体力行，让我明白面对困难时要勇于担当，不畏艰险。

三、蜡梅花般独立——我们

看了冯大娘的事迹，了解了革命力量的伟大；知道母亲的行为，明白了共产党的大公无私，两个不同年代的母亲身上都体现出了女性的伟大。"寒窗苦读十二载，素琴轻弹三两声"，相比于冯大娘受过的苦，苦读书已经不算苦，我们要像蜡梅花那样独立刚强、坚贞不屈。同时，我们应努力学习好文化知识和专业技能，珍惜这来之不易的幸福生活，将来为祖国贡献自己的青春力量。

都说苦难是花开的伏笔，冬天总要为春天作序。我们始终有理由相信，不论风云如何变幻，这苦菜花都将盛开在山野，要相信苦尽甘来终有时，一路向阳带花期。

旅游规划与设计学院辅导员李雪妍点评：

文章不仅情感真挚，结构上也如同精巧的画卷，层层展开，引人入胜。作者巧妙地将《苦菜花》中的冯大娘形象与自己母亲的坚毅品质相结合，不仅让读者感受到革命年代母亲们的伟大与不易，更让我们在新时代的背景下，看到了传承与发扬的力量。结尾处，作者以蜡梅花为喻，鼓励自己要像它一样独立、刚强、坚贞不屈，这不仅是对个人的鞭策，更是对新时代青年精神的深刻诠释。这样的文字，不仅情感丰沛，更富有启发性和感染力，让人在阅读中深受触动，在思考中汲取力量，彰显出新时代青年昂扬向上的精神风貌。

承受生命之贵

——读《活着》有感

旅游规划与设计学院 22 会展 4 班　王晨璐

> 人是为了活着本身而活着，而不是为了活着之外的任何事物所活着。眼盛星光，心向远方；爱与希望，野蛮生长。承受生命之贵，享受路遥人生。
>
> ——题记

这是活着还是死去，诗人与命运的互相憎恨还是彼此的宽恕？在这个名为《活着》的作品中，人们一一死去，只留那个老汉的歌声在空旷的傍晚像风一样飘扬——"少年去游荡，中年去掘藏，老年做和尚"。在旁人眼里苦难的一生，或许在福贵看来，幸福的成分更多一些。

作为一个冷酷的作者，余华不动声色地让我们跟随他冰冷的笔调，目睹少年徐福贵的荒诞、破产和艰难；继而又"假惺惺"地给我们一点点美好的希望，让有庆得到长跑比赛的冠军，让凤霞嫁了人，让某些时刻有了温情脉脉，有了简陋的欢乐。然而就在我们以为噩梦不再萦绕他们的时候，余华丝毫没有犹豫，他铁青着脸让角色以各种方式死去，毫无征兆。但在这个故事里他便是命运，但命运本身如此不是吗？

可饱经沧桑的福贵，在命运的重击下选择了与苦难和解，在夕阳的余晖里，微笑地讲述着自己的一生，让听众从那苦难的日子里听出那些难以言表的温情，仿佛青草摇曳在风中。

《活着》以其独特的叙述方式和深沉的情感，深深地触动了我的内心，这部作品以一种近乎残酷的方式揭示了生活的真实面貌，以及人们在面对命运的无情打击时所展现的坚韧与毅力。

福贵的人生经历是如此的坎坷与悲凉，他从一个富家子弟慢慢跌落到一贫如洗的境地，跌落到家破人亡的境地，最后孤苦无依。但即便在这样困苦的环境中，福贵依然选择了坚强地活下去，坚决不向残酷的命运低头。余华巧妙地描绘了人性的伟大，即使在绝望的深渊，人依然能够找到坚持下去的力量。徐福贵的故事是一部悲剧，但是他在逆境中展现出的顽强生命力和对家人深沉的爱意，却赋予了这部悲剧深刻的意义。

他的故事告诉我，生活虽然充满了不可预知和不公平，但是人的精神可以超越生活的残酷和苦难，找到存在的价值，只要我们有坚强的意志和不屈的精神，总能在风雨中找到生存的勇气。

故事中的每个角色的命运都是对人生的深刻思考和探索。他们像是一面面镜子，映照出我们每个人在阅读时的恐惧、希望和挣扎。这些角色的命运交织在一起，构成了一个关于人生、关于希望与苦难、关于爱和死亡的复杂画卷。画卷慢慢演绎的是人性的弱点和伟大，但同时又看到了人在绝望中依然坚持信念和爱的力量。

这部作品不仅让我感受到生活的艰辛和美好，还让我明白拥有时要好好珍惜，不要等到失去了再追悔莫及。生命在最美好的年华要活出最好的价值！这个道理在当今社会尤为重要。当今社会，科技的飞速发展和信息的爆炸式增长让我们置身于一个前所未有的变革时代。在这样的背景下，我们更要时刻提醒自己，不要沉溺于物质世界，而是要关注内心的成长。正如福贵在逆境中体悟到的生活真谛，我们也需要在纷呈复杂的社会中找到属于自己的价值取向，去追求心灵的富足。

生活的价值在于不断地挑战自己，克服困境，去成为一个更好的人。而这个过程必然充满了泪水、痛苦和挣扎，但只有经历过这些，我们才能真正成长。面对生活的磨难，我们要勇敢地去面对，去拼搏，去活出生命的精彩。

徐福贵身处于一个物资匮乏的年代，但中国为何能有如今这样的盛世？这是因为中国拥有一群有梦想、有抱负、有爱国之心的人才，是他们用血与汗缔造了中国如今的高度。而我们青少年就是中国的下一代，我们每个人都是一颗拥有无限潜力的种子，将长成含苞待放的花朵。所以我们要活得精彩，活出价值，去延续中国的盛世，去创造世界的辉煌！

在苦难的夹缝里，我看到温馨与爱闪烁着不灭的光辉，温暖着老人的心，诠释着幸福的另一种面貌，也正是这份贯穿始终的平和和宽容，让我在他窄窄的一生中，看到了天地的影子。故事中那个最不认真活着的人却活到了最后，在落日的余晖里，一字一句讲述着他的故事。

旅游规划与设计学院辅导员司婷点评：

王晨璐同学敏锐地捕捉到了余华笔下主人公福贵所经历的苦难与坚韧以及他在困境中依然坚守生命尊严的态度，对福贵的悲惨命运表示了深切的同情，同时也对他面对生活无常时的乐观和坚韧表达了由衷的敬佩。

通过分享自己的感悟和思考，晨璐同学向我们展示了这部作品如何触动内心并激发其对生命和生活的反思。难能可贵的是，作者领悟到了主人公的悲剧人生不仅是个人的悲剧，同时也是积贫积弱的旧中国的时代悲剧。当今的幸福生活来之不易，我们都为自己能生活在如今这个富强且富有朝气的新时代感到荣幸，我们也都看到了自己身上的使命与目标。这些都是老师非常乐意看到的。希望大家都能活出自己的精彩人生！

青春绘梦：华夏诗画情

——《诗词里的杭州宋韵》读后感

旅游规划与设计学院 2022 旅管 1 班　朱梦欢

品一城之宋韵，承中华之文化，树爱国之观念，做时代之青年。在这个合家团圆、年味十足的假期，我与司马一民先生所写的《诗词里的杭州宋韵》相伴一月有余。跟随司马一民先生的脚步，我领略了钱塘风情，体会了诗韵情谊，探寻了名胜古迹，品味了杭城深处的独特韵味。

一、观不尽杭城繁华

大家知道南宋杭州人过年有哪"三看"吗？分别是有着"南陌东城尽舞儿，化金刺绣满罗衣"惊喜感的看戏，"东风夜放花千树，更吹落，星如雨"浪漫感的看灯，以及"众里寻他千百度，蓦然回首，那人却在，灯火阑珊处"心动感的看人。在司马一民先生笔下，宋代时期的杭州民俗故事、宋代诗人与杭州美景的思维碰撞与宋代百姓的生活习惯等，这些充满杭州气息的宋韵文化场景一幕幕活灵活现地展现在我的眼前。

二、道不完雄心壮志

阅览此书，我知晓了众多关于宋代杭州的历史知识，这些知识就像是夜幕中一闪一闪的星星，有属于自己的光亮。无数的星星组成了浩瀚璀璨的星河，使人无法忽视，令人震撼，就像是杭州这座古城带给人的感觉。"先天下之忧而忧，后天下之乐而乐。"当我在《诗词里的杭州宋韵》中了解到，范仲淹是如何形成如此令人敬佩的"爱国主义"个人理想信念和家国情怀的大义心路历程时，我想，在这本书的浩瀚星河中，这颗耀眼的星星已经与我的灵魂相吸引，使我产生人生理想的共鸣，并知晓未来前进的方向。范仲淹曾两度拜访林和靖，两人第一次见面时，他们二人谈论了天下大事，范仲淹钦佩林和靖的"世事洞明"，具有大智慧。第二次见面，经历了一番波折，见面时林和靖赠范仲淹《送范仲淹寺丞》，这是他对范仲淹的评价，也是对范仲淹的鼓励。范仲淹在《岳阳楼记》写"先天下之忧而忧，后天下之乐而乐"，也在《寄赠林逋处士》中写道"唐虞重逸人，束帛降何频"。从中可以看出，此二人皆心系天下，在天下人忧愁之前先忧愁，在天下人快乐之后才快乐。范仲淹把国家、民族的利益摆在首位，为祖国的前途命运担忧分愁，为天底下的人民幸福出汗流血。

维护国家利益，守护国家安全，是每个中华儿女应尽的职责。范仲淹的故事是千千万万个中华儿女的缩影，"先天下之忧而忧，后天下之乐而乐"是无数中华儿女的心声与方向。文字的力量是强大的，文化的力量是震撼的，优秀的中华传统文化鼓舞着一代又一代的中华儿女为中华民族的伟大复兴而努力奋斗。

三、立志做传播使者

习近平总书记在文化传承发展座谈会上强调，传承中华优秀传统文化是实现马克思主义中国化时代化的必然要求，也是推进文化自信自强的必然要求，更是推进中国式现代化的必然要求，传承中华优秀传统文化必须坚持创造性转化、创新性发展。

"青年怀壮志，立功正当时，此时不搏更待何时，责任担当，舍我其谁！"作为新时代青年，我们应当主动提高传统文化认知，树立正确的世界观、人生观和价值观，以实际行动践行社会主义核心价值观，树立正确的行为理念；我们应当积极参与中华优秀文化传承活动，培养传承意识，提升文化涵养，做合格的中华优秀传统文化传播者、弘扬者和建设者；我们应当树立文化自信，提升自我教育能力，争做不负韶华、勇毅前行的新时代青年！

旅游规划与设计学院辅导员柴钧杰点评：

孩儿巷里有杏花吗？杨万里在哪里赏荷？林升为谁"长相思"？一个个看似平常但又耐人寻味的问题，你都能在杭州这座美丽且富有历史底蕴的城市找到答案。"暖风熏得游人醉，直把杭州作汴州。"南宋时期的杭州城繁花似锦，经济社会快速发展，文化交流空前频繁，文人墨客纷纷留下经典诗词，成为杭州韵味的生动缩影。

作者通过民风习俗、社会风貌、名人事迹等方面深入了解杭州宋韵，为我们展现了别样的杭州。作为新时代青年，我们应当肩负起弘扬和传承优秀传统文化的重要责任，做一个合格的优秀传统文化传播者。

自我救赎与心灵自由

——《你当像鸟飞往你的山》读后感

旅游规划与设计学院 2023 景区 1 班　项诗淇

记忆中第一次与这本书的相遇，是在网上的一篇推送文章，文章中引用了书本中的一句话"我想要飞，像鸟儿一样，到我的山上去"来告诉我们追寻自身梦想的重要性。直到上周，当我在图书馆中漫无目的地走走逛逛时，熟悉的书名再次映入我的眼帘。这次我毫不犹豫地将它从书架上拿下，希望更加深入地了解这本书的内涵。

读完这本书后，我发现这本书的内涵远比追寻梦想更加深刻。这本书以第一人称为叙述视角，讲述了"塔拉"在一个充满宗教主义与男权社会影响的家庭中，通过自己的不懈努力，走出大山，实现心灵自由的故事。

作者细腻地描绘了"塔拉"在深受宗教主义与男权社会影响的家庭环境中，如何凭借坚韧不拔的毅力，挣脱束缚，最终走出封闭的大山，实现了心灵的彻底解放。在故事的初始阶段，塔拉并未有如此强烈的自我觉醒意识。她的心灵如同未经雕琢的玉石，受到父亲封闭思想的侵蚀和宗教背景的束缚，逐渐变得圆滑而失去了原有的棱角。然而，正是这样一个看似普通的家庭环境中，她的哥哥泰勒成为她打开自我觉醒之门的钥匙。在这个拥有七个孩子的大家庭中，泰勒是第一个勇敢提出走出大山去读书的人。他的这一决定震惊了全家人，但也意外地点燃了塔拉内心对知识的渴望和对未来的向往。她深受泰勒的影响，下定决心努力学习，争取考上心仪的大学。

书的开篇，简单的四个字"献给泰勒"蕴含了作者对哥哥的深深感激之情。这四个字不仅是对泰勒的致敬，更是对那段艰难岁月中陪伴她、鼓励她、引领她走向光明的哥哥的感激与怀念。

为了实现自己的读书梦，塔拉在阴暗的地下室里悄悄点亮灯火，埋头苦读，生怕被保守的父亲发现。在废铁场辛勤工作的间隙，她仍不忘回顾脑海中的知识，用每一分闲暇来充实自己。经过不懈的努力，十七岁那年，这个从未接受过正规教育，在严苛家庭环境中长大的塔拉，终于迎来了她人生的转折点——她第一次踏入了大学的校门。

然而，初入大学的塔拉却面临着前所未有的困难与挑战。由于家庭教育的局限，她与同学们的生活习惯、思维方式截然不同。她曾在课堂上向老师请教了一些历史常识，最后却让她在同学们的笑声中感到了无比的尴尬。在封闭式家庭中长大的塔拉，对外国的真正历史一无所知，她的父亲将全家人困在了一个知识封闭的牢笼中。但正是这样的经历，让塔拉更加渴望追求真理和自由。她决心通过大学的学习，打开自己的视野，了解更广阔的世界。

几年后，塔拉成功地从大学毕业，她深刻意识到原生家庭对她的深远影响。虽然她表面上已走出大山，但内心仍难以完全摆脱父母教诲的束缚，未能勇敢开启全新的生活。于是，她开始了自我定义与重塑的旅程。她不再是那个生病不能去医院、一切思想都要受到父亲控制的塔拉。她逐渐认识到读书的力量，它能帮助她打破思想的桎梏，追求真正的自由。凭借坚韧的毅力和坚定的信念，塔拉获得了前往剑桥大学交换学习的机会。在那里，她继续深造，攻读硕士学位，并随后成为哈佛大学的访学者，最终荣获剑桥大学的博士学位。

然而，当塔拉获得高学位后，她渴望能够解救那些仍沉溺于封闭思想的家人。但家庭的裂缝已经产生，家人们深陷宗教文化的泥潭，无法自拔。她发现，尽管自己拥有了知识和力量，但无人能够轻易将他们从这片泥潭中解救出来。在故事的最后，塔拉与家人决裂，选择了远离，再也没有联系。这是一个艰难而痛苦的抉择，但也是她为了自我成长和追求真理所必须迈出的步伐。

这本书中最令人惊叹之处在于，塔拉的故事正是作者亲身经历的真实写照。塔拉的成就不仅是个人的奋斗奇迹，更是对现行教育体制的有力挑战。正是教育重塑了她的价值观，赋予了她掌控生活的能力。从她的行为举止和性格言谈中，我们不难发现原生家庭对个体的深刻影响，这种影响似乎难以摆脱。然而，教育的力量却能够动摇某些固定的因素。

但塔拉的成功并非仅依赖于教育，更重要的是她内在的勇气和坚持不懈的精神。这种精神使她能够克服重重困难，最终摘取成功的果实。她注定是一只飞鸟，追求着属于自己的山峰，而不是被家人定义的那座。正如书中所言："无论你成为谁，无论你如何改变，你依然保持着你最本真的模样。即便是金子，在某些光线下也会显得暗淡，但那只是错觉，金子始终是金子。"

希望我们都能像塔拉一样，勇敢地追寻内心的声音，用知识和理性去创造一个属于自己的世界。无论遇到多少困难和挑战，我们都应坚定信念，勇往直前，找到属于自己的那座山峰。

旅游规划与设计学院辅导员何燕萍点评：

作者通过引用书中的原句和情节，生动地还原了塔拉的人生经历和她对梦想的执着追求。读后感不仅捕捉到了书中的核心主题——教育对个人成长的巨大影响，还深入探讨了原生家庭对个人价值观的塑造以及个人如何挣脱束缚、实现自我重塑的过程。作者的文字流畅，情感真挚，对书中人物和情节的理解和把握十分到位，展现了其对书籍的深入阅读和思考。最后，读后感以积极的结尾鼓励读者勇敢追求梦想，具有很强的启发性和感染力。

项诗淇同学的读书感悟分享，让我们相信只要有足够的毅力和决心，任何人都有可能战胜逆境，实现自己的价值和潜力。

吾将上下而求索

——读《万历十五年》有感

旅游规划与设计学院 22 会展 3 班　闫齐齐

万历十五年，即公元 1587 年，这是中国明朝历史上一个相对低调但实则影响深远的年份。这一年是已经被清算完毕的老首辅张居正去世的五周年，也是孤独将领戚继光去世的一年；这一年是模范官僚海瑞去世的一年，也是哲学家李贽削发为僧的前一年。这些事件看似末端小节，却让明朝逐渐形成了倾颓衰败之势。

整个庞大的帝国靠着惯性向前走，僵而不死。时代的大山，个人的兴亡都终将汇聚成明朝这座帝国大厦最后的落日辉光。

当一个人口众多的国家，个人行动被儒家原则所限制，法律又缺乏创造性，精细的工商业和小农社会之间也产生了极大的冲突，社会发展的程度必然受到限制。当然，这种困境并不是明朝所特有的，也没有随着明朝的灭亡而结束。

时代的洪流不断席卷这个以农为生的古老帝国，但不论是张居正，申时行抑或海瑞、戚继光、李贽，他们都进行了毕生的求索，求索的是什么？不外乎是良心与理想。用书中的话来说即"希望寻找出一种适当的方式，使帝国能纳入他们所设计的政治范围之内"。

首辅张居正为官三朝，从一介布衣到登上权力之巅，在位期间殚精竭虑，在最高的宝座上真正做到了居庙堂之高则忧其民。在宦海沉浮、腥风血雨中从未忘却最初救世济民的理想宏愿。

首辅申时行，一个现实秩序的维护者。注重阴阳调和，积极推动法治建设，关注民生疾苦。他拿出了最大的诚意，寻求在现实中实现治国平天下的理想。

民族英雄戚继光，作为军事的旷世奇才，打造了一支纪律严明、骁勇善战的戚家军，保卫了国家的领土和人民的安全。在那个重文轻武的时代，他凭借自己的智慧和勇气，杀出了属于自己人生的一条血路，为历史留下了浓墨重彩的一笔。

海瑞，一个克己奉公的清官，传统道德的代表，为实现儒家伦理道德和社会公正，不惜冒犯权贵，敢于直谏皇帝。他的求索之路，充满了对公平正义的执着追求和对理想社会坚定的信念。

李贽，一个彻头彻尾的异端。他主张男女平等，蔑视六经，离经叛道，挑战皇权，挑战儒家正统。虽是异端，但他坚持真理，以身殉道。他是明朝第一"思想犯"，也是中国历史上第一大自由主义思想家。

我喜欢看像《万历十五年》这样的历史书，喜欢在不断变迁的历史中面对每一个孤独、勇敢、智慧、无畏、慷慨，或是卑鄙、自私、怯懦甚至愚蠢的个体。他们或多或少都有正反两面，有人总说张居正善于权谋，申时行是墙头草，海瑞固执，戚继光铁腕野蛮，李贽坐而论道。但我们通常在看历史的时候总是带着批判的视角。

无可否认，他们为明朝这个即将倾覆的帝国做出了最后的挽救与贡献，他们是有血有肉真实的人。书中张居正等人一生求而不得，他们用自己的人生向我们展示了在面临苦难、面对不公、经历沧桑之后，仍然富贵不能淫，威武不能屈。他们不算是绝对的好人，但也不能算是绝对的坏人，他们是有良心、有理想的人。

试问如果你处在那个年代，你会如何选择呢？透过历史，反观当下，当生存压力和尊严相互冲撞时，你该如何应对？在面临历史进步与个人选择、制度约束与自由意志复杂关系时，你又该如何抉择？

在时代的倾轧下，我们渺小的如一粒微尘。但我很庆幸在走出象牙塔之前遇见了《万历十五年》，我轻松翻开这一年历史，却见证了他们波澜壮阔、历久弥衰的一生。阅读时我时常自问：在这物欲横流的时代，你又该如何向内求索，活出精彩的人生？

路漫漫其修远兮，吾将上下而求索。千秋霸业，浮世功名，与一件事相比都不值一提，那就是为自己的良心与理想进行一生的求索……

马克思主义学院教师桑华月点评：

我是闫齐齐同学的思政课老师，我没想到课堂上不经意间推荐的《万历十五年》被她记下并认真阅读，当我看到她的读后感后我很感动，也很欣慰，她的读后感不仅表达了对历史的关切，更展现了她对人生的思考。她从书中的人物和事件中看到了人性的复杂性和社会的矛盾，从而引发了对人生意义和价值观的思考。这种思考是非常宝贵的，因为它能够帮助她更好地理解自己和世界，为未来的成长和发展打下坚实的基础。

作者用历史对照当下，通过分析书中五个历史人物（张居正、申时行、海瑞、戚继光、李贽）引出自己的思考：在这个物欲横流的时代，我该如何向内求索，活出精彩的人生？

的确，谁的青春不迷茫？当今的大学生虽没有经历社会的涤荡，却已经感受到选择的痛苦，当面对生存与尊严相悖的时候、当面临"大我"与"小我"抉择等一系列问题的时候，他们何去何从？但很庆幸，他们有书相伴。《万历十五年》给了作者启示，她说会用一生去求索和坚守两样东西：一个是良心，另一个是理想。

何以解围

——读钱钟书之《围城》有感

旅游规划与设计学院 2022 会展 4 班　范文屹

　　20 世纪 30 年代的中国，时局动荡，硝烟四起，留洋归来的青年方鸿渐在乱世中辗转各地。懦弱而庸碌的他，情场失意，事业无为，最后与没有多少感情的孙柔嘉成婚，在报社零碎的工作中逐渐丧失最初的热情和干劲，困于生活的满地鸡毛苦苦挣扎，直至彻底麻木沉沦，如同行尸走肉……

　　"结婚仿佛金漆的鸟笼，笼子外面的鸟想住进去，笼内的鸟想飞出来；所以结而离，离而结，没有了局。"《围城》的故事看似只是探讨了婚姻问题，然而当我们合上书本，才发现目光所及之处，皆是生活的围城。

　　故事中的方鸿渐，名义上是镀金归来的天之骄子，实际上却是买了文凭向家里交差的跳梁小丑，可谓是金玉其外、败絮其中。出生优渥的他，背负着家里的期望，有着青年人特有的傲气，却在最后向现实低头、与生活妥协。观其一生，事业也好，爱情也罢，他的理想与现实总有天壤之别。每当他以为能够安稳拥抱理想之时，才发现现实的冰冷与骨感总令人失望，他也只能垒起砖瓦，筑起城墙，对着城外的人演着令人艳羡的戏码，对城内的人歇斯底里，渴求解脱，循环往复而无休止。

　　被困在围城之中并不可怕，可怕的是不去寻求破解之法，甘愿向困境俯首称臣。解围的良策，并非是彻底逃离围城，而是通过改变自身来打破围困的僵局。

　　纵观方鸿渐的一生，他好像永远都在寻求内心的归属感与他人的认同感。

为了家里人的欢心买了假文凭是，渴望外界认同主动向孙小姐求婚也是，倘若他能正确审视自己，兴许结局也会不同。因而，如想解围，当务之急便是明确自己的方向，为自己而活。正如百年前"留学欧洲的美国克莱登大学博士"的方先生，背负着两个家庭的期望漂洋过海，却在他乡蹉跎岁月，更因交不出毕业论文而竹篮打水一场空，草草买了个假学位了事。

读书人出身的方鸿渐，也曾想开发民智、精神救国，但最终却都无疾而终，止增笑耳。他先后有过三份工作，银行职员、大学副教授、报社职工，每一次都是干劲满满而来失望多多而去。实际上，与其与生活琐事斗得精疲力尽，不妨活得豁达一些，不去纠结理想与现实的差距，着眼当下，不忘来路，博学笃志，在增强能力的同时坚定理想，并找到适宜的方法去实现它。

解围最为关键的，莫过于用心经营，改变现状。成婚后的方鸿渐与孙柔嘉可谓腹背受敌。对外，方家父母作为本土乡绅，脑子里是旧社会的三纲五常，对于孙柔嘉这位比儿子还能挣钱的媳妇，满脑子都是劝服她回归家庭，把高薪工作让给丈夫，而孙柔嘉的强势姑妈对方鸿渐也是各种看不上，生怕养大的掌上明珠被人欺负；对内，二人常为鸡毛蒜皮争吵不休，婚姻岌岌可危。倘若孙柔嘉收敛刻薄的嘴脸，方鸿渐一改庸碌本色，化内战为携手，围城之内，也便不至于如此窒息。相比为是非对错争个没完，接受现实并改变现状才是二人的良策。

不同于现代网络小说中一手遮天的霸总、打怪升级的逆袭废柴、仙风道骨的高岭之花，方鸿渐其人，平庸如你我，稀里糊涂地学习、工作、活着。他是个彻头彻尾的凡人、庸人，也是千千万青年人的缩影，九十年前是，九十年后也是。被捧在手心里长大，被寄予全家人的厚望，却在这个"不卷则躺"的时代里疲于奔命、不堪其苦的你我，何尝不是21世纪的方鸿渐呢？

20岁的我们，眼前就有着两座巨大的围城——升学与就业。城外的我们，看着高一级学府里的学生，享受知识的海洋；看着知名大厂里的白领，实现自己的职业理想，我们心之所往；城外的他们，看着身边的琐事，也在看着更广阔更自由的城外，想着自己没有踏足的另一座城里是否会有更加精彩的人生呢。

无论踏进哪一座围城，我们都应趋利避害，努力避免重蹈方鸿渐的覆辙。

如果选择工作，请不要忘记在工作之余提升自己，我们手上的敲门砖或许厚度有限，但我们的生命却有着无限的宽度；如果选择升学，我们更应明确自己为了什么而读书——不是为了考取一个多么漂亮的分数，也不是为了以后一定能够平步青云，更不是为了博得他人的目光。现在也好，将来也罢，都不应在教室里、在学生的身份上尸位素餐。读书，归根结底是为了能够让自己有更多的选择，进退皆有路。

20世纪的方鸿渐，命若漂萍，生长在一个糟粕未除、新知尚弱的时期，乡绅地主守着旧时的陈规桎梏，所谓的留洋学者盘算着自己的蝇营狗苟。纵有鸿鹄之志，也难在一个国不像国、家难成家的社会彻底立足。而当今的我们，作为青年学子，面对太平盛世，海晏河清，也自当有志于学，投身于社会建设之中。百年前的方鸿渐尚有启发民智之心，百年后的我们，接受了先进思想洗礼的青年学子，也自当从实际出发，衡量自身价值，将自己的前途与国家命运、民族命运紧密相连。不求如同革命先辈那般肩挑日月，只求能施展自身所学，助推中华民族伟大复兴；或投身社会建设，服务于民；或尽己所能，在方寸之地默默耕耘。正如千年之前，范仲淹挥毫写下"居庙堂之高则忧其民，处江湖之远则忧其君"。在社会这台工作机上，我们要认清自己的价值，发挥自己的价值，在安守自己螺丝钉本职的同时，争做最有用的那几颗"螺丝钉"。

人生本是一座又一座的围城，真正的强者不是有能力冲进一座又一座城的人，而是冲进一座又一座城后始终明确方向，用心经营，安然处之的人。

旅游规划与设计学院辅导员司婷点评：

文章不仅准确地概述了书中的主要人物形象，更深入探讨了小说所揭示的社会问题和人性的复杂性。作者通过对小说中方鸿渐等人物的命运和选择的深入分析，找到了他深陷围城不能自拔的原因，并探索了破解围城之法。

读书，讲究入其里而出其外，对书篇进行深入的品读、细致地思考，进而能感悟自己的人生，探索大千世界，这便是我们阅读经典的意义所在。

繁花似锦，"不响"为大

——读《繁花》有感

旅游规划与设计学院 2022 旅管 2 班　汪思琪

十里洋场，纸醉金迷，江湖义气，时代变迁。金宇澄的第九届茅盾文学奖作品《繁花》激活了 90 年代上海的芸芸众生相，书中人物的命运可谓是"乱花迷眼，水银泻地"。

《繁花》聚焦于 20 世纪 90 年代初，讲述了以阿宝为代表的小人物在时代浪潮下抓住机遇，施展才华，凭借迎难而上的勇气和脚踏实地的魄力，不断改写命运，实现自我成长的历程。书中的每个小人物，即使再普通，也依旧会选择向个体命运挑战，即使失败也不放弃，笑对人生的起伏。这是时代变革中，上海普通百姓的勤奋坚忍与智慧深情，是一首悲欢离合的歌。

全书中令我印象最深的一个词是"不响"，这个词可理解为"沉默、不回应、无奈"的意思。所谓的"不响"，传达的是一种人生处世态度，看似简单，背后却隐藏着极其深刻的人生智慧。我认为它是全书的文眼，与第一页上的"上帝不响，像一切由我决定"形成了巧妙的照应。

一、沉默之美：《繁花》中的"不响"艺术

金宇澄先生在书中谈到，"不响"，是上海人的人生哲学——"心里有数，但是不吭气，隔岸观火。"在同名的影视剧中，主角宝总曾这样解释，"不该讲的，说不清楚的，没想好，没规划，自我为难、为难别人的，都不响，做事要留有余地。"

如果事情没有事先计划好，那就不会有任何响应。"不响"背后所蕴含的生活哲学是"事以密成，语以泄败"。宝总在几场重大商战中，从未将自己完整的计划告诉相关的人。相比于"经常庆功，就能成功"的魏总，宝总从不轻易透露自己的计划和想法，而是在背后默默运筹帷幄，等待最佳时机再采取行动。所以"不响"便是他成为最后的胜利者的密钥。

同时，"不响"也潜藏着一种沉默的力量。在书中，许多人物面对生活的困境和挑战，都选择了沉默。他们或许是出于无奈，或许是出于自我保护，但这种沉默却能赋予他们一种特殊的力量。这种力量，让他们能够在逆境中保持冷静和坚韧，在痛苦中寻到出路。沉默，给予的是思考的时间与空间，它让我们可以更好地掌控自己的情绪，不轻易被外界影响，从而观照自身与周边，最终做出抉择。

二、"不响"之思：从沉默中探寻人生智慧

"不响"意味着倾听。倾听，是建立良好人际关系的基础。在书中，许多人物之所以陷入困境，很大程度上是因为缺少倾听。他们或许过于以自我为中心，或许过于固执己见，导致无法真正理解他人的想法和感受。

通过倾听，我们可以深入了解对方的立场和观点，从而更有效地找到解决问题的方法，这有助于消除误解和偏见，促进双方的合作与和谐。通过聆听他人的故事和经历，我们可以从中汲取智慧和经验，拓宽自己的视野和思维方式，发现自己的不足，从而不断改进和提升自己。

在《繁花》中有这么一句话："天气不会一直好下去的，人不会一直占上风的。"在生活中，有时候学会倾听，看破不说破，是在留余地，也是在留情义，更是留一种合作双赢的可能性。

"不响"其实是一种与人交往的大智慧，在维护他人体面的同时，也会赢得周围人的尊重和帮扶，而这些无疑会比一时的意气之争走得更长远。所以，一个善于"不响"的人，才往往能够赢得他人的信任和尊重，建立良好的人际关系，为自己的发展创造更多的机会和资源。

三、"不响"之境：构建内心的和谐与平衡

"不响"不仅是一种生活的态度，更是一种情感的表达。在我们的生活中，是否也存在着"不响"的时刻？我们又该如何在沉默中寻找到属于自己的声音？

《易经》中有六十四卦，卦象都是半凶半吉，只有谦卦，六爻皆吉，这些同样讲的也是"不响"的哲学，即行动在高位，言语在低位。只有时刻保持谦逊之心，做事"不响"，才能创造无限的可能性。

学会"不响"，可以学会识别和表达自己的情绪。当感受到愤怒、沮丧或焦虑时，"不响"可以让我们学会控制情绪的爆发，避免对自己和他人造成负面影响。

学会"不响"，可以对自己有清晰的自我认识。了解自己的需求、价值观和目标。通过反思和自我探索，明确自己的内心世界，这有助于做出最符合自己内心需求的决策，减少内心的冲突。

学会"不响"，可以培养内心的平静和安宁。对于生活中的美好事物和经历保持感激之情，对于不完美的事物保持接纳的态度，从而构建自我内心的和谐与平衡。

所以"不响"是一个人最好的修身养性。真正厉害的人不是趾高气扬，盛气凌人，而是说话软如水，内心硬如石，行事快如风。

繁花似锦，"不响"为大。

旅游规划与设计学院学工办主任姚镭栓点评：

王家卫导演的电视连续剧《繁花》热播，确实让这部小说原著再次引发了广泛的关注和讨论。这部剧作以其独特的视角和精致的叙事，将读者和观众带入了20世纪80、90年代那个充满商战与市井生活气息的黄河路世界。而汪思琪同学敏锐地捕捉到作者笔下一个个鲜活角色的人生态度和波谲云诡的时代中的处世哲学，高调做事，低调做人，保持谦逊，留有余地。"不响"，正是小说作者透过一个个"描摹世态，见其炎凉"的小故事向读者讲述的处世智慧，也是汪思琪同学用行动践行的实干奋进者的态度，更是对自我人生的一种追求和期待。

紧握黑暗中的那束信仰之光

——读《红岩》有感

旅游规划与设计学院 2023 高尔夫班　陈盛煊

照片会因时间的飞速流逝而泛黄，变得模糊不清，甚至难以辨认出曾经的面孔和场景；信件会因岁月的脚步而消散，字迹变得模糊，纸张变得脆弱，最终被时间的长河所吞噬。同样，万物在时光长河的洗刷下也会变得破旧斑驳，失去往日的鲜艳和光彩，最终成为历史的尘埃。但唯有那段令人刻骨铭心的历史，始终如一地激荡在我的心中，如陈年老酒般，历经岁月沉淀，愈发醇厚，久久萦绕在心头。这本书，便是《红岩》。

一、铸魂，信仰穿透阴霾

这是一本让我深受震撼的书，由罗广斌与杨益言两位作者于 1961 年发表。他们以亲身经历写下这部革命回忆录，原名《在烈火中永生》，真实地再现了1948 年国民党统治下重庆那段黎明前最黑暗时刻的光景。书中的故事发生在解放战争即将胜利的前夕，时值人民解放军进军大西南，而重庆依旧被笼罩在国民党反动派的黑暗和恐怖之中，此时为配合工人运动，地下党工运书记许云峰命浦志高建立沙坪书店作为地下党的备用联络地，但浦志高为了表现自己，大肆地扩大书店规模，违规销售书刊，并自作主张地吸收了郑克昌。虽许云峰同志及时发现了他的可疑，让浦志高带所有人员转移，但浦志高却认为许云峰是因为嫉妒自己，结果被捕成为可耻的叛徒。许云峰等人被关入监狱，面对敌人的严刑拷打，他们始终不松口，不泄露党的任何消息。最终，在他们的不懈坚持下迎来了胜利的曙光。

犹记得这部小说有一个十分戏剧化的转折地点——白公馆。初读白公馆的描述时，我一度以为革命战士们被转移到了一个环境较好的地方，然而随着故事的深入，其看似光鲜亮丽的外表下，实际上隐藏着与渣滓洞一样甚至更为恶劣的真相。白公馆内部的残酷与恶劣，与外表形成了鲜明的对比。在这里，革命战士们遭受了前所未有的折磨和痛苦。其中许云峰的故事尤为令人动容，他日日夜夜受到严刑逼供，甚至被注射了吐真剂，但他凭借着对中国革命的忠诚之心，奇迹般地没有泄露半点情报。这种坚韧不屈的精神，让人深感敬佩。

此外，书中还有一个角色给我留下了深刻的印象，那就是"疯子"华子良。通读全书，我们只会看到一个疯疯癫癫的可怜虫，然而在全书的末尾，他的真实面目才被揭晓。原来，他一直在隐忍，一心赤诚地为了革命事业而奋斗。在难以想象的艰难困苦之下，他隐藏着一团怎么打压都不会熄灭的革命火苗。

二、立根，传承红色基因

这部红色长篇小说，自我中学时期起便深深烙印在我的心中。那时，我还只是一个对世界充满好奇、对人生充满想象的少年，对于抗战革命的理解，大多局限于战场上的英勇厮杀。然而，《红岩》却以其独特的视角和细腻的笔触，让我看到了抗战时期另一种不为人知的战斗——地下党的坚守与斗争。

书中描绘的种种场景和情节，至今依然清晰地印在我脑海。最令我难以忘怀的是小萝卜头这个无辜的孩子。他本应是天真烂漫的年纪，却因为战争的残酷和家庭的牵连，被迫生活在阴暗潮湿的渣滓洞中。营养严重不足的他，头部肿大，却依然保持着对生活的希望和对自由的渴望。这一幕让我深刻感受到了战争的残酷和无辜者的苦难。

而江姐的形象，更是让我敬佩不已。在狱中她遭受了敌人的残酷折磨，一根根尖锐的竹签插入了她的十指。面对如此残酷的刑罚，她却没有丝毫屈服和退缩。她以坚定的信念和顽强的意志，大声地喊出了"严刑拷打是太小的考验，竹签是竹做的，但共产党的意志是钢铁炼成的！"这样一句话，这句话穿越了时空，成为激励后人不断前行的力量。

三、赓续，发扬红色传统

再次翻阅《红岩》这部经典之作，我的内心翻涌起更大的浪花。书中的每一个字、每一句话都仿佛具有生命，它们带我穿越时空，回到那个战火纷飞、英雄辈出的年代。当我看到那些革命先烈们为了国家和人民的幸福，不惜牺牲自己的生命，我的心中充满了无尽的敬意和感动。

"哪有什么岁月静好，只不过是有人在为你负重前行。"是的，正是有了那些拥有视死如归、宁折不弯的顽强精神的革命先辈，我们才能在今天享受到这份宁静和幸福。他们的奋斗和牺牲，是我们今天生活的基石，也是我们永远不能忘记的历史。

作为新时代的新青年，我们应该延续红岩精神，这种精神不仅是一种信仰和追求，更是一种责任和担当。我们要传承中国共产党在抗日过程中的坚持不懈、团结一致的精神，以及面对国难危急之时勇往直前的爱国精神。同时，我们还要传承舍己为人的奉献精神，不畏险阻、百折不挠的奋斗精神。这些精神是我们中华民族的宝贵财富，也是我们新时代青年应该具备的品质。

我们应该在日常生活中，将这些精神融入自己的言行举止中，用实际行动去践行和传承。只有这样，我们才能真正地将红岩精神发扬光大，让它在新时代焕发出新的光芒。让我们一起铭记历史，珍惜当下，赓续红色传统，发扬红色精神，为实现中华民族伟大复兴的中国梦而努力奋斗！

旅游规划与设计学院辅导员柴钧杰点评：

作者透过薄薄的纸张，还原了革命先烈抛头颅洒热血的英雄壮举，深刻体悟到了"红岩"的红是鲜血浸染的红，是心间共产主义信仰的红，斗争越激烈，光芒越耀眼！宁死不屈的江姐、英勇无畏的许云峰、可爱的小萝卜头……

红色文化作为中国共产党团结带领全国各族人民在争取民族解放、国家独立、人民幸福的伟大奋斗历程中孕育出的宝贵精神财富，在中华民族迈向伟大复兴的征程中闪耀着夺目的光芒。历史的长河奔涌向前，但红色文化并没有因此褪色，反而在历经岁月的洗礼后，更加熠熠生辉，成为新时代中国特色社会主义接班人的重要精神指引。生逢盛世的新时代青年们，愿我们越是艰险越向前，不负韶华，奋楫争先，挺膺担当，勇毅前行！

信念如磐，初心如故

——读《红岩》有感

旅游规划与设计学院 2023 会展 4 班　刘心妍

在童年的求知路上，我们或许都听过那个天真而又命运多舛的"小萝卜头"的故事，也在语文课本中领略过江姐那坚毅不屈、忠诚于党的形象；而当我们翻开历史课本，眼前更是浮现出一幅幅新中国成立前夕，共产党员们与反动势力英勇斗争的壮丽画卷。带着儿时的那份好奇与敬畏，我翻开了《红岩》这本记录着七十多年前革命历程的小说。读完之后，我的心情久久难以平复。我不仅深切地感受到了战争的残酷与和平的来之不易，更对那些在逆境中坚守信仰、对党和革命充满坚定与忠诚的英雄们心生敬仰。斯人已去，但精神长存，且听……

历史的枪声：追忆峥嵘岁月

《红岩》中的英雄人物，职业不同，经历各异。这些革命烈士们的形象不仅仅是文字塑造的角色，更是历史的真实写照和时代的缩影。他们英勇无畏、意志如铁，面对敌人的屠刀和酷刑，依然坚守自己的信念和信仰，这种精神是人类灵魂的光辉所在。江姐作为其中一个突出角色，她的形象更是深入人心。在面对丈夫的牺牲和十指插签的锥心之痛时，她依然选择坚定地为革命事业奋斗，这种宁死不屈的精神令人肃然起敬。她的形象不仅代表了那个时代的革命者，更代表了所有为了信仰和理想而奋斗的人们。

"一个人的生命和无产阶级永葆青春的革命事业联系在一起，那是无上的光荣！这就是我此时此地的心情"。1946 年 7 月，许云峰等人被押到重庆"中美特种技术合作所"第一看守所，即所谓的"白公馆"监狱。在戒备森严的国民党军统监狱中，他用秘密方法和党员进行联系，成立了狱中临时党支部，并任党支部书记，组织和领导狱中的地下斗争。敌人为割断他与狱中地下党组织的联系，将他戴上重镣，关进终日不见阳光的地牢。面对敌人的严刑拷打、残酷折磨和威逼利诱，许云峰从未动摇过他的信念。他的眼神坚定，坚如磐石，无论敌人使用何种手段，都无法撼动他的决心。他的大义凛然和坚强不屈，让敌人无可奈何。他们试图用各种手段来摧毁他的意志，但每一次都以失败告终。敌人不得不承认，任何刑具对许云峰都是没有效果的。地下党在抗日战争时期所面临的环境是极其艰苦的。他们需要在敌人的眼皮子底下开展工作，每一步都小心翼翼，生怕暴露了自己的身份。然而，正是这种危险的环境，激发了他们的勇气和智慧。他们凭借着坚定的革命信念，成功地开展了许多重要的工作，为抗日战争的胜利做出了巨大贡献。

信仰的火炬：照亮黎明黑暗

理想如炬明暗夜，汇聚星火耀中华。革命者的精神信仰，如同明灯般照亮了历史的暗夜，深深地感染了我们，让我们对人生价值有了全新的理解。他们无私奉献，勇于牺牲，为了心中的理想信念，甘愿付出一切，甚至自己的生命。这些英勇斗争的故事极大地震撼了我们的心灵，让我们明白了伟大的事业虽道阻且长，但行则将至。革命者们在面对困难和挑战时，从不气馁，从不退缩，他们咬紧牙关，直面磨难，展现出了不屈不挠的坚韧和勇气。这种精神力量，最终引领我们穿越黑暗迷雾，迎来破晓的黎明。正因如此，人生的意义和价值在追求理想信念、为人类幸福的解放事业而奋斗的过程中，得到了深刻的升华和体现。

红岩精神就像一面鲜红的旗帜，激励着一代又一代热血青年为理想和信念奋斗不息。我深感，我们应该珍惜今天的幸福生活，同时也要铭记历史，铭记那些为了理想和信念，甘愿抛头颅洒热血的革命先烈。他们的精神将永远激励我们前进。

时代的召唤：铭刻青春之志

无数英雄的英勇献身，铸就了今日我们安宁祥和的生活。这份来之不易的和平与繁荣，赋予了我们新时代青年更为沉重的历史使命和时代责任。青春，是希望的代名词，更是奋斗的号角，我们大学生作为这股新鲜血液，更应当肩负起时代赋予我们的责任，以满腔的热血和昂扬的斗志，去开创属于我们的崭新未来。"衣食无忧而不忘艰苦，岁月静好而不丢奋斗"，这是时代青年的最佳写照。身为新时代的大学生，我深感自己肩负着祖国建设的重任。我将以青春为笔，以奋斗为墨，书写属于自己的精彩篇章。我将努力学习，不断提升自己的综合素质和能力水平，为实现中华民族伟大复兴的中国梦贡献自己的青春力量。

正如鲁迅先生曾说："愿中国青年都摆脱冷气，只是向上走，不必听自暴自弃者的话。能做事的做事，能发声的发声。有一分光，发一分热。就令萤火一般，也可黑暗里发一点光，不必等候炬火"。我将不断努力，为祖国的建设注入青春能量。我要向那些信念如磐的前辈们学习，保持初心，经受住各种考验，在新时代的洪流中勇毅前行。请相信我们，相信中国青年！我们将会用实际行动来证明自己的价值，为祖国的繁荣富强贡献自己的青春力量。让我们携手并进，共同创造更加美好的未来！

旅游规划与设计学院辅导员王欣点评：

《红岩》作为一本红色经典读物，反映的是新中国成立前夕光明与黑暗之间展开的一场生死较量。读后感中以历史、信仰、使命三个维度，通过生动故事的描述和英雄群像精神的分析，突出了无产阶级革命者坚贞不屈的革命信念和初心。作者结合自己作为大学生的身份，思及新时代青年人应从革命历史中汲取力量，常怀报国志，不移赤子心，用实际行动学习本领为祖国繁荣富强做贡献。

叁

守正书院

再去看看那棵合欢树

——读《我与地坛》有感

旅行服务与管理学院 2023 智旅班　吴奇斐

> 合欢，合欢，于是立己乐；合欢，合欢，于是阖家欢。
>
> ——题记

北京市东城区安宁门外大街 26 号，那儿坐落着一座沉睡了四百多年的古园，这座古园就是地坛。很久以前，地坛还未被开发，一片荒凉，无人问津。直到有一天，一位茫然无措、失魂落魄的青年，摇着轮椅进入了这一方天地。从此，地坛多了许多故事，也让我在如梦一样的人生里有了新的感悟。

没去过北京的我，并不知道地坛是什么模样，但是通过史铁生在文章中的描述，我似乎真的去过那个地方。

我想地坛的角落里应该是藏着花的。

"园子荒芜但不衰败。"我找着张椅子在他身边一同坐着，他望着四周的景色，跟我用手指着瓢虫以及其他一些小昆虫。"跟我们一样，不知道为什么来到这世上。"他叹了口气，眼睛里已经好像是没有年轻人该有的朝气，"可是你看，露水在草叶上滚动，聚集，压弯了草叶轰然坠地摔开了万道金光。满园子都是草木竞相生长弄出响动，窸窸窣窣窸窸窣窣片刻不息"。是啊，世界风景万千，凭我的双眼能将世界看遍吗？在我失意的时候，我跟他一样，也看到了角落里的花。它不会像高山一般耸立在大地上让众人瞻仰，也不像大海一般平躺在大地上让众人游耍，它只是一朵被藏在角落里的花。可是它没有思考自己为什么来到这世上，只是绽放，直到生命尽头。若你决定灿烂，山无遮，海无拦。

我想地坛应该是蒙着一层薄薄的灰的。

"这园中不单是处处都有过我的车辙，有过我车辙的地方也都有着母亲的脚印。"他告诉我的时候，用铺满岁月的手拭去那流的滚烫的泪，滴在那张荣誉奖状上，那张奖状上还有当年陪母亲看的菊花的花瓣。那地上一定蒙着一层薄薄的灰，因为她的脚步轻轻的，总是小心翼翼的。他笑着对我说："那时候总是特别倔强，不希望她看到我这个样子，谁都不要可怜我。后来她轻轻地走了。我经常以为她还在后面看我，可是我转头时她跑得好快，我这次怎么也看不见了。"他用手激动地向我比画着说："房高的合欢树，她们和我说的，我见不到了，我母亲种的，那是我的……"手又轻轻放下，"看不到了。"他的眼睛也蒙上了一层薄薄的灰，"我真应该去看看的。"他之后嘱托我，让我别忘了去看看合欢树。

我想地坛应该是个尝尽人生百态之地。

我跟他一起走着看到了：一对沉默不语的风雨无阻日日来这散步到白头的夫妻；我望而却步的难题让我看到了坚持来这跑步、在较为年长的情况下取得第一名的他的朋友；人生失意的我和他，看着从可爱女娃子到出落得漂亮的少女——天生智力有问题却依然乐观有哥哥的保护……悲哀。其实我现在很幸福，我想。耐心和乐观才是对付重重困难阻碍的两位战士：时间虽然沉默不语，但回答了所有问题；生活中那个遇到的坎坷虽然难过，但却是抵达胜利的必经之路；就算失去了从头再来的机会，我们也要把握当下，把心变得简单，走好自己的路，路也宽了许多。

我想陪着他再多转转地坛，他回绝了我说："你当然可以陪我再转转，但是时间会偷偷溜走哦。孩子，我那时跟你一样，总是执着于自己所受的挫折，抱怨上帝为什么会如此不公，可是恩赐给我的东西我却没有及时收到，她们都给予我鼓励，尤其是我母亲，令我抱憾终生。算了，都是该经历的，你现在最重要的是……"

"是什么？"我的梦突然醒了，又要开始背单词背书的起床铃，是什么呢？

或许我该和他一样出去走走。我打开了昨天睡前看的那本书——《我与地坛》。他坐在轮椅上和我梦里的一样，依然朝着我笑。我拉开窗帘，看到漆黑的夜空中挂了不算圆但皎洁的月亮，突然脑海中回忆起儿时上台演出朗诵的那一句："人有悲欢离合，月有阴晴圆缺，此事古难全，但愿人长久，千里共婵娟。"书页上多了几滴眼泪——也许本来就在的。

最重要的是看合欢树。我的合欢树也跟房一样高，我看到了，也要一直记得，也会一直记得。

旅行服务与管理学院辅导员徐先奎点评：

本文角度新奇，作者凭借其丰富的想象力，让"虽没去过古园"的自己"置身其间"，跨时空与《我与地坛》的作者史铁生进行了深度的交流。

从"藏着花的"到"蒙着灰的"，最后到"尝尽人生百态的"，文章巧妙抓住《我与地坛》的内涵，层层递进，让读者像是再读了一遍短小精悍的《我与地坛》。而作者是"我"，又像是史铁生，才是文章真正的精彩处。"我"与史铁生一样，面临着生活带来的不如意，我们该何去何从？文章里的铁生让"我"不必留恋沉迷于痛苦中，也展现了"我"自己的思想挣扎。

总体来说，文章可圈可点，语言细腻，写出了作者的真情实感。

梦中红楼情

——三读《红楼梦》有感

旅行服务与管理学院 2022 研学 2 班　汪雪梅

　　张爱玲曾提到人生有"三大恨事"：一恨鲥鱼多刺，二恨海棠无香，三恨《红楼梦》未完。在十几年的读书生涯中，《红楼梦》我看过三回，分别在小学时、初中时、高中时。在众多文学著作中，我独爱《红楼梦》。

　　初读《红楼梦》是在小学三年级的课间，在阅览室借到这本书后，我便迫不及待翻开。其中的千般绣像，如兰如菊，细细品读，竟让我置身书中，听不见已经响起的上课铃声，我只记得那本《红楼梦》被老师暂时收走，下了课我才拿了回来。我用了三天时间把它看完，被书中的黛玉深深吸引。整部作品似乎都在描绘她的多愁善感，她的结局充满了悲情。但在我眼里她就像一朵芙蓉，与书中其他的十一钗不同。当她初到贾府时，虽然年纪尚小，却已懂得察言观色。寄人篱下的她举止言谈都不俗，即使身体欠佳，也保持着清傲风流的态度，连"未见其人，先闻其声"的凤辣子王熙凤也被黛玉的气质所惊艳。

　　她才华横溢，写得一手好诗。然而，寄人篱下的生活让她心性敏感多愁，外界的细微变化都能在她细腻的心湖中激起涟漪。暮春时节，桃花如雨散落大地，她如同落在大观园随风飘起的落花般感受到了时光的无情、生命的短暂、人生的无常……于是写下了千古流传的《葬花吟》："花开花谢花满天，红消香断有谁怜。"林黛玉并非完美无缺，她聪慧而有性格，才华横溢而多愁善感。她是复杂的，但又是真实的，仿佛真的在世间走过一遭。

　　再读《红楼梦》，已是初中时光，仿佛经历了一场深沉而震撼的梦，醒来后感慨万分，庆幸那只是一场梦。中考的必读书目中，《红楼梦》赫然在列，这次重读，我被开篇的"满纸荒唐言，一把辛酸泪"深深吸引。小学时，我被书中的情节所吸引，而初中再读，我带着明确的目的，不仅为了理解这部著作，更为了深入了解作者的境遇。

《红楼梦》被曹雪芹写尽了人间百态，道尽了世态炎凉。他的一生正是曹家由盛转衰的缩影，从富家子弟到一贫如洗，红楼仿佛就是他的自传。书中的诗词歌赋、琴棋书画，无一不细致入微。作者通过绛珠仙草与神瑛侍者的故事，为全书蒙上了一层浪漫色彩，同时也对四大家族的兴衰变迁娓娓道来。

《红楼梦》不仅是一部爱情小说，它更深刻地揭露了社会中墙倒众人推、物极必反的残酷现状。宁荣二府表面上依旧兴盛，但内部奢靡享乐，开支庞大，最终落得抄家的下场，往日的繁华烟消云散。正如"世事洞明皆学问，人情练达即文章"所言，这部小说深刻地揭示了人情世故。刘姥姥进大观园丑态百出，才终于博得了贾母一笑，小学时我只觉得她是个没有志气的乡下人，但再读时，我意识到她其实是在用她的方式，以智慧和勇气赢得了贾母的欢心，她的行为背后隐藏着深刻的生存之道。

后来再读《红楼梦》，依然被黛玉所吸引。在第三回中，贾母问及黛玉的学识，她坦然回答读过《四书》。随后，当黛玉询问其他姐妹们时，贾母轻描淡写地说："读的是什么书，不过是认得几个字，不是睁眼的瞎子罢了。"这句话让黛玉敏锐地察觉到了贾母对女子才学的态度。黛玉是个聪明绝顶的女子，她从小就被父亲教导读书写字，琴棋书画样样精通。她的才华让她自豪，但在那个"女子无才便是德"的时代，她也深知自己的处境。因此，当宝玉问及她读过哪些书时，她巧妙地回答说："不曾读，只上了一年学，些许认得几个字。"这样的回答既显示了她的智慧，又避免了直接挑战贾母的观念。

她从小背井离乡，早早离开父母，寄人篱下。她的聪明才智让她看透了世间的虚伪和冷漠，但她也深知自己无法改变这个不公平的世界。她不愿意说谎，不愿意虚与委蛇，她的真诚和坚持让她更加孤独和痛苦。含恨而终的她是否后悔过自己的一生，我们无从得知，但是那寒塘里的一抹清冷的月光，是那场梦最美的底色。

合上《红楼梦》，这场梦忆结束了。但在每一个时代中，《红楼梦》的故事依旧在流传，金陵十二钗也在以新的方式现世，舞剧、电视抑或者芭蕾都道出了红楼的悲与喜。红楼，于你，于我，都终归是尘世间最真实的梦。我们在窥见世界光彩时，经历着幸福，也必然见证无数的无奈。这，便是成长之路。

旅行服务与管理学院辅导员汤胤点评：

三次不一样的阅读经历，是作者在年岁渐长中不同的体验。看得出来，作者对《红楼梦》这本书有着很深的感情。这篇读后感中，作者情感真挚且富有感染力，将读者带入一个充满情感共鸣的世界。其次，分析深入且见解独到，不仅细述了书中情节与人物，还深刻剖析了作品的主题与意义，赋予文章以深厚内涵。最后，作者运用优美的语言和生动的比喻，生动描绘了书中人物与情节，使得整篇读后感既富有艺术性又表达力十足。

我们说书是常读常新的，当然，变的不是书，是我们的阅历和看问题的角度。经典之所以成为经典，就在于它历久而弥新。书海浩瀚，希望同学们在有限的时间里可以多多阅读经典，厚积而薄发。

大道不孤　大爱无疆

——读《人间世》有感

旅行服务与管理学院 2023 导游 4 班　周怡岚

　　晚风轻轻拂过湖面，荡起层层涟漪，夕阳悄然隐去，留下最后一抹绚烂的余晖。我静坐于西湖之畔的长椅上，手中合上的《人间世》似乎还散发着历史的厚重与深沉。本书的作者葛烈腾老先生，是一位来自美国的传教士，更是杭州惠兰中学第五任校长，他以细腻的笔触，真实记录了 1923—1942 年杭州的风土人情与政治社会的沧桑巨变，尤其是抗日战争时期，杭州这座"人间天堂"如何遭受日军铁蹄的践踏。

　　行远自迩，踔厉奋发。葛老先生的文字如同一面镜子，映照出一个时代的风云变幻与人性的光辉。1937 年，战争席卷"人间天堂"，日军轰炸杭州。黑云压城，炮弹如同雨滴般猛烈地砸向大地，文竹在风中摇曳，竹身被压得越发卑躬屈膝。这年 9 月，葛老先生记载："第一次爆炸发生的两天后，我们组织了蕙兰学校的入学考试。当时有一千多个男孩来应考，他们写试卷的时候，空中战斗机正在他们头顶上盘旋，机枪的子弹落在了校园里。"随后，日军对杭州的轰炸日益频繁，每天都有一编队飞机从头顶飞过，然后在附近的某个地方把携带的炸弹扔下去。然而，正是在这样的环境下，葛老先生笔下的学生们，为了民族的未来，为了国家的尊严，依然坚持学习，用知识的力量去抵抗外敌的侵略。

　　而今，在新时代的征程上，我们更应铭记历史，继承先辈们的精神遗产。作为新时代的青年，我们要有信仰、有力量，将个人追求与国家和民族的命运紧密相连；要不畏艰难、敢于斗争，在磨砺中成长；要乐于奉献、勇于担当，积极响应党和国家的号召，在人民需要的地方挥洒青春。同时，我们还应讲道德、守纪律，努力成为党和人民所期望的德才兼备的新时代青年。

铭记历史，守望和平。曾经葳蕤挺拔的文竹憔悴了，在这繁汇的天音中左右攲斜，呻吟着，挣扎着，最终不免委于尘埃。日军的暴行在《人间世》中随处可见，如"一个军官经常把两条凶恶的警犬带到街上，让他们扑向行人以此取乐"，被咬伤的店主，伤口严重至需住院一月方能康复。面对此等暴行，店主向日本宪兵提出抗议，但那位军官仅被调离，未受更重处罚。日军占领杭州期间，烧杀抢掠，无恶不作，百姓生活困苦至极，每日还需忍受酷刑与敲诈。严重的饥荒迫使杭州百姓甚至以流浪狗和流浪猫为食。

如今的中国，历经战火洗礼，已成为一个倡导和平的国家。我们致力于促进世界和平与发展，积极构建人类命运共同体。铭记历史，是为了铭记先辈的血与泪，更是为了珍惜来之不易的和平。守望相助，因为我们同在一个地球村，共同构建人类命运共同体。铭记历史，并非为了激发仇恨，而是时刻警醒，倍加珍惜和平。

大爱无疆，守护杭城。他们跨越千山万水，来到遥远的中国，只为拯救更多的生命。他们舍弃了安逸的生活，毅然投身艰苦的医疗事业中，这种无私奉献的精神着实令人动容。葛老先生更是在战火纷飞的年代，选择留在杭州，面对日军的严密监视，他毫不畏惧，冒着生命危险救助难民。蕙兰中学救助站，就如同冬日里的一缕暖阳，为无数饱受战火之苦的难民带来了希望和温暖。葛老先生坚守救助站四年，抵抗日军的压迫，用大爱守护着杭城的难民，展现出了人性中最光辉的一面。这种跨越国界、超越血缘的大爱，正是《人间世》想要传达的精神内核之一。

《人间世》中的故事，让我们看到了中华民族在历史长河中历经的苦难与辉煌，先辈们坚韧不屈、顽强拼搏的精神，正是我们今天得以繁荣昌盛的基石。在未来的道路上，我们要继续传承这份红色精神，为中华民族伟大复兴而努力奋斗。

如今，随着"一带一路"倡议和"命运共同体"理念的深入人心，我们正处在一个全球化的大时代。在这样的背景下，《人间世》不仅是一部历史记录，更是一部关于人性、关于爱的伟大赞歌，其所传达的爱无疆域、人无国界的精神显得尤为重要。我们要用这种精神去推动世界和平与发展，让更多的人受益于全球化带来的机遇。只有这样，我们才能真正实现人类命运共同体的伟大愿景。

旅行服务与管理学院辅导员汤胤点评：

作者巧妙地结合了自身的感悟和体会，将历史、现实、人性、信仰等多个层面融合在一起，形成了一篇内容丰富、意义深远的文章读后感。首先，作者在文章中表达了对历史的敬畏、对和平的渴望以及对人性的赞美，这些情感真挚而深沉，能够引发共鸣。其次，作者不仅深入剖析了书中的历史内容，还将其与当今中国的发展、全球化时代的背景相结合，展现了对历史与现实的深刻理解。最后，作者在结尾部分不仅总结了全文的主旨，还提出了对未来世界和人类命运共同体的期望，这种期望既体现了作者的情怀，又赋予了文章更深远的意义。

忆峥嵘岁月，悟红岩精神

——读《红岩》有感

旅行服务与管理学院 2022 导游 3 班　　林　宁

　　虽说"铁肩担道义"，可他们也有血有肉，也有无法割舍的亲情和爱情，这样一批人能够站在前线，那是因为他们心中还有一个大家，便是祖国。

　　"任脚下响着沉重的脚镣，任你把皮鞭举得高高，我不需要什么'自白'，哪怕胸口对着带血的刺刀！人，不能低下高贵的头，只有怕死鬼才乞求'自由'；毒刑拷打算得了什么？死亡也无法叫我开口！对着死亡我放声大笑，魔鬼的宫殿在笑声中动摇；这就是我——一个共产党员的'自白'；高唱凯歌埋葬蒋家王朝！"

　　故事发生在国民党统治下的重庆，此时的地下党处于黎明前最黑暗的时刻。配合工人运动重庆地下党负责人许云峰命令甫志高建立沙坪书店，把沙坪书店作为地下党的备用联络站。甫志高，怎么能错过这个升职加薪的机会？他不顾联络站的保密原则，不仅盲目扩大书店规模，还招收陌生人郑克昌入店工作，老练的许云峰，最后识破了郑克昌的身份，在千钧一发之际，他要求书店全体同志紧急撤离，甫志高根本听不进去劝告，反而认为许云峰妒忌自己的工作成绩，不仅被捕，还成了可恶的叛徒。由于他的告密，许云峰、成岗、余新江和刘思杨等人很快相继被捕。特务头子徐鹏飞得意忘形，妄图借此将重庆地下党一网打尽，然而他使用了各种惨绝人寰的酷刑和伎俩，都没能从许云峰等人身上得到任何所需要的东西。

　　文中描绘了曾经的"11·27"事件，这是一段震惊全党上下的悲壮历史。

在那场事件中，超过 200 名共产党人英勇牺牲，倒在了敌人的枪口之下。文中也细腻地叙述了江姐得知五星红旗在天安门广场冉冉升起，尽管她无法目睹这一庄严时刻，却凭借内心的情感与信念，亲手绣制了一幅想象中的五星红旗。还有华子良这一角色，他长期以装疯卖傻为掩护，作为党内隐藏最深的情报人员，成功从敌人手中逃脱并传递出关键信息。

小说《红岩》生动地描绘了革命者为迎接全国解放，与敌人进行殊死斗争的经历；真实再现了新中国成立前夕光明与黑暗之间最后决战的艰巨性；同时歌颂了革命者为了真理而斗争的坚强意志和大无畏精神。

对于当下的人们来说，阅读《红岩》可能稍显艰涩，但随着今年东北旅游的兴起，"731"博物馆被更多人知晓，越来越多的新生代国民自发地去了解中国过去的历史。如今，"勿忘国耻"的呼声在这个寒假席卷了各大互联网平台，让我不禁回想起自己第一次接触这些历史事件的时刻。

小时候，我家后面住着一位老奶奶。她每天都步履蹒跚地拎着菜篮子去买菜，我们正常人只需 20 分钟的路程，她却要走一个小时。无论冬夏，她始终穿着长袖长裤，粗长的、背扎成麻花辫的白发和脸上的皱纹记录着她历经的历史沧桑。尽管她已经说话困难，但她的思维依然清晰。她鲜少与人交往，闲暇时便搬个竹椅坐在屋檐下晒太阳。风吹过时，我能从她的袖口和裤脚看到大片如同被烧焦的皮肤。

爸爸告诉我，那不是烧伤，而是细菌战留下的痕迹。当年敌人将细菌投放到这个镇子上，只有她幸存了下来。年幼的我虽不明白其中的痛苦，但我知道她需要的不是怜悯。她已经坚强地挺过了那段艰难岁月，她有自己的信念和生存的意义。对她而言，或许更需要的是理解和善意，而不是简单的"可怜"。

红是革命的颜色，岩石又是非常坚硬的物质。革命者在狱中坚持斗争，坚韧不拔，就像红色的石头一样，"红岩"象征着革命的颜色和坚不可摧的精神。爱国、团结、奋斗、奉献，历来是我们中华民族精神的重要组成部分。

读着革命者的英雄事迹，我深感"没有共产党，就没有新中国"。为了新中国和广大民众，无数革命者抛头颅、洒热血也在所不惜。我们生活在新中国，更应珍惜这份来之不易的幸福生活。就让我们铭记历史、铭记英雄、铭记心中的责任，继续发扬前辈们的优良革命传统，为振兴中华、光耀中华而努力。

《红岩》这本书使我明白：越是在铺满荆棘的路上，就越需要我们去开拓；越是困难的时候，就越需要坚定不移的精神去克服。

回首往昔，审视当下，身处在安逸生活中的我们是否还记得什么叫英勇，什么叫坚贞？而今天幸福的生活、美好的享受，是否让我们淡忘了那血与火的历史，是否麻痹了我们的精神？重读历史，重温豪情。我要感谢《红岩》，它为我树立了榜样，它使我对人生价值有了崭新的理解，它将促使我成为一个真正的人、一个英勇坚强的人。

旅行服务与管理学院辅导员冯幽楠点评：

《红岩》这部作品带给我们的震撼是深入骨髓的，我们生活在先辈们英勇冲锋铸就的和平美好世界之中。林宁在阅读中回望历史，深切感受到革命者为全国解放与敌人垂死挣扎进行的殊死斗争。同时，她从经历过细菌战、饱受痛苦却仍选择坚强生存的奶奶身上，真实体验到了不屈不挠的坚韧。这些经历让林宁更加深刻地理解"爱国、团结、奋斗、奉献"这八个字所承载的深重意义，并激励她不断成长，勇往直前。

同时，作者还强调了"红岩"精神在当今社会的意义和价值，呼吁人们铭记历史、珍惜当下、展望未来。这种对历史的尊重和对未来的期许，体现了作者深厚的家国情怀和强烈的责任意识。

荒诞征途：勇气的试验场

——读《堂吉诃德》有感

旅行服务与管理学院 2022 导游 6 班　王雅婵

"他漂洋过海去做骑士，身着疯癫的装束，行动荒诞，人却纯真；回家省亲扬眉吐气，上书皇帝表忠心，敢爱敢恨，痛快淋漓。"这是我对堂吉诃德先生最初的印象。他是西班牙的，也是世界的。他既带有那个时代的风气，又充满了超越那个时代的奇思异想。他疯癫，他滑稽，他可悲，他伟大。

他有着敢于斗争，勇于冒险的骑士精神。初读《堂吉诃德》，我被主人公堂吉诃德先生的精神深深打动。他怀揣着骑士梦，不顾旁人的嘲笑，执意要去冒险。他相信骑士的存在，认为自己就是一位骑士，这无疑是一种荒诞的行为。然而，正是这种荒诞，让我看到了人性的勇敢、坚持和善良。在现实生活中，我们往往忽视了内心的梦想和追求，变得麻木和冷漠。堂吉诃德先生的坚持让我明白，我们应该勇敢地追求自己的梦想，即使在别人看来这是疯狂的。

"骑士精神"作为现代流行文化中经久不衰的主题，被堂吉诃德以一种荒诞至极的方式演绎，达到了令人捧腹的效果。他怀揣着骑士的梦想，渴望走遍天下，扶困济贫，除暴安良。尽管其行为荒诞不经，但其背后所展现的悲壮英雄主义精神却不容忽视。

这种关系充满了真实和矛盾，让人感受到人性的多面性。同时，他与杜尔西内亚的浪漫爱情故事也展现了他对爱情的执着和追求。

而实际上，《堂吉诃德》的魅力远不止于此。这部作品并非仅仅停留在荒诞的层面，它更深入地揭示了人性的复杂性和多样性。在堂吉诃德的冒险故事中，我们看到了他与桑丘·潘沙的深厚友谊与日常争吵，以及他与杜尔西内亚的浪漫爱情故事；当堂吉诃德的精神病态逐渐显现，我们也看到了人性中的迷茫与无奈，我们看到了他内心的挣扎和迷茫。这种对未知世界的勇敢探索，对自我的不断挑战，都让我们反思自己是否也拥有这种敢于斗争、勇于冒险的精神。

保持初心，勇敢做自己的英雄气概。堂吉诃德是穷绅士子弟，没有朋友，没有财产，甚至没有家。在孤独与痛苦中，他读骑士小说入了迷，以至于骑上瘦马离家出走，立志行侠仗义。他雇用乡巴佬儿当侍从，开始了疯狂的游侠事业。在他的想象中，一切可以自由：追逐风车要打一场大仗；羊群就是敌国；被打落水中的矮子就是闻名全国的大魔法师。读者在捧腹大笑之际也不免陷入了深深的思索。这出悲剧向我们展示了主人公日益衰老的精神世界和越陷越深的疯狂之举。作者通过主人公临终前对骑士生活的回忆和忏悔，对西班牙封建社会进行了全面的讽刺和控诉。

堂吉诃德无疑是可笑的。比如他把风车当成巨人加以攻击；把客店当成堡垒；把一位漂亮的牧羊女当作他的意中人；在决斗中厮杀时乱喊乱叫……读到这些情节时，我常常为堂吉诃德的种种荒唐行径而捧腹大笑。可是仔细想想，我们又有多少人不是像他那样做"梦"呢？在现实生活中，当我们迷恋某件事物时，好比追星、流行歌曲等，就会不顾一切地喜欢它，追求它，把它当作自己的理想与信念，直到感觉良好的时候发现原来自己是那么幼稚与可笑。生活中像堂吉诃德这样的人还有很多。他们都有一颗热情的心和满腔的热血，只不过在追求梦想的过程中会有些脱离现实罢了。

在叙事手法上，《堂吉诃德》也独具特色。书中运用了幽默、讽刺、象征等描写手法，让整个故事更加生动有趣。这种叙事方式不仅吸引了读者的眼球，也引导我们深入思考人生的意义和价值。它让我们明白，人生并非一帆风顺，而是充满了挑战和困难。然而，正是这些挑战和困难让我们变得更加坚强和勇敢。

在阅读《堂吉诃德》的过程中，我感受到了人生的荒谬与欢乐，也感受到了人性的光明与黑暗面。这本书让我重新审视了自己的人生观和价值观。它让我明白，我们应该勇敢地追求自己的梦想，即使在别人看来是疯狂的；我们应该珍惜人生的每一个瞬间，即使它充满了挑战和困难；我们应该保持对生活的热爱和激情，因为正是这些让我们变得更加坚强与勇敢。

最后，我想说，《堂吉诃德》是一部永恒的经典之作。它以其独特的魅力吸引着每一个读者，让我们在阅读的过程中不断地反思自己的人生和价值。我希望每一个读过这本书的人都能从中获得启示和感悟，让我们的生活变得更加美好。

在这个美丽的午后，我将《堂吉诃德》轻轻地合上，心中充满了感激和敬意。感谢塞万提斯为我们留下了这样一部不朽的杰作，让我们有机会去领略人性的光辉与荒诞，去探索人生的意义和价值。这是一次难忘的旅程，我将永远珍藏这份美好的回忆。

旅行服务与管理学院辅导员陆甜甜点评：

这篇读后感对《堂吉诃德》进行了全面而深入的分析和思考，展现了作者对小说内容和主题的深刻理解。通过阅读，作者认识到堂吉诃德的荒诞行为背后蕴含着人性的勇敢、坚持和善良，也认识到人生并非一帆风顺，而是充满了挑战和困难，但正是这些挑战和困难让人变得更加坚强和勇敢。这种深刻的思考和领悟对于读者的成长和人生观的建立都具有重要意义。

最后，作者将文学作品与现实生活相联系，将《堂吉诃德》中的情节与现实生活中的现象相联系，如堂吉诃德对于骑士小说的痴迷与人们对各种流行文化的追逐。这种联系使得此篇读后感更具有现实意义，使读者更容易将小说中的主题和人物形象与自身经历联系起来，从而更深入地理解作品的内涵。

小故事中读大道理，真情怀中感大担当

——读《习近平的七年知青岁月》有感

旅行服务与管理学院 2022 导游 6 班　柳慧子

作为新时代成长的青年人，品读此书能够从小故事中读出大道理，从口述史中洞察大时代，从真情怀中感受大担当，从奋斗史中汲取大智慧。

艰难困苦，玉汝于成。合上《习近平的七年知青岁月》一书，当年与习近平总书记同吃同住同劳动的陕北乡亲和知青们的采访实录，一段段一篇篇在我的脑海里拼图，拼出习近平总书记从 15 岁到 22 岁的人生轨迹，那本该最青春光鲜的美好七年，少小离家，放羊、铡草、拉煤、拦河、打坝……在最艰苦的岁月里，始终与书为伴。苦难的七年没有蹉跎岁月，没有虚掷光阴，反而成为习近平总书记心中磨炼意志品质的七年，坚定人生目标的七年。

坚定信念，勇担责任。习近平总书记是第一位出生和成长在新中国的中国共产党总书记。他有过曲折的少年时代，有过奋斗的青年时代。从农村大队党支部书记到党的总书记，从普通公民到国家主席，从普通军官到军委主席，习近平总书记一步步走来，有艰辛，有困惑，有磨难，但始终持有一颗永不磨灭向党的初心。读完此书后我也明白了我的初心，我要回乡，回到生我养我的地方，担起这个时代我们青年人应担起的责任。

心连百姓，情系人民。恒有初心者，时光不欺；情系人民者，人民笃信。《习近平的七年知青岁月》一书给我留下的一个深刻印象就是，习近平总书记"在走上社会之初就与最底层的中国农民同甘苦共患难，由此培养了他一生都割舍不断的深厚感情——从心底里热爱人民，把老百姓搁在心里"。对乞食老汉"解衣推食"，帮助老汉拉车，帮群众找猪，为救治受伤村民而急坏了……这些都是青年习近平为民情怀的自然流露。梁家河的村民们讲，习近平总书记那时候"主要想的就不是自己的前途，而是怎么能做好村里的工作，怎么能让群众的生活好起来"。从政是一条充满不确定性的路，对待这种不确定性，习近平总书记的选择是："干得好，将来成就一番大事业，干得不好，就在下面给老百姓做些实事，也没什么""因为不管从政道路的前景如何，在基层为群众做实事的权利总是不会被剥夺的"。习近平总书记用"在任何岗位上都能为群众做实事"来看待不确定性，这与某些干部用拉帮结派、投机钻营来抵消不确定性，完全是两种选择、两种境界，泾渭分明，高下立见，老百姓心中自有一杆秤。

吾辈青年，生逢盛世，也重任在肩。读《习近平的七年知青岁月》时，我想我能不能和习近平总书记一样，有这个勇气和决心？

当代青年，要敢于深入一线，志愿服务，心系群众。我有幸在家乡的村委任职村干部助理，在这几个月里，我主要负责了文件整理及归档、会议准备与服务、防诈骗知识宣传与普及、村民纠纷调解等工作。每天，我穿梭在家乡的小道上，感受着乡间生活的淳朴和宁静。每当解决了一些村民间的纠纷，看到他们因为事情解决后发自内心的笑容，我就会感到无比满足和喜悦。这些笑容，让那些滑落的汗珠、炎热的天气，都变得不再那么重要了。因为那一刻，我深深地体会到了为民办实事、为民办好事后的自我价值实现。文件整理及归档的工作让我更加严谨认真地对待每一份文件；会议准备与服务让我学会了如何与人沟通、如何协调各方资源；防诈骗知识宣传与普及让我有机会向村民们传递一些实用的防骗知识；而村民纠纷调解则让我更深入地了解了农村的生活，学会了如何更好地处理人际关系。而那些笑容，那些汗水，都将成为我人生中最宝贵的回忆。我也告诉自己，要永远保持初心！

当代青年，要敢于吃苦耐劳，磨砺意志，锤炼本领。习近平总书记在同各界优秀青年代表座谈时，讲了一段极有文采、极富人生哲理的话："青年朋友们，人的一生只有一次青春。现在，青春是用来奋斗的；将来，青春是用来回忆的……青年时代，选择吃苦也就选择了收获，选择奉献也就选择了高尚。青年时期多经历一点摔打、挫折、考验，有利于走好一生的路。要历练宠辱不惊的心理素质，坚定百折不挠的进取意志，保持乐观向上的精神状态，变挫折为动力，用从挫折中吸取的教训启迪人生，使人生获得升华和超越。"

当代青年，要敢于担当作为，矢志不渝，艰苦奋斗。青年是一个人成长的黄金时期，这意味着青年时期的经历跟人一生的成长发展有至关重要的作用。我也意识到正青春的我们需要克服许多困难和挑战，需要不断地学习和提高自己。但是，我相信只要我们坚定信念，勇往直前，我们就一定能够实现自己的梦想。

无论我们身处何处，我们都应该牢记自己的使命和责任。我们应该以实际行动来证明我们的价值，为国家、为人民服务，为我们的家乡贡献一份力量。让我们一起努力，以青春之名，立青春之志，燃青春之光，点青春之火，共赴时代之约！

旅行服务与管理学院辅导员陆甜甜点评：

《习近平的七年知青岁月》一书还原了习近平总书记在梁家河的7年知青岁月，访谈内容丰富、事例生动活泼、文字朴实感人。柳慧子同学在读后感中不仅展示了对习近平总书记坚定信念、勇担责任的敬佩，还将之与自身的成长和责任联系起来。这种思想启示和自我反思，体现了她对作品所传达价值观的深刻领悟。通过阅读，柳慧子同学感悟到青年人应勇担服务社会的责任。她结合自己在乡村村委的实际工作，以亲身经历深刻阐述了对社会责任的理解；同时，她对工作的深入反思也彰显了当代年轻人对社会使命的不断追寻和探索。

"一带一路"　共筑未来

——读《"一带一路"温暖故事汇》有感

旅行服务与管理学院 2022 导游 6 班　汪艳楠

　　寒假期间，偶然打开电视，里面正在放映《花儿与少年第五季·丝路季》，在一旁的弟弟便问我："什么是丝路？""什么是'一带一路'？"我不知道怎么说才能让一个幼儿园大班的小孩明白这项伟大的项目。后来，我就和弟弟一起看了《"一带一路"温暖故事汇》。

　　以六个代表性的"一带一路"共建历程为蓝本，这套六册绘本通过儿童的视角，生动地展现了"一带一路"倡议下亚欧非三大洲国家所经历的变革。

八年援非，爱无国界

　　《西诺瓦们的中国妈妈》一书中深情地记录了中国援阿尔及利亚医疗队的无私奉献和医者仁心。在阿尔及利亚，有超过一万名的孩子被命名为"西诺瓦"，这是法语"Chinois"的音译，意为"中国人"。这些名字背后，是当地民众对中国医生深深的感激与敬意，他们通过这种方式，让自己的孩子铭记这份跨越国界的关爱与帮助。

　　1993 年 11 月，抵达马斯卡拉省蒂格尼夫医院后，徐长珍一放下行李，就迎来了援外工作的第一次考验。当晚一位重度胎盘早剥的产妇出现失血性休克，腹部的胎儿几乎听不到胎心，情况十分危急。徐长珍和队友们立刻将患者送入手术室抢救，在输血、输液、抗休克的同时，紧急行剖宫产手术取出了胎儿。但脱离母体的胎儿已苍白窒息，完全没有呼吸，只有微弱的心跳。

在简陋的手术室里，吸痰器等急救物品十分匮乏。徐长珍毫不犹豫地俯下身，口对口吸出新生儿口鼻中的羊水和分泌物，再重复循环地进行人工呼吸。一分钟、两分钟、三分钟……孩子的皮肤逐渐红润起来，终于"哇"的发出了一声啼哭。一时间，手术室里响起一片掌声。一年多的高负荷工作，徐长珍亲手迎接了许多"西诺瓦"的降生，当地老百姓也为这位温柔的中国医生取了一个新的名字——"妈妈徐"。

1962 年 12 月，国家卫健委收到了一封特殊的信件，刚刚宣告独立的阿尔及利亚政府，通过国际红十字会，向全世界发出紧急医疗援助的呼吁，让阿政府没想到的是，刚度过困难时期、正在艰难恢复中的中国第一个宣布，选派优秀医生组成中国援外医疗队，驰援非洲。60 年来，一批又一批像徐长珍一样的"中国妈妈"们，已经在阿尔及利亚累计接生新生儿 207 万余名。

授人以鱼不如授人以渔

中国自古就有"授人以鱼不如授人以渔"的理念，于是周恩来总理说："中国医疗队迟早要走的，我们最重要的任务是要给当地人民留下一支永远也不走的医疗队。"中国政府一直践行这一理念，除了派遣医疗队外，还与阿尔及利亚政府共同推动两国医院对口合作，启动了"中阿妇产中心"项目，帮助阿尔及利亚培育更多的优秀医生，造福更多人民。

今天，"中国妈妈"的队伍仍在不断壮大，一代又一代的医疗队员奔赴阿尔及利亚，促进了阿尔及利亚医疗条件的不断改善，赢得了阿尔及利亚人民的真心赞誉。

在古丝绸之路上，满载货物的商队穿越茫茫沙漠，在骆驼与铃声的陪伴下，从东方走向西方，促进了东西方的共同繁荣和兴旺。而今天，同样有一支向西前行的队伍，他们穿着白色大褂，步伐坚定地走向每一个需要他们的地方，不求回报、不辞辛劳、永不言弃地在异国土地上续写大爱无疆的传奇。

此外，还有五个小故事：《多瑙河畔的钢铁交响曲》《肯尼亚女火车司机的追梦之路》《中巴经济走廊上的追光女孩》《比雷埃夫斯港的海风》《义乌与东南亚丝路驼铃曲》。每一个故事都展现出中国给予各个国家的帮助，"一带一路"将中国发展同世界发展联系起来，体现了共建人类命运共同体的理念，彰显了中国的大国责任与担当。

一枝独秀不是春　百花齐放春满园

佩列沙茨大桥位于克罗地亚，大桥的两岸直线距离仅为 2.44 公里。但在过去没有这座桥的时候，克罗地亚大陆与佩列沙茨半岛之间隔着亚得里亚海的小斯通湾，两岸往来需要绕好一大圈，耗时 3 个小时不说，中途竟然还需要途经波黑，先出境再入境，手续也很烦琐，极大阻碍了两地居民的出行与交流。

为了解决这个问题，克罗地亚政府早在 2007 年就提出在亚得里亚海上建一座跨海大桥的想法。但这座大桥的技术难度很高，需要跨越 6 公里的海峡，承受强风和海浪的冲击；还要考虑到环境保护和航运安全的问题；且造桥经费也很高，克罗地亚根本没有足够的财力承担这样一个大项目。

就在梦想似乎要破灭的时候，一个意想不到的国家伸出了援手，那就是——中国。中国不仅提供了技术和资金支持，承担了这座大桥的设计和建设任务，还与欧盟和波黑进行了友好沟通和协调，消除了各方的疑虑和障碍，终于让这个项目得以顺利进行。

2022 年 7 月 26 日，克罗地亚政府隆重举行佩列沙茨大桥正式通车仪式，通行时间由原来的 3 小时缩短为几分钟，极大方便了当地人们出行。克罗地亚总理表示"大桥通车实现了几代人的梦想""克方愿分享中国发展机遇，支持共建'一带一路'，进一步造福两国和两国人民！"

佩列沙茨大桥也只是个例，还有中国与沙特阿拉伯合作修建的麦麦高铁、中国与肯尼亚合作建成蒙巴萨港新油码头等，这些都让我们看到了中国和各个国家之间的友好与合作，看到了中国与世界之间的互帮互助、共赢与共享。

"路"在脚下，道在心中，我们要不忘初心使命，凝聚团结力量，奋力开创高质量"一带一路"的万千景象。

旅行服务与管理学院辅导员陆甜甜点评：

这篇读后感充满了深情与感慨，作者通过讲述"一带一路"的温暖故事，成功地展现了中国在国际事务中的积极角色和无私援助。文章语言优美，感情真挚，将复杂的国际议题以儿童视角呈现，使得读者能够更轻松地理解并感受到"一带一路"倡议的深远影响。

作者通过具体的事例，如徐长珍医生在阿尔及利亚的救援行动和中国援建克罗地亚佩列沙茨大桥的故事，生动地描绘了中国在国际舞台上的大爱无疆形象。这些故事不仅展示了中国给予其他国家的实际帮助，还传递了"授人以鱼不如授人以渔"的深刻理念，体现了中国对于可持续发展的重视。

星星之火，可以燎原

——读《星火燎原》有感

旅行服务与管理学院 2022 导游 6 班　易宇菲

　　《星火燎原》一书介绍了红军革命的辉煌历程。百年前，中国共产党在嘉兴南湖的红船上诞生，历经风雨，由最初的几十人逐渐发展成为一支强大的革命力量。然而，蒋介石和汪精卫的政变使党组织遭受重创，但共产党人并未屈服，反而更加坚定信念，勇往直前。毛主席领导的秋收起义和井冈山会师，为红军革命注入了新的活力，星星之火逐渐汇聚成燎原之势，照亮了中国的革命道路。

　　读《星火燎原》，感受革命先烈的"不朽精神"。阅读这本书，我仿佛穿越到了那个充满艰辛和挑战的革命年代，看到了无数先烈为了信仰和理想，为了新中国的诞生，不屈不挠，前赴后继。这种精神深深打动了我，也让我更加坚定了我自己的信仰和追求。《星火燎原》不仅是一部记载革命历史的书籍，更是一部展现革命先烈英勇无畏、坚定信念的壮丽史诗。书中描绘的飞夺泸定桥之战惊心动魄，展现了红军战士的智勇双全；讲述的《大刀向鬼子头上砍去》令人热血沸腾，彰显了革命战士的英勇无畏；而《狼牙山五壮士》则展现了先烈们对国家和人民的深厚情感。这些故事的震撼让人铭记，更激励我们在新时代新征程中，传承和发扬革命精神，让红色基因绽放更加绚烂的光芒。

　　读《星火燎原》，寻找历史文化的"红色底蕴"。《星火燎原》不仅记载了中国革命艰苦卓绝的斗争史、可歌可泣的英雄史、锐意进取的发展史，还展现了长征精神、井冈山精神、延安精神等伟大的革命精神。中国共产党的"红色底蕴"和中国军队是打不垮的"人民铁军"。在革命斗争中，每个人都是一颗星星之火，只有大家齐心协力、团结一致，才能形成燎原之势。

读《星火燎原》，传承共产党人的"初心使命"。《巧渡金沙江》《红色娘子军》《南泥湾屯垦》等一部部经典作品中，我们的共产党无论在多么艰苦的条件下都始终保持着坚定的信仰，创造着一个又一个奇迹。《星火燎原》不仅是一部记载党史的长卷，更是一部承载共产党人初心使命的壮丽史诗。它见证了党从风雨飘摇中走来，历经千难万险，始终不忘初心、牢记使命，铸就光辉历程。

一部《星火燎原》，半部中国革命史。《星火燎原》是"革命烈士鲜血、革命群众鲜血构成的一部书"，是毛泽东主席生前唯一亲笔题写书名的丛书。它的字里行间饱含着伟大的爱国主义精神和革命英雄主义精神，书中不仅回答了共和国为什么是红色的，也回答了"我从哪里来？我到哪里去？""我是谁、依靠谁、为了谁？"等问题。

星星之火可以燎原。正是这原先不起眼的星星之火，使胜利的红色旌旗插遍祖国的山岭。它点亮了中国革命的灯塔，指明了中国人民前进的方向。凭着英勇无畏的冲劲与艰苦奋斗的作风，我们党战胜了重重困难，取得了一个接着一个的伟大胜利，塑造起一座又一座丰碑。

习近平总书记强调："一切向前走，都不能忘记走过的路。"如今的中国，繁荣昌盛，我们远离了枪林弹雨，在火红的党旗下读万卷书，行万里路，在充满梦想的年纪，大步向前。我们未曾经历战火连天的年代，却能在今日一睹盛世容颜。他们说"这仗我们不打，我们下一代就要打。"于是他们提起行囊跨越千山万水，于是他们风餐露宿流血牺牲，换来如今山河无恙，家国安宁。他们忧以天下，于是将群花盛放留给我们。和平年代的我们，更应怀揣感恩，乘百舸争流之势，续中华民族之魂。

星星之火可以燎原，而我们作为新时代的普通青年，同样能够在这片广阔的土地上点燃属于自己的火花，为书写历史的答卷贡献自己的力量。历史并非只由载入史册的英雄们书写，每一个普通人都有机会在其中留下自己的印记。阅读经典，不仅是为了了解英雄、赞颂英雄，更是为了从中汲取智慧和力量，学会感怀历史，领悟时代的使命。正如古人所言，"位卑未敢忘忧国"，当我们真正感受到前辈们的不易，理解他们为国家和民族所付出的艰辛与努力时，我们便能更加深刻地领会到作为新时代青年奋斗的意义。

未来属于青年，希望寄予青年。坚定理想信念，练就过硬本领，勇于创新创造，矢志艰苦奋斗，锤炼高尚品格，广大青年必将在实现中华民族复兴伟业的历史进程中，激荡出更加磅礴的先锋力量，以实际行动兑现"请党放心、强国有我"的青春誓言。

旅行服务与管理学院辅导员陆甜甜点评：

《星火燎原》，静静诉说着党一路走来的风雨与辉煌，更承载着共产党人的初心与使命。身为新时代的青年，认真研读党的历史，不仅是对光荣革命传统和党的优良作风的继承与发扬，更是提升自我认知、增强实践能力的宝贵途径。

作者结合自身的实际情况，以一名预备党员的身份，对个人在成长历程中的责任和使命进行了思考，深情而激昂。同时，易宇菲同学更是多次号召青年同志从《星火燎原》中汲取精神动力，牢记初心使命，锤炼本领，为实现中华民族伟大复兴的伟业贡献自己的力量。

用青春之歌，唱响我们的时代

——读《青春之歌》有感

旅行服务与管理学院 2022 导游 8 班　沈　菲

"鲜红的青春，璀璨如繁星之美。"

一、梦想启航，青春追逐星辰

大学时光，是我们生命中最灿烂的篇章。青春如同一片蔚蓝的天空，装满了无限的希望与梦想。在这里，我们自由自在地挥洒着青春的活力，怀揣着对未来的憧憬。虽然生活在和平的年代，但我们深知这份安宁来之不易，是前辈们用汗水和鲜血铸就的。

当我们翻开历史的长卷，回顾那些战火纷飞的岁月，心中充满了敬佩和感慨。闭上眼，我们仿佛能听到历史的回响；睁开眼，我们站在新时代的起点，怀揣着自己的梦想，准备迎接未来的挑战。

百年前，在那个充满磨难和压迫的年代里，林道静作为一个小资产阶级知识分子，不甘心顺从命运的安排，勇敢地追求自由和正义。在北大爱国学生的影响下，她被共产党员的信念所感染，踏上了革命的道路。尽管道路坎坷，现实残酷，但她在岁月的洗礼中成长为一名成熟的无产阶级知识分子，书写了自己的传奇。

我们读着林道静的故事，心中的种子也在悄然生根发芽，从迷茫到觉醒，我们感受到了责任和使命的呼唤。我们要继承前辈的遗志，肩负起时代的重任，让我们的青春之歌在历史的长河中激荡。无论何时何地，青春都应如繁星般闪耀，我们要为国家的繁荣昌盛贡献自己的力量。

随着主人公的成长，我们见证了她从最初的茫然不解到对党性的觉醒，再到成为一名优秀的共产党员的历程。她的坚持令人钦佩，面对敌人的威逼利诱和严刑拷打，她始终坚守初心，不曾动摇。在这个过程中，她遇到了优秀的伙伴和爱人，他们共同引领她走向光明的未来。

二、信念之火，林道静的革命旅程

林道静，她的美丽、聪慧与坚毅善良，无不令人动容。她所展现的坚定信念与不变的爱国热情，更是震撼人心。面对阴谋与算计，她宁愿选择投海自尽，也不愿同流合污；面对丈夫的阻拦，她毅然决然地离开，投身抗日的伟大事业；在帝国主义的压迫下，她视死如归，怀揣着对祖国的深情厚谊，坚定不移地追求着自己的信仰。

不幸的命运并未让她屈服，反而成就了她非凡的人生。正是那坚强的信念，让她在磨难中越发坚韧；正是那炽热的爱国热情，引领她成为一位有担当、无畏勇敢的爱国女战士。

《青春之歌》如同一曲激昂的赞歌，唱响了青春的旋律，青春的活力与激情在岁月中熠熠闪光。它用林道静的故事告诉我们，青春的路途需要坚定地前行，青年要勇敢地承担时代赋予的新使命，肩负起前辈赋予的重任。让我们奏响青春的乐章，将我们的坚定理想与不懈奋斗融入时代的洪流之中。

青春的理想高远，我们心中应时刻怀有坚定的信念。千里之行，始于足下，我们要脚踏实地，迈向自己的目标。以国为家，以民为本，我们要奋发向前，与时代同行，与青年们携手共进，创造属于我们的不凡人生。青年强则国强，让我们的青春之歌在时代的浪潮中绽放出最耀眼的光芒。

三、青春使命，时代之呼唤

我自己的青春，应当如何度过？

"恰同学少年，风华正茂，书生意气，挥斥方遒。"我正处在青春风华正茂的年纪，怀揣着满腔的热血与激情，怀揣着对美好未来的憧憬与追求。我将

"为振兴中华之崛起"作为自己的奋斗目标，以此指引我前行的方向。

在这个瞬息万变的时代，挑战与机遇并存。我们这一代青年，肩负着时代的重任与使命。我们深知，只有勇敢地面对挑战，才能不断成长；只有承担起自己的责任，才能为社会的进步贡献力量。因此，我们应心怀坚定的信念，不畏困难，不惧挑战，勇往直前。

在实践中，我们要不断汲取成长的力量，不断提升自我。我们要努力学习，拓宽视野，增长才干，为祖国的繁荣昌盛贡献自己的力量。我们深知，只有知行合一，将所学知识付诸实践，才能真正实现自己的理想，为社会创造真正的价值。

回首过去，我们曾经历过无数次的挑战与磨砺，但我们始终坚韧不拔，勇往直前。正是因为有了这些经历，让我们更加成熟、更加坚强。展望未来，我们充满信心，迎接着灿烂的未来。即使前路充满荆棘与坎坷，我们也会勇敢地面对，因为我们知道，只有经历风雨，才能见彩虹。

让我们用歌声唱响属于我们的时代，用青春书写属于我们的辉煌篇章。这是我们共同的使命，也是我们不懈追求的目标。让我们携手并肩，共同为祖国的繁荣富强贡献自己的力量，书写属于我们的青春传奇。

旅行服务与管理学院辅导员郭轶宸评语：

沈菲的文字充满了对信念的尊重和对责任担当的崇高敬意。她敬佩青春的不屈不挠，从林道静的故事中汲取了面对未来挑战的勇气。《青春之歌》唤起了沈菲对青春的热爱与珍惜，激发了她勇敢面对生活中的每一个挑战并积极追求梦想的决心。

青春是奋斗的黄金时期，每位青年都应珍惜并充分利用这一时光去拼搏、去奋斗。那么，让我们响应沈菲同学的呼吁，用青春之歌唱响时代，迎接未知的挑战与机遇，共同书写属于我们的辉煌篇章。

《平凡的世界》读后感

旅行服务与管理学院 2022 电商 2 班　李鑫艺

世界上伟大的人是少数的，大部分的人穷极一生都碌碌无为。为了衣食住行，为了所背负的责任，一直在不断地努力与坚持。平凡，是生命的本色，在浩繁的宇宙中，我们每一个人都是微不足道的，这个世界也是平凡的，喜与悲，生与死，苦与乐，也无非是漫长的历史长河溅起的几粒水花。但平凡的人，做平凡的事，却创造了不平凡的人生，这便是《平凡的世界》的故事。

一、孙少安的坚守与牺牲

在全县几千名考生中，他名列第三被录取了。但他的学生生涯随着这张录取通知书的到来，也就完全终结了！年仅 13 岁的他，为了分担家庭的压力，将接受教育的机会让给了弟弟妹妹。他的一生，充满了对家庭的坚守与牺牲。他朴实善良，能吃苦，脚踏实地，是家中的顶梁柱。孙少安心中有着对润叶真挚而深沉的爱意，但由于身份地位的悬殊，他选择了退缩。他深知两人之间的差距，因此刻意疏远润叶，转而与一个山西的农村姑娘结为夫妇。尽管他并不深爱这位妻子，但他们相互扶持，共同面对生活的琐碎与挑战。

孙少安的一生，是对家庭责任的坚守，是对爱情的无奈放弃。他用自己的方式，诠释了一个普通农民在面对家庭、爱情和生活时的选择与牺牲。

二、孙少平的追求与成长

"他现在倒很'热爱'自己的苦难。通过这一段血火般的洗礼，他相信，自己经历千辛万苦而酿造出来的生活之蜜，肯定比轻而易举拿来的更有滋味，他自嘲地把自己的这种认识叫作'关于苦难的学说'。"孙少平，孙家的次子，是一个渴望读书、渴望逃出农村的孩子，对于自己的苦难，他有着非常客观的立场，对待生活有自己独到的见解，对于精神层面的追求也十分强烈。他从学生时代的"小透明"到青年时代的"揽汉工"，他经受住了生活带给他的各种苦难，显得坚毅且从容。田晓霞，一位受过高等教育的人才，她活泼开朗，美丽大方，敢于突破封建思想，热烈地爱着孙少平，这样美丽动人的人儿，生命却永远停留在了二十岁。晓霞是少平的一个美好的梦境，梦醒了，一切都回到了原点。可也许这就是生活，总有深深的遗憾，活着的人仍需坚强地生活下去。后来的少平，选择了与师傅的女儿共度余生。尽管他们可能过着最普通不过的日子，但这样的结局，对于他们而言，或许也是一种幸福和满足。

然而，少平的经历却在我们心中留下了深刻的印记。他的故事让我们感受到生活的波折与不易，也让我们更加珍惜那些平凡而真实的瞬间。

三、平凡世界中的不平凡力量

平凡的世界中，少安与润叶的少年爱情，少平与晓霞的青年羁绊，润生与红梅冲破封建的爱情，润叶与福堂的亲情，少平与金波的友情……每个人的存在都有着他自己的意义。世事无常，造化弄人。在李向前深爱着润叶时，润叶却从不把向前放在眼里，而在一次意外使向前失去双腿后，润叶却超乎所有人的意料，回到了向前身边悉心照料他；在少平与晓霞即将修成正果时，这美丽的女孩却永远留在了少平最爱她的时候。

路遥礼赞了改革开放时期农村最为朴实以及最不为人知的一个群体。他说："命运总是不如人愿。但往往是在无数的痛苦中，在重重的矛盾和艰难中，才使人成熟起来，坚强起来；虽然这些东西在实际感受中给人带来的并不都是欢乐。"生活，充满不确定性与痛苦，但每个人却都在勇往直前，披荆斩棘。

每个人都有每个人的不幸。但一个人若是集中地凝视着自己的不幸时，他就很难想象到别人的苦难，从而让自己陷入自怨自艾的牢笼。《平凡的世界》中每一个人都有属于他自己的故事，是现在的我们看来如此困顿难堪的一段时光。但在那样的日子里，他们的力量撕破了夜的帷幕，他们的生命闪着光亮，照亮了泥泞的前路，一直到今天，依然动人心魄。

旅行服务与管理学院辅导员吴依妮点评：

这篇读后感为我们展示了《平凡的世界》中那些平凡人物的不凡人生，也为我们每个人提供了一种理解生活、面对挑战的新视角。我们每个人都是平凡世界中的一分子，但每个人都有可能创造出不平凡的人生。

生活总是充满了不确定性和痛苦，但这也是我们成长和成熟的必经之路。在面对挫折和困难时，我们要保持坚韧不拔的精神，学会从失败中汲取经验，从挫折中寻找机会。亲爱的同学们，只要我们心中有爱、有梦想、有勇气，就没有什么能够阻挡我们前进的步伐。愿你们在未来的日子里，不断追求卓越，实现自己的人生价值！

前事不忘，后事之师

——读张纯如《南京大屠杀》有感

旅行服务与管理学院 2023 导游 2 班　徐浩然

　　关于南京大屠杀这场人类历史上的浩劫，一直以来我对它的了解比较浅薄。所以我阅读此书以求对其系统性地了解，但我又数次合上过这本书。阅读这本书是需要极大的勇气，文中对于暴行的描写以及图片的展示让我感到心痛不已，但我需要了解，必须了解，因为"忘记过去的人注定重蹈覆辙"。

浩劫怎能遗忘？

　　《南京大屠杀》的副标题为：第二次世界大战中被遗忘的大浩劫。浩劫，又岂单单"浩劫"二字可以概括，它是劫难，是入侵，是耻辱，是抗争后的无力，是惨无人道的罪行……

　　提到南京，也许现在的你首先想到的是遍布全城的帝王宫殿、奢华的陵墓、各种博物馆和纪念馆，但 1937 年的南京却是你无法想象的人间炼狱。本书从多视角出发，以详尽的资料为支撑，记录了南京城彻底沦陷的经过，包括日军的步步谋略、国人抗争的态度、安全区负责人的反击、战后的审判以及日本学术界和媒体界对此的争论等。毫不夸张地说，此书重构了我对南京大屠杀事件的理解。张纯如女士以如椽大笔书写了人类处于弱势时的脆弱性与抗争性，对于自我错误的承认与掩饰以及掌握大权后对于欲望不可遏制的把控，这一切看来令人胆战心惊。

历史不应被埋葬

张纯如女士，美籍华人，耗费几年时间走访了与南京大屠杀有着千丝万缕联系的人，收集了大量资料。她忍受着来自外部的压迫和内部的精神压力，只为还原那段被忘却被掩盖的记忆，而这段民族记忆，如同一块巨石一般，在历史的长河中沉重地矗立着，告诉每个华人什么才是不该被遗忘的。张纯如女士强调，她写本书的目的不是煽动仇日情绪，恰恰相反，是为了避免悲剧的重演，是为了包括日本人在内的全人类的未来。

"历史上的每次战争中，总会出现某些值得尊敬的人物，对遭受战争迫害的人而言，他们如同光明的灯塔。"日军灭绝人性，穷凶极恶，而安全区负责人的人道主义精神却似光辉般在炼狱中绽放，渺小而伟大。他们中只剩一人也要坚守医院的外科医生，有誓死要把南京大屠杀纳入课本的史学家，有拼死保护珍贵影像和照片并坚持在国际上揭露日军罪行的记者等等，可惜大多数人都在邪恶势力的逼迫下无法善终。

文字无言，铭记历史

我有幸去过一次南京，夫子庙、总统府、鸡鸣寺、秦淮河的美景尽收眼底，而唯独遗憾的是因为预约名额有限，无法参观侵华日军南京大屠杀遇难同胞纪念馆。但每当我刷到有关纪念馆的图片时，总被这段历史扼住了心脏。文字无言，雕塑无声，却声声震耳欲聋啊。历史的伤痛无法愈合，任何淡化或扭曲伤痕的行径都是对百姓的再次创伤。这本书字字泣血，只为让我们坦然地直面历史、铭记历史。

南京，是每一个国人不能慢慢淡化的情感。不可遗忘，我永远理性地愤怒着。

旅行服务与管理学院辅导员冯幽楠点评：

历史不应被遗忘，即使是再无边的绝望、再无限的悲壮，我仍推荐大家去看这本书。不遗忘，不是百度百科里简单描述的一句话。读一本书就是在了解作者的一部分，张纯如曾这样说："作为一个作家，我要将那些遇难者从遗忘中拯救出来，替那些喑哑无言者呼号。"作为读者，我们就是"拯救遗忘"最关键的一环，徐浩然同学将对这本书的感受表达带到大家面前，成为"拯救遗忘"的"勇士"，而看到这份读后感的我们也将接力成为下一个"勇士"。

独揽清风入我怀，纵酒欢歌向人间

——读《苏东坡传》有感

旅行服务与管理学院 2023 导游 1 班　陈慧颖

我们总会在人生的不同阶段遇见苏轼。以前总埋怨苏轼的人生感悟为何如此之多，每贬一次官，要背的古诗文便又多了一篇，如今再识苏轼，却是在翻开林语堂先生笔下的《苏东坡传》之后。回看他那无所畏惧宛若清风般度过的一生，我忽然懂了"竹杖芒鞋轻胜马，谁怕？一蓑烟雨任平生"中的奥秘。

一、百姓置于心中，山河置于胸中

三十载漂泊生涯，十余次惨遭贬谪，三品至七品的官位变换，却撼动不了他"百姓之友"的地位。在杭州任职期间，他治理水利，改善民生，深受百姓爱戴；在家国危难之际，他上书言事，直言进谏，虽屡遭排挤却从未消极懈怠；被贬至海南儋州之时，他兴办教育，开化民众，护佑一方黎民守住万家灯火。正如林语堂先生所言："他一直卷在政治漩涡之中，但他却光风霁月，高高超越于蝇营狗苟的政治勾当之上。"这便是苏东坡，懂得"苛政猛于虎"，敢言"我坐华堂上，不改麋鹿姿"的苏东坡。

二、豁达以处世，真诚以待人

宋神宗年间，王安石推行新政，与许多莫逆之交反目成仇。而苏东坡以他坦诚率真的性格结交了一大批挚友，成了日后与王安石政治博弈中反败为胜的关键因素。即使政见不合，但在王安石被贬之后，苏轼并没有对过去的政敌怀恨在心，反而给他写了一封信，表述对王安石的宽容与理解。

苏轼的一生，遭遇了不少挫折与苦难。经历了乌台诗案的苏东坡，性格变得越发沉稳，提笔写下了"莫听穿林打叶声，何妨吟啸且徐行。"他早已把名利与生死置之度外。当朝小人畏惧他的才能，不顾一切想将他贬至偏远之地，然而，在蛮荒之地儋州，苏东坡却将美食吃出了极致，引得一些身在京城的官员，也想去往那个美食天堂。在被贬至黄州期间，苏东坡并未沮丧，他常常与农民、渔夫等普通百姓饮酒作诗，一起劳作。这便是"上可陪皇帝，下可陪卑田院乞儿""眼见天下无一个不好人"的苏东坡。

三、世间之事，尽可写诗作画

他不仅是一位杰出的文学家，也是一位卓越的书画家。他的诗与黄庭坚并称"苏黄"，他的词与辛弃疾并称为"苏辛"，他的古文与欧阳修并称为"欧苏"，他的书法被誉为"苏体"，在当时和黄庭坚、米芾、蔡襄并称为"宋四家"。苏轼的画作以山水、花鸟见长，具有很高的艺术价值。在书画艺术方面，苏东坡先生也展现出了极高的造诣。他的诗画总能让人感受到潇洒超脱的意境感。这便是苏东坡——"读他豪迈奔放的诗词文章，你简直想不到他有如此坎坷艰难的一生"的苏东坡。

捧读《苏东坡传》，时时都会被这位伟人的旷世才情和人格力量所震撼。"人生到处知何似，应似飞鸿踏雪泥。""回首向来萧瑟处，归去，也无风雨也无晴。"这就是那个真实可爱的苏东坡——林语堂最喜欢的文人，也是我最喜欢的文人。

斯人已如清风去，但"他的精神在下一辈子，则可成为天空的星、地上的河，可以闪亮照明，可以滋润营养，因而维持众生万物。"纵观中国古代，苏轼已然留下浓墨重彩的一笔。《苏东坡传》便很好地诠释了伟大词人苏东坡的一生。

旅行服务与管理学院辅导员吴依妮点评：

作者以林语堂先生的笔触为引，将苏东坡的传奇人生以细腻的笔触娓娓道来。文章结构严谨，巧妙展现了苏轼在文学、艺术以及人格魅力上的卓越成就。作者不仅深入挖掘了苏轼的文学造诣，更将个人情感与苏轼的生平感悟融为一体，使文章既富有深度又饱含温度。在文字的流转中，我们能感受到作者对苏轼深深的敬仰与热爱，仿佛穿越时空，置身于那个风云变幻的时代，与苏轼并肩同行。读罢此文，我们仿佛与这位伟大的文人进行了一次心灵深处的对话，领略了他豁达乐观的人生态度以及非凡的文学魅力，为之深深折服。

一半烟火，一半清欢

——读《有苦有甜过生活》有感

旅行服务与管理学院 2023 定制班　徐长安

> "树与人早晚都是同一命运的，都要倒下去，只有一点不同，树担心的是外在的险恶，人烦虑的是内心的风波。"
>
> ——题记

人生，不过是一段来了又走的旅程，有喜有悲才是人生，有苦有甜才是生活。梁实秋先生将当时社会的生活剪影通过散文形式映照出来，他流连人间烟火，在书中以妙趣横生的笔触诠释着简单淳朴的生活哲学——一半烟火，一半清欢。

一、关于快乐：在平凡的日子里感知快乐

诚然，生命里最质朴的清欢往往蕴藏在生活五色的烟火里。当我们为了口腹之欲而四处奔波，这足以栩栩如生地勾画出一个馋人"为了一张嘴，跑断两条腿"的生活趣象。若当"我"听得深巷卖羊头肉，"我"托着一盘羊头肉，然后一片片地放进嘴里，也是解了馋瘾。而若仅仅将食物作欲之所托，便还不能称为合格的"馋人"。殊不知，美食更可以成为心灵的良药，抚慰人心头的忧伤，食入口中，悦从心起，悄然升起生活中的一抹清欢之乐。

随着社会的进步，当我们不再需要为苦日子而烦恼之时，难道我们真的没有烦恼了吗？不是的，一"忧"刚息，一"虑"又起，此乃人生常态，正如人

间烟火般绵长不息。因而，更为关键的是，我们应如何看待此般人间烟火闹嚷声？黎明即起，当看到满街的秽水四溢，看着横七竖八着风餐露宿的人们时，当到暑假，因"毕业即失业"的季候而感到苦恼时……不妨放空一会儿，从焦虑中脱身，聆听一会儿大自然的乐曲篇章，领略一方草木的欣荣生长，且用一颗清欢之心阅人间烟火。不迷失，不执着，不放任，且收且放，能逐能驻，原来简单纯粹，方为幸福。

而当今的人们为什么还未从禁锢住自己的"牢笼"中逃离呢？试想，当传来淅淅沥沥的声响时，你望向窗外，是否已许久未沉醉于那朦胧的水雾与透明的雨帘交织而成的美景？它们与石板路相映成趣，形成一幅美丽的远方画卷。然而，你却习惯性地为自己蒙上一层轻薄的面纱，隐藏起真实的自我。又有多久，你未曾去感受乡村的烟火气息，聆听人们间的低声细语？又或是多久，你未曾体验海边落日余晖映照下的那份浪漫与宁静？

就如梁老先生所说："这个世界，这个人生，有其丑恶的一面，也有其光明的一面。良辰美景，赏心乐事，随处皆是。"人生在世，没有人不想从"牢笼"中逃离，但答案在"牢笼"之中，我们始终无法剥离自我。不过，要学会寻找乐，看见乐，若是偶遇一张笑容可掬的脸、一份工作项目大功告成，或是陡见日丽中天，阳光普照，那便要晓得这些皆为乐事，皆为良辰美景。

二、关于时间：在琐碎的日常中珍惜时光

我很喜欢《时间即生命》这篇中的一句——"没有人不爱惜他的生命，但很少人珍视他的时间"。莫让生命在与欲望为伍的烟霭中，在浊然的纵乐中颠倒迷失。轻轻走路，用心生活，留下烟火伴清欢的人生脚印，方能看见生命存在的意义。反观现今社会的青少年，一部分青少年以打游戏来浪费时间，在课堂上以睡觉来消磨时光。日历一张张撕下，钟表一刻不停地摆动，看着时间转瞬即逝，心里又是怎样一般感受？

劝君莫惜金缕衣，劝君惜取少年时。我们的时间常常会在不知不觉中消失不见，所以我们要把握住零碎的时间，珍惜当下所拥有的际遇与机会。携一方烟火，拾一片清欢，不负青春，不负时代。

而时间也在不断流转，任谁也不能攀住它停留片刻。时间是一个狡黠的小丑，偷偷取走了过去，不留丝毫的痕迹，眼前记忆若隐若现，消散在日与夜之间。孔子发出"逝者如斯夫，不舍昼夜"的慨叹，鲁迅说"时间是海绵里的水，挤挤总还会有的"的，每个人都在感叹时间的流逝之快。因此在繁忙中我们若能稍停脚步，去看看长河中澎湃的浪花，携烟火清欢，共赴良辰美景，岂不也是美事一桩？

生活的河流不停，一岸是炊烟袅袅、市井百态的人间烟火味，一岸是青山幽谷、鸟雀蝉鸣的人间清欢景。我们要做的，是将自己置身于生活中，怀坦荡之心，尝人间百味。不抱怨，不逃避，相信生活自有安排，时间亦不会出错。

人生的旅途千姿百态，或许是一条盛开着蔷薇的芬芳之路，或许是一条布满荆棘的艰难之路，又或许是一条烟火与清欢交织的寻常之路。路途漫长而遥远，我们需要拨开前方的迷雾，勇敢探索那锦绣的河山，领略大千世界的无尽魅力，让生命绽放出独特的光芒。在这旅途中，我们应寻找生活的真谛，不让时光如"刽子手"般无情地消耗我们的生命。岁月清浅，一半是烟火人间的热闹与喧嚣，一半是内心的宁静与清欢。

旅行服务与管理学院辅导员陆甜甜点评：

《有苦有甜过生活》是一本散文集，所描绘的都是寻常事物，以对生活的敬重为核心，传递豁达俊逸的人生心境。

作者通过引用书中的题记，将人生比作一段旅程，强调了有苦有甜才是生活的真谛。整篇读后感情感真挚，语言流畅，文采优美，徐长安同学结合自己的经历和观察，提倡大家在忙碌的生活节奏下，培养感知生命力的能力，发现生活中的哲学，找到生活中的美与幸福感。

地坛与生命：一次深刻的对话

旅行服务与管理学院 2023 智旅班　周柯柯

　　《我与地坛》是史铁生的代表作之一，这部散文集以其深邃的哲学思考和真挚的情感表达，打动了无数读者的心灵。在这部作品中，史铁生以地坛为背景，讲述了自己与命运抗争、与自我对话的心路历程。

　　初读《我与地坛》时，我还处在小学与初中阶段，那时只被史铁生的坚韧不拔和母爱的深厚伟大所打动，未能深究其背后更广阔的哲思。然而，随着年岁的增长，生活的历练和个人的成长，当我再次翻开这本书时，它像一面镜子，映照出我对亲情、自我和生命的全新理解。

一、珍视亲情，宽容为怀

　　"多年来我头一次意识到，这园中不单是处处都有过我的车辙，有过我的车辙的地方也都有过母亲的脚印。""儿子的不幸在母亲那儿总是要加倍的。"这几句描写母亲的话语不止一次地触动了我，史铁生用大量的笔墨细致地刻画了母亲复杂的心理。当他终于思考过生死的问题直面人生时，他的母亲却积劳成疾离开了他。史铁生的母亲默默为他付出，母亲的爱如同阳光般温暖，让史铁生在人生的困境中找到了力量和希望。这也让他更加深刻地理解了生命的真谛，让史铁生在人生的困境中找到了前行的力量和希望。也让他更加珍惜与母亲之间的那份深厚的情感。然而，母亲的宽容与理解，是他后来才深深领悟到的宝贵财富。当他明白这一切时，母亲却已离世，留给他无尽的遗憾和思念。这种无法再尽孝的遗憾，更让史铁生倍加珍视生命中的每一个瞬间，以及与亲人相处的每一刻。

作为青年学生，我们常常因为学业、社交和其他活动而忽视与家人的关系。《我与地坛》这部作品，为我们提供了一个重新审视亲情的契机。它启示我们，家庭的温暖和亲情的重要性是无法替代的，我们要更加坦诚地与家人沟通，避免出现"子欲养而亲不待"的遗憾。

二、悦纳自我，与己和解

在《我与地坛》中，史铁生初露的是一种绝望。正值青春年华的他却遭遇了双腿残废的沉重打击，面对生活的挫折和痛苦，他陷入了迷茫和无助。这种绝望，源于他对生命意义的深刻追问和无尽探索。然而，地坛公园中的生命现象——草木的生长、昆虫的爬行、人们的活动，都让他对生命有了更深的敬畏和感悟。

随着时间的推移，母亲的离世和爱人的陪伴，使史铁生逐渐走出了绝望的阴影，他开始与内心的痛苦和解。他领悟到，尽管生活充满了坎坷和不幸，但生命本身蕴含着坚韧和力量。他开始从生活的细微之处寻找意义，找到了一种自我救赎的途径。这种力量促使他重新审视自己的生活，以更加积极和乐观的心态去面对未来的挑战。

史铁生的经历给予了我们深刻的启示。如今，许多青年学生因学业压力、外貌焦虑等问题而陷入内心的消耗和挣扎。然而，我们可以从史铁生的经历中汲取力量，进行深入的自我反思，了解自己的内心需求和价值观，从而找到适合自己的应对方式。通过悦纳自我、与己和解，我们可以更好地理解生命的意义，实现自我成长和救赎。

三、超越生死，融入万物

"但是太阳，它每时每刻都是夕阳也都是旭日。当它熄灭着走下山去收尽苍凉残照之际，正是它在另一面燃烧着爬上山巅布散烈烈朝晖之时。那一天，我也将沉静着走下山去，扶着我的拐杖。有一天，在某一处山洼里，势必会跑上来一个欢蹦的孩子，抱着他的玩具。当然，那不是我。但是，那不是我吗？"

每当读到史铁生的这段话时，我总是感到震撼，他将生与死的辩证关系娓娓道来，将个体巧妙地融入世界万物的宏大视角之中。他洞察到无论人类还是其他生物，都是宇宙间不可或缺的一部分，共同编织着这个世界的多彩与复杂。这种融入万物的哲学观念，赋予了他超越个体局限的能力，使他得以用更宽广的视野审视自我与世界。他不再视自己为孤立的存在，而是视自己为与万物紧密相连、相互依存的一部分。这种对生命意义的重新诠释，让他更加珍视和尊重每一个生命，也为他找到了超越生死、与万物共舞的精神寄托。

作为青年学生，我们应当学习史铁生面对生命困境时展现出的坚韧精神。学会珍视生命，坚守信念与追求，为中华民族伟大复兴贡献自己的力量。

回顾自身经历，我深感《我与地坛》不仅是一部文学作品，更是一部人生指南。它使我重新审视了人生和价值观，领悟到生命的宝贵、亲情的伟大、坚持与毅力的重要性以及不断探索和追求的意义。这些启示将成为我人生旅途中的动力与航标。我亦期望更多人能阅读这部作品，从中汲取智慧与力量，共同探寻生命的意义与价值。

旅行服务与管理学院辅导员汤胤点评：

该读后感不仅深入剖析了《我与地坛》这部作品所蕴含的深刻哲理，还结合了作者自身的经历和感悟，展现了对生命、亲情和自我的深入思考。

1. 情感真挚，触动人心。作者在读后感中表达了对史铁生及其作品的真挚情感，尤其是对母亲的爱和怀念之情。这种情感的真挚和深沉，使得整篇读后感充满了温暖和感动。

2. 逻辑清晰，层次分明。作者在文章中清晰地阐述了《我与地坛》所带来的三个主要启示：珍视亲情、悦纳自我和超越生死。每个部分都有明确的主题，且层次分明。

3. 结合自身经历，深入反思。作者不仅停留在对作品的表面理解上，还结合了自己的经历和感悟，对作品进行了深入的反思，展现了其对自身生活和价值观的深入思考。

平凡的世界也可以热辣滚烫

——《平凡的世界》读后感

旅行服务与管理学院 21 导游 10 班　　江　旭

毫无疑问，这个春节最出圈的电影当属《热辣滚烫》，冲着贾玲减下来的 100 斤，我也走进影院观看了这部电影。当看到主角乐莹说"人生就像一场拳击赛，你不站起来，就永远不知道自己有多强"时，我突然有种茅塞顿开的感觉，这句话就像一把钥匙，打开了我遥远的记忆，让我想起曾经看过的那本书，那本书里也有一句话是"其实我们每个人的生活都是一个世界，即使最平凡的人也要为他生活的那个世界而奋斗！"

是的，这本书就是路遥先生创作的《平凡的世界》。它讲述了中国农村发生的一系列充满生活气息的故事，我是在一次偶然的机遇下在图书馆看到这本书，当时被书名所吸引，便一口气读完了它。我很幸运，在刚进入大学不久就读到了这本书，它就像一道光，指引了我前进的方向。

思·叩问内心

读完这本书，我陷入了对自我人生的反思。虽然时代变迁，我们的生活条件已远非昔日黄土高原的艰苦所能比拟，我们拥有了更多追逐梦想的机会，但面对生活的挑战，我们是否也能像书中人物那样，肩负起责任，追逐自己的梦想，让平凡的生活焕发出不平凡的光彩？

我发现自己对于未来的人生规划并不清晰，甚至开始对生活采取将就的态度，这让我感到有些不安。书中的孙少平，虽然出身平凡，但他从未放弃过自己的梦想，始终为之奋斗。而我，是否也应该像他一样，勇敢地追寻自己的梦想，为自己的人生负责？我开始思考，我的"世界"在哪里？我是否也应该像孙少平那样，为自己的"世界"而战斗？在校园中，我注意到学长学姐们通过不同的方式展现自己的才华和热情，他们或是学业出众，或是实践经验丰富，或是体育健将，每个人都在自己的领域中闪耀着独特的光芒。我也应该去寻找和发掘自己的潜能，好好利用在学校的这段时间，培养自己的兴趣和能力，努力打造属于自己的一片天地。

行·不负青春

在学习上，我开始认真对待每一门功课。我深知作为一名学生，优异的成绩是自我价值的体现，因此我始终将学习放在首位。在过去的四个学期里，我持续努力，成绩始终名列前茅，这是我不断追求卓越的见证。

实践方面，我积极投身于学院的导游管理委员会。从基础的校园导游做起，之后我逐步承担起校外导游的工作，与游客的每一次互动都锻炼了我的背稿能力和讲解技巧，使我能够更加从容不迫地面对各种情况。

生活服务方面，我热心帮助班级同学，积极参加学院的志愿活动，为老师同学排忧解难，功夫不负有心人，终于在上学期光荣地成为一名预备党员。

悟·敢于追梦

人的一生很长，人生的每个阶段或许都有不同的目标和责任，但只要我们当下尽力去完成，便不负自己、不负青春。

现在的我处于实习期，而实习期我更需要去主动去学习，现在也不同于课堂听课了，得在工作中不断地学习，且要更加主动，因为别人没有义务来监督你、指导你学习。但是我作为导游专业的一名学生，只有像海绵一样学习各方面的知识，才能更好地为游客服务，讲好当地的故事，传承文化的力量。

未来的我要做到坚守中国文化立场，讲好中国故事，传播好中国声音，展现可信、可爱、可敬的中国形象，为推进文化自信自强、铸就社会主义文化新辉煌贡献自己的一份力量。

在这本书上，在新春热映的这部电影里，在我的心里，我看到了平凡人所创造的"不平凡的世界"。其实，在我们现实生活中，同样也有许多平凡的人，他们也许就是你，就是我，就是他，"他也许一辈子就是个普通人，但他要做一个不平庸的人。在许许多多平常的事情中，应该表现出不平常的看法和做法来。"在今后的生活中，我也要像他们一样勇敢地追求自己的梦想，坚定自己的信念，不断努力、拼搏、奋斗。只有这样，才能让自己的人生更加精彩和有意义。

旅行服务与管理学院组织员李默玉点评：

"在这个平凡的世界里，我们不能只是旁观者，要去行动才能获得自己想要的生活。"书中这句话完美地诠释了这位同学的读书感悟。他从读书前的迷茫、对自己认知的平凡，到读书后的"每个人都是独立的个体，都有自己的优点，我也应该找找自己的特长，找到自己的一片天地"。江旭同学从路遥《平凡的世界》这本书中意识到，我们以为很厉害的人也曾经是你我身边普普通通的平凡人，他看到了平凡人所创造的"不平凡的世界"，激励着自己做出改变，在学校、在实习岗位上为让自己的人生更加精彩和有意义而不断前行，不断奋斗！

大学快毕业了，那人生大学呢

——《人生海海》读后感

旅行服务与管理学院 2021 电商 4 班　王勤雁

　　时光荏苒，大学时光匆匆而逝，我好像才刚适应大学生活，但结果一转眼，就离开了校园，开始我的实习生涯了。在这个充满机遇和挑战的实习生活中，有段时间我深陷迷茫与困惑，面对繁杂的客户问题和琐碎的工作，我常常觉得力不从心，在接线的过程中难免会遇到一些客户的刁难和质疑，一接通电话，客户就爆出脏话问候，完全不管我是谁，是谁的原因造成的。有些客户因为自己的原因无法成行却要求免费全额退款；节假日爆单无休无止地加班，身体透支……

　　人生海海，山山而川，幸得一遇，心中无虞。

　　而我却是个特别较真的人，总是执着于实习期间的绩效考核，特别是客户对我的服务表示不满意而给的差评，应答率、满意率、销售额转化率这些数据就像是一根根无形的线，萦绕在我的脑海里，扑面而来的窒息感打败了我，实习刚开始时我经常感到无助和迷茫。我开始怀疑自己的能力和选择，甚至开始怀疑自己是否适合这个岗位，在这种状态下，无论是工作效率还是工作质量都难以得到保证，于是，这让我陷入更加迷茫和挫败当中。

　　那段时间，我闲暇之余几乎都靠刷短视频和直播缓解抑郁的情绪。一次偶然的机会，我刷到了东方甄选直播间，那一期，刚好是茅盾文学奖获得者麦家老师来分享他的书《人生海海》，在整场直播中他和董宇辉没有滔滔不绝、口如悬河，没有意气风发、慷慨激昂，全程都是娓娓道来。我才知道麦家老师由

于小时候的经历导致现在都不能感受到幸福，就好像现在的我一样，被实习指标压得透不过气来，

但是麦家老师却说："人生海海，潮落之后，总会有潮起。"很幸运，我遇到了麦家老师，遇到了这本《人生海海》，麦家老师让我明白大学快毕业的我，实习期的我，仅仅只是我漫长人生大学的潮落期，一切都来得及等待潮起。

人生海海，得失从缘，心无增减，顺其自然。

直播落幕之际，我毫不犹豫地翻开了《人生海海》这本书。它描绘了一幅丰富多彩的人物群像，包括那个爱讲道理的爷爷、沉默寡言的父亲、身怀秘密的上校，以及老保长、活观音等角色。这些人物的命运，仿佛都与上校紧密相连，编织成一幅错综复杂的人生画卷。

书中，通过孩子的视角，我们聆听了一连串扣人心弦的故事。我们听到了爷爷与父亲的争执，爷爷与老保长用烟酒交易的秘密以及表哥小瞎子关于上校的叙述。这本书，紧紧攥住了看书人的心，每当秘密呼之欲出，却又峰回路转的岔开去，引领我们深入探索上校背后更多的故事。

在这本书中，没有一个完人，每个人身上都有着自己的缺点和遗憾。在特定的历史背景下，他们各自在苦难中挣扎，但都不曾放弃生活的希望。特别是上校，他经历了战火的洗礼、诬陷的折磨和牢狱之灾，最后虽受屈辱而疯，但他却始终坚韧地活着。

阅读这本书，我仿佛看到了自己的影子。虽然实习生活充满挑战，但我深知自己不能永远停留在校园这个避风港中。总有一天，我将踏入社会，走上工作岗位，接受各种考验。这本书让我明白，生活不会永远一帆风顺，我们需要有远见卓识，以应对可能遇到的困境。

在困难面前，我们需要做的是认清生活真相后依然热爱生活。

人生海海，浮浮沉沉，珍惜当下，方能致远。

职业不分高低，人生可以平凡却不能平庸。虽然有时候我们会对自己的方向和目标感到迷茫，不知道自己究竟想要什么，或者不知道该如何前进。然而，正是这些迷茫的时刻，让我们有机会停下来思考，重新审视自己，通过深入思考和探索，我们可以逐渐找到自己的方向，明确自己的目标，从而走出迷

茫的阴影。正是通过《人生海海》这本书，我慢慢地明白了自知、放下、寻找的重要性。

自知，即对自己认知的深刻理解。从内心出发，我开始意识到自己的优点和不足，明白自己需要改进的地方，学会调整好自己的情绪，这种自知让我更加有自信，更加明确自己的目标，在工作中也更容易得心应手；放下，是抛弃那些束缚自己的负面情绪和想法。工作中遇到挫折和困难是常有的事情，但通过放下对失去的执念和担忧，我能更快地从失去中学习，不断成长。这种放下也让我更加坦然地接受自己和工作中的挑战；寻找，是一个长期持续寻找自己的过程。在网络电商客服这个岗位上，我逐渐明白了自己对于这个行业的热爱和兴趣，也通过学习不断完善自己的技能和知识。在迷茫和困惑中，我找到了自己对于事业发展的方向和目标，也更加清晰地认识到自己的职业规划。

"世上只有一种英雄主义，就是在认清了生活真相后依然热爱生活。"面对繁杂的工作和千人千面的客户，我能做好的便是调整好自己，在未来漫长的人生大学中，永远保持积极的心态和开放的态度，接受自己迷茫和低落的情绪，学会从中汲取力量，更加从容和成熟地面对工作，信心百倍地应对未来可能出现的挑战！

旅行服务与管理学院组织员李默玉点评：

实习期对大学生来说是一个人生的分界点，从不谙世事的小女孩到独当一面的职场人，面临的困惑、困难和困境的确很多。客户的蛮横、孤身一人的无助，当代"脆皮大学生"如何及时调整心态，华丽转身，都迫切需要一场心灵的对话，很庆幸该同学找到了这样一本书能够让她自知、放下、寻找，明白人生海海，山山而川，不过尔尔。唯有热爱，积极和开放，可抵岁月漫长。

《平凡的世界》读后感

厨艺学院 2021 烹调 3 班　汪　晴

有这样一本书，我从初中开始就读过，至今印象深刻，它写于 20 世纪 70 年代，至今还是各大高校图书馆借阅榜首的一本书。这本书就是路遥先生的鸿篇巨作——《平凡的世界》。

我经常会想，在 1975 年的冬天，那段雨雪纷飞的日子，路遥在想什么。他是用什么样的生命写出这样震撼人心的文字，让人不知厌倦地反复阅读。他花了整整六年的时间，向我们献上的这样一部巨作。在《朗读者》中，主持人董卿这样评价道：这是一部气势恢宏的社会历史画卷，这也是一部荡气回肠的生命交响曲。这本书从诞生之初开始，激励了一批又一批的青年志士，因为有太多的读者在孙少安、孙少平的身上看到了自己的影子，路遥给那些出身寒门的人带来了希望、勇气和光亮。书里有每一个人的样子，贫穷困苦、疾病缠身、迷茫失望……

白面馍的幸福——艰苦食俭

书中的孙玉厚是少安少平的父亲，他是一个典型黄土高原上的面朝黄土背朝天的农民。农民啊，想要吃饱饭，运气比努力更重要，很大一部分靠老天爷赏饭吃。后来少安在县城拉砖赚到了钱，马上去买了一袋白面，然后和妻子开心地携手回到了家。到了吃饭的时候，饭桌上端上来一大盘白面馍，这在当时的家中可是罕见的，平时吃的都是黄馍或者黑馍。而我们的玉厚老汉看见这幅场景也只是说了句：这白馍馍留给奶奶和虎子吃。妻子秀莲说这是少安拉砖挣来的，不是偷的也不是抢的，这才把白面馍放进嘴里。这时他的眼里含着泪花哽咽地说道："这馍馍真甜。"甚至馍馍的碎渣掉在腿上，他都连忙用手指捻起来吃掉……玉厚老汉苦了大半辈子，像今天这样好好吃顿饭那是在以前想都不敢想的，这情景不关少安少平掉眼泪，身为读者的我也潸然泪下。由此可以联想到，我们的父辈也是那个年代过来的，平时不舍得吃不舍得穿，没少被我们"指责"。之前放假回家，偶然和爷爷聊起以前的事情，说到早些年的自然灾害时，明显可以看得出爷爷的脸颊泛红，在日光灯下的眼睛里有白色的闪光……现在老一辈的人们见面寒暄经常会说一句：饭吃了没？以前年少，总以为他们是在没话找话，现在看来，他们以前的艰苦年代是我们现在的幸福生活所感受不到的，"节俭"一词在他们心中早已刻下了深深的烙印。由此可见，伟大的作品不一定是最精彩的，但往往都是最打动人心的。

孔乙己的长衫——秉承内心

书中有个人物叫作孙少平，他高中毕业，在当时人均文盲的年代也算一个知识分子了。他先是在小学教书，后不满于现状，只身一人前往城里打工，宁愿做一个每天背上百斤石头的揽工汉，也不愿与哥哥共同操办砖厂，他有自己的想法，想通过自己的努力闯出一片天。而当今的我们又何尝不是书中的孙少平呢？我们作为新时代的青年，通过自己的努力享受到了高等教育的红利，但随着越来越多的人都享受到这一红利，貌似这红利也不那么"红"了。现在的就业环境和十几年前是完全不一样的，以前可以通过所谓的红利去寻到一个体面的工作，现在不一样了，高不成低不就的就业环境让我们很难找到体面的工作，同时我们身上所谓的"长衫"也在束缚着我们。但是少平都可以脱下来，我们为什么不能脱下来呢？

初看不知书中意，再看已是书中人。相同的命运，相似的家庭条件，又渴望自己成为一个不凡之人。但是路遥告诉我们，即使我们身处困境中，即使命运是如此的不公，即使社会有多么的险恶，生活也不是没有希望的。我们只要不向命运屈服，面对现实不屈不挠，艰苦奋斗，自立自强，勇往直前，终会获得最后的成功。我们要深知，没有苦和累怎么来的甘甜可口，没有刻骨铭心的记忆又怎么会有不顾一切的冲动和力量？

厨艺学院辅导员陈小非点评：

作者能读善思，由书本联想到生活，初看不知书中意，再看已是书中人，作者身临其中，感受到了温情与力量、感动与震撼，平凡与真挚。作者在书中找到了自我，战胜了自我，明白了平凡并非平庸，告诉我们要用奋斗点亮人生。

心中有信仰，脚下有力量

——读《为什么是中国》有感

厨艺学院 2021 西餐 3 班　李美怡

我总是会被中国历史的魅力深深吸引，尤其对中国近代这段波澜壮阔的历史最为好奇，也看过一些历史类的书籍，但最令我深刻的，是金一南教授所著的这本《为什么是中国》。这本书激励我们青年一代要敢为善为、勇担重任。

本书以历史发展为脉络，以甲午中日战争至 21 世纪世界新格局形成的历史事件作为研究材料，向读者阐述了中国从百年沧桑到民族复兴的辉煌道路。以广阔的视野，犀利的文笔，磅礴的气势让你感觉仿佛置身于金一南教授的讲堂。

一、以史为镜，汲取不竭力量

近代史是动人心魄的，翻开这本书阅读第一章时，就能感受到字里行间的沉重感，悲痛当时山河破碎的世道，悲痛当时四万万的同胞，更悲痛当时尚未觉醒的意识，在家国危难之际，英雄杨靖宇——东北抗日联军第一路军总司令挺身而出，但结果却是被自己人出卖、围捕、杀害。在抗战期间有牺牲的、打散的、投降的、叛变的……最后就剩他自己一个。但他一个人依旧抗战到底，这种气节令人致敬。

后来，随着人们意识的觉醒，越来越多明智的领航者站了出来。在阅读到第三章"星火"时，由于共同的事业发生了一些严重的分歧，毛泽东同志提出了离开，当众人意识到毛泽东离开之后的严重性，为了重新找回"掌舵的船长"时，陈毅专门写信，与朱德一同向毛泽东做了自我批评，"船长"毛泽东也承认自己说过伤害感情的话。我倏忽间明白一个道理：团体由一个个人组成，而一个团结的团体，最重要的就是良好的沟通，当遇到问题时更要积极沟通，也正是通过沟通，通过批评与自我批评的方式得以让三位领导人冰释前嫌，将手紧握在了一起。领导者们一心为国家着想，一心为中国复兴的共同目标，不纠结于过往的恩怨。或许历史人物间有着千丝万缕的联系，一个决定，一封又一封来信，都在不经意间影响了整个中国历史的进程。

二、学史增信，坚定理想信念

习近平总书记说过，历史是最好的教科书。理想信念是中国共产党人矢志不渝的精神追求，是共产党人安身立命的根本。

我第一次见到有书籍如此坦诚地讲历史，让人切实感受到当时的历史条件下的真实状况。书中写到在红军创建初期，受一些观念长期影响下，农民士兵们组织纪律观念淡薄，长期小农经济生产生活导致农民队伍很难适应严格的组织纪律，以至于在浴血奋战打下汀州时，士兵们眼瞅着是稻子正值成熟的季节，便纷纷脱离队伍回家割麦子，导致城防无人顾及，城市得而复失。看到这里有点儿令人哭笑不得，果然真实的历史是人们实践经历出来的，人们是有血有肉有情感的人们，在读到这一章的时候，我突然就理解了要把一群思想已经根深蒂固了的人改造成一支新的，有坚强意志，团结一心，有理想的队伍，必须统一思想路线这段话的深刻含义。后来在古田会议上我党完成了对一个传统农民军队的改造，确定了绝对领导原则，明确了正确的思想道路，为之后的革命打下了基础，从某一方面来讲，胜利的起点从这里开始。

现在常说坚定"四个自信"，在通过阅读此书后，我有了更深刻的认知。我想，或许是在 1950 年的抗美援朝战争之后，我们才重新将在这近百年坎坷遭遇中丢失的自信慢慢找回来了。1949 年中华人民共和国成立，1950 年 6 月 25 日，朝鲜战争爆发；美军准备大举北进。当时中国国内百废待兴，急需经济建设；军队长期作战，急需休整。但我们没有退路，选择迎难而上，并且获得了胜利。彼时"新加坡国父"李光耀在英国剑桥大学读本科。平时穿过西欧海关，西欧海关关员们看他那张华人面孔时都不屑一顾，但当志愿军跨过鸭绿江后，西欧海关关员对华人面孔肃然起敬。彼时华人正在与"联合国军"打仗，正在迫使"联合国军"步步后退。李光耀说："我由此下决心学好华语。"志愿军跨过鸭绿江促使李光耀下决心学好华语，这里面包含的逻辑关系西方人可能不明白，但我们东方人、我们中国人，一定明白。这是对中国国家、民族的自信与认可。

三、担当实干，敢闯敢为敢拼搏

阅读此书，让我心中对事物原有的看法有了更深层次的思考，为什么是中国。客观地说，我们生活在一个最富发展前景、最富增长潜力的国家。这就是中国，这就是今天的中国。

一代人有一代人的使命。作为新时代青年人，我坚信，我有自己的使命和目标，必须给自己找到一个落脚点。在厨艺学院，我见证了学长和学姐们成长为"全国技术能手""全国青年岗位能手""烹饪高级技师""国际青年厨师挑战赛 6 金获得者""《舌尖上的中国》女主角"……他们是我的榜样，是用奋斗谱写青春的鲜活案例！我的老师们很多是行业大师，他们传授给我们的不只有扎实的技术技能，更有受益终身的道德品质和职业素养。在学校，我潜心学习，苦练技术。我深知，拥有一技之长是高职学生的立身之本，"厨德立人，厨艺立身"的院训一直激励着我既要有匠心，也要有匠术，我相信未来自己一定能创造出属于自己的精彩人生。

未来，我会将青春奋斗融入党和人民事业，胸怀大担当、干在实处，练就真本领、走在前列，传承新使命、勇立潮头，以新的辉煌成就，献礼新时代！

厨艺学院辅导员陈杭琪点评：

文笔流畅，情感充沛。学生能够把握书籍的主要内容，能够领会其主要精神，较为深刻地感悟了"为什么是中国"这一历史之问，主动将个人梦与中国梦结合起来，将理论与实践结合起来，敢于奋斗、敢于拼搏，为中华民族伟大复兴而奋斗。征途漫漫，唯奋斗者进，唯自胜者强。

燃青春之火　鉴中华之光

——《青春之歌》读后感

厨艺学院 2021 西餐 5 班　耿　妍

宋庆龄说"青年是革命的柱石。青年是革命果实的保卫者，是使历史加速向更美好的世界前进的力量。"青春，是人一生中最美好的时光，最近研读了杨沫的代表作《青春之歌》这部红色经典文学作品，让我更加深刻地感悟到了青年学生的力量，明白了我们肩上的那份责任。

身着白衣，心有锦缎

即便身陷困境，也要奋力向上，绽放生命的光彩。林道静，这位在文章开头以一身清白亮相的女子——"她穿着白洋布短旗袍、白线袜、白运动鞋，手里捏着一条素白的手绢"，最初给我的印象是一朵高雅而纯洁的小白花，显得那么柔弱而清新。然而，当我深入阅读完整本书之后，我才真正理解了她那坚韧不拔、勇往直前的精神内核。

尽管她的父亲和嫡母是冷酷无情、只知追求自身利益的恶魔，但林道静却在这种恶劣环境中依然保持着敢闯敢拼的精神。为了摆脱被操控的婚姻命运，她毅然决然地独自踏上异地寻梦的旅程。在这个过程中，她遇到了余永泽，这位才华横溢的青年与她有着相似的兴趣，一度成为她的初恋。然而，随着时间的推移，两人之间的思想差异越发明显，余永泽对革命青年的敌视态度最终导致了他们的分道扬镳。

与此同时，林道静有幸接触到了中国革命者卢嘉川。卢嘉川不仅具备卓越的革命精神，还拥有非凡的才华。在他的引领下，林道静见识到了一个前所未有的广阔天地，领略到了从未企及的思想高度。卢嘉川不仅成为她的精神导师，更是带领她走向革命道路的关键人物。正是在不断进步的过程中，林道静逐渐塑造了一个崭新的灵魂，成功克服了内心的软弱与恐惧。

在后续血与火的革命历程中，林道静展现出了顽强的斗志和坚定的信念。她面对困境毫不屈服，积极参与斗争，逐渐在革命的洗礼中走向成熟。她的成长历程不仅彰显了青年的力量与担当，更成为一部激励人心的青春之歌。

振兴中华，吾辈之责

尽管我作为新时代的青年学生，并未亲身经历过主人公所处的动荡年代，但我却常常情不自禁地将自己代入她的角色。从一个女性的视角出发，我深感她的柔弱与无助——她仿佛是一叶随时可能失去婚姻自由甚至是生命的孤舟。然而，正是这位看似弱小的女子，却能吟咏出"山川满目泪沾衣，富贵荣华能几时？不见只今汾水上，唯有年年秋雁飞。"这样深情且充满力量的诗句。

我想，杨庄无疑是她革命生涯的重要起点。在那里，她目睹了外国人在中国的土地上肆无忌惮地耀武扬威，看到了"华人与狗不得通过"这样令人愤慨的侮辱性标语，更见证了外国人的宠物狗享用着牛奶，而中国人的母亲和婴儿却因生活所迫而选择投海自尽的悲惨景象。然而，即便在如此艰难的环境下，她依然保持着那份真性情，甚至在受到调戏时勇敢地瞪了回去。读到这一幕，我由衷地感叹，这是一位多么坚韧、多么真实的女性啊！

生于华夏，长于盛世，我们这一代人无疑是幸运的。但我们也应时刻铭记先辈们勇往直前的革命精神，承担起新时代民族复兴的伟大使命。让我们高举中国特色社会主义伟大旗帜，同心同德，携手并肩，共同战胜一切艰难险阻，为实现中华民族伟大复兴的中国梦而不懈奋斗。

艰难困苦，玉汝于成

书中有这样一句话："你信仰的人的每一句话都是有分量的。"卢嘉川正是这样一位言辞铿锵、影响深远的人物。他不仅激励着林道静在革命道路上坚定前行，也让我深刻领悟到了信仰的无穷力量。信仰，它如同指南针，引导我们在茫茫人生海洋中找到前进的方向。

书中戴愉这一角色的命运也为我们敲响了警钟。正是因为他内心的理想信念不够坚定，无法对社会形势作出客观判断，最终走上了叛变的道路。这不禁让我们反思：坚定的信仰和理想信念对于一个人的成长和发展具有何等重要的意义。

中国共产党人对共产主义远大理想和中国特色社会主义共同理想的执着追求，正是中华民族从站起来、富起来到强起来的动力源泉。这种追求不仅体现在每一个共产党员的身上，也深深植根于我们整个民族的精神之中。

在日本侵华的历史背景下，林道静虽然曾感到迷茫和踌躇，但在革命思想的熏陶下，她始终保持着坚定的信念，从未堕落。卢嘉川曾深刻指出，革命并不仅局限于真枪实弹的战场，它还存在于那些不为人知的平凡战争中。这句话不仅揭示了革命的深刻内涵，也激励着我们每一个人在自己的岗位上为理想而奋斗。

习近平总书记强调："我们党团结带领人民取得了举世瞩目的伟大成就，这值得我们骄傲和自豪。同时，事业发展永无止境，共产党人的初心永远不能改变。"这一重要论述不仅是对我们党的历史成就的肯定，更是对全体党员坚守初心、不懈奋斗的殷切期望。作为新时代的青年学生，我们更应该铭记这段历史，坚定理想信念，为实现中华民族伟大复兴的中国梦贡献自己的力量。

不负青春，砥砺前行

革命之路，道阻且长，可革命精神就是野火烧不尽，春风吹又生，我希望可以和林道静一起，并肩走在革命的道路上，为中华民族崛起而奋斗！作为青年学生，在我们没有足够强大的时候就要努力学习专业知识，志存高远，坚定理想信念并为之奋斗。书中只重点叙述了林道静的革命引路人们接二连三被捕，这何尝不是以小见大，革命先辈为了民族的独立和解放，为了国家的繁荣和富强，前仆后继，英勇奋斗，积极进取。毛主席说过"一代人有一代人的使命，一代人有一代人的担当"，作为后辈我们生在红旗下，长在春风里，我们要扛起新时代新青年的使命担当，作为学生党员更要坚持中国共产党领导，为实现"两个一百年"奋斗目标、实现中华民族伟大复兴的中国梦而奋斗。

我要牢记肩负职责和使命，不忘初心，不忘革命先辈的艰辛，弘扬五四精神，坚定不移听党话、跟党走，立志做有理想、敢担当、能吃苦、肯奋斗的新时代好青年。奋进新征程，创造新业绩，以青春之我，贡献伟大时代的信念，让青春在火热实践中绽放绚丽之花！

厨艺学院辅导员陈雪燕点评：

《青春之歌》是一部可歌可泣的知识分子的梦想史、奋斗史和血泪史，通过笔者感悟，让我们看到了青春如歌似诗，最有激情，也最有创造力。在缀满星辰的夜空下，战争的硝烟已经消散，如今的太平盛世是无数仁人志士用鲜血与泪水铸就的，来之不易，且行且珍惜。

"要找个人的出路，先找民族的出路"。作为新时代青年，宝贵的青春不该碌碌无为，而是要随着时代的进步而进步，要向着壮丽的未来而进步，要竭尽全力地为社会做贡献。

不畏苦难，心向光明

——读《活着》有感

厨艺学院 2022 餐饮 2 班　陈可儿

被命运碾压过，才懂时间的慈悲。

——题记

人活着的意义究竟是为了什么？这个问题总萦绕在我的心头久久不散。当我的手指跨过层层书柜，抚摸上那本薄却分量极重的《活着》时，终于在尘封的书中找到了答案——"唯有活着，我们才能体验人生的喜怒哀乐，才能真正感受到生命的意义"。

一、与命运斗争，不为现实折腰

《活着》所述故事发生在国共内战、"文化大革命"等社会变革时期。而主人公徐富贵，更是像极了中国农民在历史变迁中饱经苦难的缩影。从开头脚不沾地的纨绔子弟，到结局孤苦伶仃，唯有老牛与他相依为命，福贵的一生，注定是悲惨的一生。初阅时，我总在又哭又笑中埋怨作者的狠心，竟将人物命运写得如此悲惨催泪。可转念一想，这不就是血淋淋的现实呢？

"万事都一笑而过还有什么意思呢？"是的，正因为无法什么事都一笑而过，福贵才为"活着"拼尽了一生。最令我钦佩不已的是，苦难并未让福贵和春生一样不堪重负走上自杀的道路，相反，他一直在努力地活着，如荆棘丛中翱翔欢歌的荆棘鸟一般。

正如余华所说，福贵并不是一个悲剧人物，哪怕他一生历经坎坷，直至最终也没能乘风破浪；哪怕他一夜之间家徒四壁，饱经苦难；哪怕现实一次次给他致命一击，让他看不到远方的灯塔，他依旧保留着人性，绝处逢生。他也依旧努力又艰难地活着，不为任何事，仅仅是活着。福贵有过爱他从一而终的妻子家珍，有过懂事听话的儿女，也有过衣食无忧的过去。这也是令人痛惜的，正因为拥有过，才会知道美好的难得，从而加深了失去后的痛苦。

我时常想，若是那个福贵是我，我会怎么选择？想必我是无法和他一样直面困苦的，只因生于当下的我衣食无忧，似乎总是在抱怨挫折。正是福贵的乐观坚韧，教会了我如何面对人生旅途中的泥泞。教会了我勇敢坚强，不为现实折腰。

二、坚定理想信念，坚韧是中华民族的品质

从地主阶级变为农工，福贵踏着前路的刀尖，在破败的岁月中谱写了一曲生命的赞歌。也正是在余华笔下，我仿佛看到了无数个福贵在自然灾害和战乱中努力地活着。辞藻不华丽，却让人深思；言语虽朴素，故事却催泪感人。短短百页书行，却承载着"福贵们"饱经风霜的漫长一生，当我轻描淡写地和人讲述起书的内容时，才反应过来，我简单一句话的概括，却需要他们用一生的血泪去亲身经历，如此，一股无名的心酸涌上心头。

而当我看到书中所呈现的社会变革时，又不由想起了那些为解救无数个陷于水深火热中的"福贵"而揭竿而起的先烈们。如果说福贵的信念是"活着"，那么这些先烈的信念或许就是"让人民更好地活着"。因为有这么一群人，中国才成了如今这个屹立于世界东方，举世瞩目的模样，并于2020年实现了全面脱贫，取得了令全世界刮目相看的重大胜利！

三、命运当多彩，青春正韶华

生活如逆旅，我亦是路人，是鲜活生命中的一员。沧海横流，岁月成碑，转眼间，沧海桑田，时间已过百年，先烈用血泪托举的盛世之上，已然不见什么"福贵"的身影。或许会有人发问，既然如此，《活着》能带给我们什么呢？

我想,《活着》想教会我们的是福贵的精神品质和美好的人性。福贵凭借"活着"的信念,一路走来忍耐着生活的重压,始终心存善良。我们也应为了心中的理想,为了国家的光明未来不懈奋斗,正如鲁迅之言:"无尽的远方,无数的人们,都与我有关。"

人活着的意义何在?如今我已然找到答案,人活着,是为了心中的信念,正是因为心怀信念,才涌现出了埋头苦干的人,为民请命的人,舍身求法的人,这些人皆为国家之脊梁。吾辈青年,理应当摘星辰为眸,搅骄阳作灯,携春风为轮,唱响生命之歌。接过时代的接力棒,肩负时代重任的新时代的我们,应于暗流涌动的大势中推动祖国乘风而上,在时代的舞台中勇于展现自我,如此,祖国的未来定是一片繁荣,我们的未来定是繁花似锦!如此,才是真正的"活着"!

厨艺学院辅导员陈杭琪点评:

这篇文章宛如一篇细腻而深情的散文诗,流淌着作者对《活着》一书的深刻理解与对人生的独特感悟。作者以优美的笔触,将徐福贵的人生经历与心路历程娓娓道来,仿佛带领读者穿越历史的尘埃,亲身感受那个时代的风云变幻。

在作者的笔下,徐福贵不仅是一个历经磨难的农民形象,更是一个坚韧不拔、勇往直前的生命符号。他的命运如同一部悲壮的史诗,充满了坎坷与波折,但始终保持着对生活的热爱与对生命的执着。作者通过描绘徐福贵的人生轨迹,巧妙地勾勒出一个时代的历史缩影,让人感受到生命的坚韧与伟大。

此外,作者的文字还透露出一种深沉的哲理思考。通过徐福贵的命运,作者引发了对生命意义、人性善恶以及历史变迁的深刻反思。这种反思不仅体现在对徐福贵个人命运的探讨上,更上升到了对人类普遍命运的思考,使得整篇文章具有了更加深邃的思想内涵。

纵有疾风起　人生不言弃

——读《我与地坛》有感

厨艺学院 2022 餐饮 2 班　许　杨

> 命定的局限尽可永在，不屈的挑战却不可须臾或缺。
>
> ——题记

《我与地坛》是中国当代文坛的瑰宝，由才华横溢的作家史铁生创作。这部散文作品不仅是他文学创作中的翘楚，更是一部充满哲思与人性光辉的杰作。字里行间，我们不难感受到史铁生对人生的独到见解与深刻体会，以及对亲情的无比珍视与热烈讴歌。地坛，这一古老的场所，在史铁生的笔下成为一个寓意深远的象征，它承载着作者对过去的回忆，对未来的憧憬，更见证了一个曾在绝望中徘徊的灵魂如何艰难寻觅希望之光的心路历程。而穿插其中的，是对母亲那份刻骨铭心的思念，每一笔、每一画都透露着深深的眷恋与不舍。

苦难是人生一节必修的课程

生命以痛吻我，要我报之以歌，苦难是人生一节必修的课程。史铁生虽然双腿残废，但他并没有放弃对生活的希望和追求。他通过地坛这个载体，思考人生、感悟生命。他深刻地认识到，生命是短暂的，但也是宝贵的。每个人都有自己的生命轨迹，但如何让生命更有意义，更有价值，是我们每个人都应该思考的问题。

在史铁生年仅二十一岁的时候，命运对他投下了沉重的阴霾，他的双腿突然失去了站立的能力。面对无法找到工作的困境，未来的出路似乎被彻底封死，他甚至一度深陷绝望，想到了以死亡来终结痛苦。然而，正是在这段黑暗而艰难的日子里，他与地坛结下了不解之缘。

他常常孤身一人，静静地坐在园子中，目光深邃地观察着周围的草木与昆虫，思考着生命在广阔天地间的真正意义。在地坛，他目睹了世间百态，见证了人们的喜怒哀乐——快乐的笑声、痛苦的泪水、挫折的沮丧、成功的喜悦……这一切都在他的心灵深处留下了不可磨灭的印记。

就在这份静默而深刻的自省中，他的心逐渐恢复了平静，创作的火花开始在他的脑海中闪烁。慢慢地，写作成为他逃离绝望的救命稻草，也成为他与世界对话的桥梁。通过笔触，他更加深刻地领悟了生命的真谛：人生的意义并非在于你拥有多少权势或财富，而在于你如何珍视、感悟和体验生命中的每一个转瞬即逝的瞬间。

陪伴是一次无声的告白

生活中真正能被治愈的，往往是那些愿意自我疗愈的人。而陪伴，便是一种最深情的无声告白。史铁生曾历经迷茫、痛苦与绝望，但正是通过不懈的努力与深刻的思考，他最终寻觅到了生活的意义与前进的方向。他的经历诠释了一个生活的真理：人生之路难免坎坷，但关键在于我们如何勇敢地面对并克服生活中的重重困难与挑战。人生或许就是一个个梦想不断破碎与重塑的过程，而当我们熬过那些曲折的日子，蓦然回首，才会发现真正的美好与珍贵，其实一直就在我们的身后。如果我们总是沉溺于过去的伤痛，又怎能抬头望见未来的希望之光呢？

这本书还深切地表达了史铁生对母亲的绵绵思念与衷心感激。母爱，那份无私、伟大而永恒的情感，是我们生命中最宝贵的财富。母亲，作为我们生命中最重要的人之一，不仅赋予我们生命，更用无尽的爱与支持陪伴我们成长。每当我们遭遇困境与挫折，母亲总是那个最坚实可靠的后盾。书中那句"多年来我头一次意识到，这园中不单是处处都有过我的车辙，有过车辙的地方也有过母亲的脚印"，虽简短却饱含深情，流露出他对母亲的无限感激与思念。

阅读是一次无形的学习

书籍是故事的宝库，故事则蕴含着深邃的哲理，每一次阅读都是一次心灵的启迪与智慧的积累。《我与地坛》中，"太阳，每时每刻都是夕阳也都是旭日"的哲理深触我心。它告诉我，在人生的牌局中，上帝或许洗牌，但出牌权在我。史铁生的经历激励着我勇往直前，不拘泥于现状，去创造自己的辉煌。

他的文字质朴真挚，如清泉洗涤心灵，让我深刻理解生命的短暂与宝贵，并学会了珍惜和感悟每一个生活瞬间。生命的意义不在于物质财富，而在于我们如何体验和珍视生命中的每一个时刻。

"若在山腰止步，登峰之路岂不又被埋没？"作为青年人，我们肩负着时代的使命，应有担当与勇气。前路虽长，但无法阻挡我们坚定的步伐。面对未知与困境，我们需保持平和心态，把握每一个机遇，用我们的行动唱响生命的赞歌。

厨艺学院辅导员陈小非点评：

"纵有疾风起，人生不言弃"——这一标题如一道闪电，照亮了文章的主旨，凸显了坚韧不拔、勇往直前的人生态度。作者以朴实的文字，娓娓道出生死之间的深邃奥秘，以深入浅出的方式探讨生命的意义，引人深思。更为难能可贵的是，作者将个人的感悟与青年学生的责任担当相结合，不仅展现了当代青年的精神风貌，更进一步升华了文章的主题。前路虽长且充满挑战，但正如标题所言，"纵有疾风起，人生不言弃"，只要我们坚定信念，勇往直前，未来的道路必将灿烂辉煌。

书中月，人间路

——读《月亮与六便士》有感

厨艺学院 2022 烹调 4 班　李　涵

一、书中月，忆昔日追今

儿时，对月亮的初步认知来自绘本，我从中知晓了"月上广寒宫"的神话故事；午夜，每当月光攀上我的窗棂，漫过斑驳的地面，我便把它当作嫦娥仙子的目光，怅望着人间，让人久被桎梏的哭泣得以放声。人类骨子里具备编织神话的才能，这是一种浪漫的抗议，让人生陡增色彩。那时，"书中月"——是幻想与诗意的土壤。

往后的几年里，城市上空升起避光的狼烟，世俗吹来了被称为"成熟"的雾霾，我不再抬头看向月亮，取而代之的是柏油道上的路灯与指示灯不断的提醒——要按着既定的方向行走，只有那样才是对的。课本上的文字占据了我们绝大多数的阅读，不断试图去拾起路边的六便士。那时，"书中月"——是通向未来的道路。

大多数时候，自己的幻想都被冠上幼稚的标签，似乎只有"好好学习，好好工作，好好成家"才是正确人生的唯一出路，那我们还需要抬头仰望月亮吗？

当然需要，书中的主人公思特里克兰德为了追寻艺术梦想，独赴异乡。他是天才，是偏执狂，是逐梦者，是在一地六便士中抬头望月的男人，但他绝对不是个好人。他鄙视所有的安稳、肉身的满足，像个苦行僧一样严厉地督束着自己。

《月亮与六便士》的作者毛姆向世俗的安之若素发起了挑战！那是一个艺术动摇的时代，1893 年影像技术发明之后，艺术家们感到了困惑和恐慌，是否他们与艺术都将被技术所替代？所以那个时代的他们渴望跳脱出商家的指令，渴望跳脱出客观表达自我，渴望无法被替代。而正是以高更为主人公的原型的一众艺术家跳出传统，牵着艺术的手走向了新的时代。我渐渐理解了主人公的行为，是因为在他的价值观之中，艺术是最高级别的人生，是挂在空中的那一轮月亮，他所有的出发点都是为了寻找那远在天边的灵感。"满地都是六便士，他却抬头看见了月亮"。

那时，"书中月"——是与伟大灵魂沟通的桥梁。

二、人间路，故里所念皆如愿

诚然，思特里克兰德是现实生活中切切实实的卑劣者，但他的思想、他的精神、他的成就无疑证明了他的伟大与高尚。一些书本里非黑即白的世界慢慢褪去，取而代之的是一个充满人性矛盾的世界。就像书中说的那样"不知道，在真诚中有多少是在故作姿态，在高贵中藏着多少卑劣，或者，即使在邪恶里也找得着美德"。同样，一些传统的价值观念让我们误以为世俗的追求和真正的理想是冲突的，"鱼和熊掌不可兼得"，是二选一的。所以人们大多随波逐流，因为害怕不稳定。我们终其一生，经历的坎坷、迷茫、挣扎，以及在腥风血雨中的坚持，似乎都为了追求同一个结果：归宿。我们接受既定的人生安排，上学、恋爱、工作，争取在自己能够到达的范围内再跳高一点，所希冀的终点只是这样的一个光景：安稳的若干平方米、自由的几个小时、舒适的几样趣味、温情的几口人。我们鼓励了同质化的思维方式，压制了天赋以及创造力，过分鼓励群体利益而否定了自我意识。周围的人认可什么，我们就去选择怎样的道路，然后相信自己就能够成功。《与神对话》里，有句话说得非常好："疯狂的定义是：不断重复相同的行为，却又期待不同的结果。"

曾几何时，我们的国家被称为"世界代工厂"。"物美价廉"是"Made in China"的标签，"卖掉 8000 万双袜子换回一架波音飞机"，浓缩的是"中国制造"背后无数廉价劳动力的血汗和缺乏核心技术以及自主品牌之痛。反观今朝,"神舟"飞天,"祝融"探星,5G新时代,大数据惠民……"中国智造"走向未来,无处不彰显着自主创新的重要性。

文明从来不是一条流水线,若是一味地墨守成规和故步自封,迎来的必定是退步!我们的社会需要不同,需要创造,需要一个个敢于突破的灵魂!

现在,我仍深爱着"书中月",天边明月照亮黑夜的寂静,手捧书籍指明人生的道路。

只要你的渴望未曾熄灭,抬头也能看见月亮。

厨艺学院教师王玉陶点评:

文气十足,引经据典。读者对作品的内容和要点有准确的理解,能够理解文中主人公用画笔谱写出自己光辉灿烂的生命并把生命的价值全部注入绚烂的画布的故事,作者对月亮与六便士进行了个人的思考与观点的提炼,有自己独特的见解和深入的思考,从书中月到人间路,历经儿时、少时和成年后几个阶段,从个人幻想到与伟大灵魂沟通是个人成长之路,从对月亮与六便士的思考到对整个人生和生命的思考,是该随波逐流还是我独醒?最后上升到对国家、对文明的热爱。全文表达流畅、句子结构合理,展现了较高的文学素养,愿读者在人间烟火里,找到自己的心灵栖息地,既脚踏实地,又仰望星空。

谁无暴风劲雨时　守得云开见月明

——读《可爱的中国》有感

厨艺学院 2021 餐饮 1 班　郑　轩

> *"这么光荣的一天，绝不在辽远的将来，而在很近的将来"。*
>
> ——题记

方志敏，第一次听到这个名字是在高二那年，那年我参加了开化县红色故事宣讲赛，在现场听到了很多开化县红色故事。当听到方志敏同志的故事时，我才发现，历史课本上的故事原来离我那么近，一股敬意从心底油然而生。比赛过后，我黏着妈妈说："妈妈，我想去中共浙皖特委旧址，去近距离地感受革命先烈方志敏的故事。"就这样，我踏上了这趟红色之旅。

一、红色之旅寻先辈足迹

中共浙皖特委旧址，位于风景秀丽的开化县何田乡柴家村福岭山之巅，这里不仅承载着厚重的历史，更是第二次国内革命战争时期党在浙江建立的首个地市级党组织的诞生地。踏入纪念馆，仿佛穿越了时空的隧道，一件件革命时期遗留下来的珍贵文物映入眼帘：红军鞋、马灯、红军袋……它们静静地诉说着那个年代的艰辛与奋斗，仿佛将我们带回那战火纷飞的岁月。

在中共浙皖特委旧址，我们还能有幸遇到一位九十多岁高龄的奶奶——林翠娥。几十年来，她怀着对革命历史的深刻缅怀与对红色精神的坚定信仰，一直以义务讲解员的身份，孜孜不倦地宣扬着红色故事。跨越战争与和平的林奶奶，用她的亲身经历和所见所闻，将红色基因一代一代地传承下去，使得开化县的红色历史与文化生生不息。

作为出生在和平时期的我们，应该时刻铭记革命先烈们用生命和鲜血换来的和平与繁荣。他们为了红色信仰，不惜献出宝贵的生命，这种精神令人肃然起敬。让我们怀着感恩之心，继承和发扬红色精神，为实现中华民族伟大复兴的中国梦贡献自己的力量。

二、阅读书籍悟先辈人生

那场短暂的红色之旅，如同一颗种子，在我心中播下了对历史的深刻思考。之后，我开始探寻方志敏同志的足迹，了解到他在狱中挥笔写下的《可爱的中国》。这本书，我曾在高中时期翻阅过，但当时的我，还未能真正体会到方志敏同志那深沉的情感。如今，当我再次打开这本尘封已久的书籍，我终于能够更深刻地理解他的心境。

方志敏同志将祖国比作母亲，这一形象而深情的比喻，让我感受到了他对这片土地的深厚情感。在革命时期，像曹汝霖、章宗祥那样的亲日叛国者大行其道，他们为了一己私利，不惜出卖国家的利益，这种行为令人发指。在《可爱的中国》中，我多次感受到方志敏同志那种想要挽救祖国母亲的急切心情，他不断地呼吁全国人民团结起来，共同抵御外敌的侵略。同时，我也看到了他的无奈和痛苦，那种对国家的深深忧虑和对革命的坚定信念，无不让人动容。

幸运的是，旧时的中国有千千万万个像方志敏一样的革命家，他们为了国家的繁荣富强而英勇奋斗，最终铸就了今天的中国。面对敌人的诱惑和威胁，方志敏同志始终坚守自己的政治立场，他坚信只有共产党才能救中国。这种坚定的信念和毫不动摇的立场，为我们这些生活在和平年代的人树立了榜样。

方志敏同志在书中还畅想了未来中国的美好景象，那是一种充满活力和创造力的社会，是一种日新月异的进步。他的话语中充满了对未来的无限憧憬和期待，仿佛已经看到了一个繁荣富强的新中国。他说："这么光荣的一天，绝不在辽远的将来，而在很近的将来。"如今，这一天已经到来。

现在的中国，神舟飞天、蛟龙入海、高铁飞驰、5G 领先……我们取得了一个又一个令世界瞩目的成就。这盛世景象，正是方志敏同志等革命先烈们所期盼的。今天，我们终于可以告诉他们："这盛世，如您所愿！"让我们铭记历史，珍惜来之不易的和平与繁荣，将革命先烈们的不屈精神代代相传。

三、展望未来颂祖国河山

正是如此，我们更应当珍惜这来之不易的生活，坚定不移听党话、跟党走，为祖国建设添砖加瓦！

最近我总是在各大平台看到各地文旅局争奇斗艳，这也正印证了方志敏同志那句"中国无地不美，到处皆景，一山一水，一丘一壑，只要稍加修饰和培植，都可以成流连难舍的胜景"。

当我合上书本，走出室外，眼前的祖国山河让我再次想起方志敏同志的美好畅想。我内心涌起一股强烈的愿望，想要踏遍这广袤的土地，领略每一处绝美的风光。无论是巍峨的峨眉山，还是妩媚的西湖水，抑或幽深的雁荡山，"秀丽甲天下"的桂林山水，每一处景色都令人心驰神往，美不胜收。说到这里，我已经按捺不住内心的激动，渴望即刻启程，去探寻那万山红遍的壮丽景象了。

厨艺学院辅导员柏凤点评：

这篇文章深情地融合了作者的个人经历与对《可爱的中国》一书的深刻理解，形成了一篇既感人至深又充满力量的佳作。整篇文章的内容布局严谨，环环相扣，从参加宣讲赛选用《可爱的中国》为题材开始，到追随着先辈的足迹探访祖国的壮丽河山，再到最后对自身未来生活的深刻思考，作者的叙述如行云流水，自然流畅。语言方面，作者运用了丰富而生动的描绘，使得文字具有了强烈的感染力和共鸣感，让读者能够深刻体会到作者的情感波动和内心的激荡。

更为难能可贵的是，作者不仅沉浸在书中的故事和情感之中，更能够从中汲取力量，对未来生活充满期待和憧憬。这种积极向上的态度和对中华民族伟大复兴中国梦的坚定信念，展示了当代青年人的担当和决心。

这篇读后感既有温情脉脉的怀旧，又有豪情满怀的憧憬，更有坚韧不拔的力量。它让我们看到了作者这类青年人为实现中华民族伟大复兴中国梦而努力奋斗的身影，让我们深信这盛世定会如先辈所愿，繁荣昌盛，国富民强。

探寻红星闪耀背后的中国力量

——读《红星照耀中国》有感

厨艺学院 21 烹调 1 班　金佳樱

　　《红星照耀中国》这部蜚声文坛的纪实巨著，由美国记者埃德加·斯诺通过中国西北革命根据地的深入探访后精心撰写而成。全书以斯诺的第一人称视角，细腻且生动地描绘了红色根据地中形形色色的人物与事件，不仅让读者领略了"红色中国"的独特风采，更深刻地展现了中国工农红军与中国共产党为民族独立解放事业而不懈奋斗的崇高精神风貌。通过这部著作，我们得以穿越时空，亲身感受那段我们未曾经历，却艰苦卓绝又充满光辉的峥嵘岁月，向那些为了理想与信仰英勇斗争的先辈们致以最崇高的敬意。

长征，是一次伟大的征途

　　星星之火，可以燎原。长征是一部伟大的英雄主义史诗，亦是现代史上无可比拟的一次远征，实乃伟大奇迹。

　　在长征路上，红军行程约二万五千里，历经三百八十余次战斗，攻占县城七百余座，红军营以上干部牺牲多达四百三十余人，击溃国民党军数百个团，途经十四个省份，翻越十八座大山，跨越二十四条大河，翻过雪山，穿越过草地。

　　斯诺用毋庸置疑的事实向世界宣告：中国共产党及其领导的革命事业犹如一颗闪亮的红星，不仅照耀着中国的西北，而且必将照耀全中国，甚至全世界。

安宁，是一种无言的守护

《红星照耀中国》一书，真实地记载了中国共产党在西北革命根据地的峥嵘岁月，细腻地描绘了无数革命英烈的非凡事迹与不屈精神。这本书提醒我们，是我们伟大的祖国为我们创造的和平环境。对于这些英勇无畏的革命先烈，我们满怀敬意与感激，因为是他们用鲜血和生命在战火纷飞中守护了我们的家园。他们如同书中所述的红军战士，信念坚定，勇往直前。

要把握现在，我们必须继承和发扬伟大的长征精神。在《红星照耀中国》的篇章里，红军长征的艰难险阻历历在目，那种坚韧不拔、艰苦奋斗的精神，以及对革命理想的忠诚不渝，都深深地感染着我们。我们应该把国家、人民和中华民族的整体利益放在首位，以无畏的姿态面对一切挑战。

在当今时代，我们仍面临着各种困难和挑战，但我们要汲取革命先烈的力量，勇于牺牲，敢于担当。我们要积极响应新时代的号召，勇于创新，奋力前行，为祖国的繁荣富强而努力奋斗，续写新时代的辉煌篇章。

期望，是一次无声的鼓舞

作为新时代的青年，我们肩负着时代所赋予的崇高使命与重大责任，更应坚定不移地承担起时代接班人的角色。我们深入钻研党的二十大精神，细心体悟习近平总书记在五四青年节对青年的深切期望，以及他在给大学生们的回信中蕴含的深远思想。这些珍贵的教诲让我们深切感受到习近平总书记和党中央对青年一代的殷切关怀与高度重视，这进一步坚定了我们追随中国共产党的信念与决心。

从中，我们汲取了前行的力量，激励自己更加奋发向前，立志成为一名优秀的共产党员，为实现中华民族伟大复兴贡献自己的青春力量。

奋斗，是青春永恒的主题

习近平总书记曾深刻指出："困难再大，想想红军长征，想想湘江血战。经过长征的洗礼，党和红军不是变弱了，而是变得更强了。我们的军队是深深扎根于人民的军队，我们共产党人与老百姓之间的深厚情谊，就如同共用一条被子那样密不可分"。

在我们学院的温馨大家庭中，我从众多优秀的学长学姐们身上汲取了前行的动力：郁敏敏学姐凭借其流利的英语，生动地讲述了杭州的故事，从而在网络上赢得了广泛的赞誉；郑丽萍学姐则以其坚定的信念与不屈的精神，光荣地登上了新中国成立 70 周年国庆阅兵式的舞台，充分展现了我院学子的卓越风采；而毛佳儿学姐更是以其实力荣获"全国技术能手""全国青年岗位能手"等荣誉称号……在青春的赛道上，他们不仅尽情施展了自己的才华，更勇敢地担当起了时代赋予的重任。他们无疑是我们的楷模，我们也将紧随他们的坚实步伐，在光明的大道上奋勇前行。

他们是我们身边熠熠生辉的"00 后"代表，肩负着新时代所赋予的崇高使命与责任。作为新时代的接班人，我们深刻地认识到，唯有不断学习专业知识、熟练掌握新技能、全面提升自身的综合素质和能力水平，我们才能紧跟时代的步伐，更好地担负起历史所赋予的重任。与这些杰出的"00 后"同行，我们将携手为实现中华民族伟大复兴的中国梦贡献出我们的青春力量。红星不仅照耀着中国，更将以其璀璨的光芒照亮整个世界！

厨艺学院辅导员马庆楠点评：

《红星照耀中国》，亦被誉为《西行漫记》，不仅是一部文笔细腻且纪实性极强的报道作品，更是历史的见证。书中真实而详尽地记录了 1936 年 6 月至 10 月，作者深入我国西北革命根据地进行实地采访的珍贵经历。每一个字句都仿佛散发着鼓舞人心的力量，催人勇往直前，无畏挑战。

通过回顾那段波澜壮阔的历史，我们不仅能从中感悟到当下的幸福生活来之不易，更能从身边的先进事迹中汲取前行的力量。这本书所折射出的思想光芒和真理力量，是我们新时代青年的宝贵精神财富。

我们不禁要问，究竟要经历多少深重的苦难，才能换来如今的和平与美好？又要经历多少艰苦卓绝的斗争，才能拥有如今的晴空万里？每一次回眸历史，都是对我们精神的一次深刻洗礼。作为新时代的青年，我们有责任也有义务去深入了解党的光荣传统、丰富阅历和伟大成就。

在认真学习和不断领悟中，我们能够更加清晰地厘清历史的脉络，认清历史的真相，听清时代的脉动。这不仅是对过去的尊重，更是对未来的期许。让我们在新的征程上绽放青春的风采，用热血和汗水谱写属于我们的青春华章！让历史的火炬在我们手中传递，照亮前行的道路，也照亮未来的希望。

寻源觅真理　定念坚方向

——读《共产党宣言》有感

厨艺学院 2022 西餐 2 班　张治勇

近日，我深入研读了《共产党宣言》，这次阅读给我带来了极大的启发，让我更加深入地理解了共产主义的思想精髓和革命实践。马克思主义的理论深邃广博，每次学习都有新的领悟。《共产党宣言》不仅汇集了人类在探索真理过程中的丰富思想，更彰显了经典理论家们在攀登科学理论高峰时的坚韧不拔与无私奉献。

置身这个伟大的时代，我们亲眼见证了翻天覆地的变化，而这一切都源于那些深邃的思想。我们应该更加珍视并深入学习马克思主义的经典著作，不仅要熟读，更要精思、深悟。从这些经典中，我们可以源源不断地汲取科学的智慧和理论的力量。手捧《共产党宣言》，我满怀热情地踏上了新一轮的精神探索之旅。

信仰如灯塔　指引前路

这个信仰，源自对马克思主义的坚定信念。作为新中国成立后诞生的一代，我自幼便在红旗的照耀下成长。早在中学时期，我就初步接触到了马克思主义的理念，然而那时的理解仅停留在表面的概念记忆上，对于"科学社会主义"的深层含义，我如同雾里看花，理解得并不透彻，仿佛是一个刚学步的孩童，蹒跚前行。

升入高中后，我成为一名共青团员，并通过学校党团课的学习，开始逐步深入地了解和学习党的理论知识。这个过程中，我逐渐拨开了马克思主义的神秘面纱，对它的理解也日渐深刻。

而当我认真研读《共产党宣言》之后，我深深被其中所透射出的科学光芒和真理力量所吸引。我深刻体会到，我们党为人民谋幸福的初心、为民族谋复兴的使命，与《共产党宣言》中"为绝大多数人谋利益"的宗旨不谋而合。我也更加明白，我们党全心全意为人民服务的根本宗旨，实际上是对《共产党宣言》所确立的人民立场的一种深刻理解和创造性运用。同时，我也认识到，我们党不断推进全面从严治党，这正是对《共产党宣言》中所蕴含的自我革命、自我反省、自我革新精神的践行。

通过这次学习，我进一步深化了对马克思主义的理解和认同，也更加坚定了我的信仰。

信心如泉源　提供动力

这份信心，源自对中国特色社会主义的坚定信念。在我童年的记忆中，常常听到父辈和祖辈讲述他们那个时代生活的艰辛，尤其在灾年，连基本的温饱都难以保障。然而，随着改革开放的春风拂过那些曾经贫瘠的土地，乡村生活经历了翻天覆地的变革，人们的日子逐渐富裕起来。

但在这一时期，世界格局不断发生变化，国际共产主义运动遭遇了严重挫折。这不禁让人们为中国能否稳住改革开放的成果、持续提高人民生活水平而忧心，担心眼前的美好生活只是"昙花一现"。

然而，《共产党宣言》中马克思的"两个必然"与"两个决不会"的论断，为我注入了对科学社会主义的坚定信心。随着改革开放的不断深入，中国特色社会主义不仅稳稳地经受了各种考验，而且展现出了勃勃生机和无限活力。中国的快速发展和辉煌成就，以无可辩驳的事实证明了马克思主义的科学性和正确性，同时也彰显了科学社会主义的强大力量和永恒魅力。

当我回顾历史、观察现状并展望未来时，对《共产党宣言》的敬仰之情油然而生。我更加虔诚地信奉马克思主义，并对与马克思主义一脉相承的习近平新时代中国特色社会主义思想充满了信心和坚定的信念。我坚信，在这条正确的道路上，我们将迎来更加光明的未来。

力量如巨轮　指引征程

今天的中国，山河远阔，人民幸福，中国共产党这艘小红船经过一百年，已经成为领导中国行稳致远的巍巍巨轮，并且将一直引领我们奔赴新的征程。百年来，正是因为有无数像李大钊这样的革命者，在枪林弹雨中战斗，在壮怀激烈中牺牲，在上下求索中追寻，在千难万险中跋涉，在执着坚定中前行，才有了我们今天的"笑开颜"。

从宏观视角来看，这份力量源于《共产党宣言》所蕴含的深厚战斗精神。它不仅是一篇无产阶级向资产阶级发出的战斗檄文，更展现了共产党人坚韧不拔的斗争意志。正如《共产党宣言》序言中豪迈地宣言："共产党人向全世界公开说明自己的观点、自己的目的、自己的意图"，这句话不仅彰显了共产党人的坦荡与勇气，更体现了他们敢于亮剑、勇于担当的斗争精神。

在崭新的时代背景下，我们深入学习《共产党宣言》，不仅是为了从中汲取丰富的政治养分，更是为了获取不竭的精神力量。这种力量能够滋养我们的斗志，提振我们的精神，使我们能够全身心地投入具有新时代历史特点的伟大斗争中。在这个过程中，我们将为实现中华民族伟大复兴的中国梦而砥砺前行，不断奋斗。

学"思"路漫漫　逐梦赓续

在未来的学习和工作中，我将更加努力地践行马克思主义的思想，不断提高自己的理论素养和实践能力。我将积极参与各种社会实践活动，了解人民群众的需求和呼声，为解决社会问题贡献自己的力量。

我想说，《共产党宣言》是一本充满智慧和力量的著作，它为我们提供了前进的方向和动力。信仰是精神的支柱、信心是力量的源泉，我相信只要我们坚定信仰、不断努力、勇于创新，就一定能够实现共产主义事业的伟大目标。让我们一起为实现这个美好的愿景而努力奋斗！

厨艺学院辅导员马庆楠点评：

时间走笔，岁月成章。穿透时光的维度，跨越历史的长河，如今这部经典之作仍摆放在广大共产党员的书桌上……作者通过回顾过去、展望未来，从中感悟力量，寻找答案，主题突出，意义深刻。

从浴血奋战的战争年代到筚路蓝缕的建设岁月，从波澜壮阔的改革开放到号角吹响的今天。共产主义的声音从未间断过，共产主义的信仰从未动摇过。生在红旗下，长在春风里，成长在新时代的我们无比幸福。每每回顾历史，都让我们倍加珍惜今日美好生活来之不易。适逢新时代的广大青年，也必将接过前辈"愿得此身长报国"的接力棒，在文旅融合发展的新征程上展现青年作为、彰显青年担当！心有所信，方能行远。

肆

创新书院

承受生命之重，珍视生活之美

——《活着》读后感

酒店管理学院 2021 酒管 2 班　王皓岚

　　《活着》这部小说，以其深邃的内涵和细腻的笔触，深深地震撼了我的心灵。余华通过描绘福贵一家在中国历史巨轮下的生存状态，让我对生命、家庭、社会变革有了更为深刻的认识。这部作品不仅让我领略到了生活的艰辛与美好，更让我对人生有了全新的感悟。

一、生命之歌，朴实与坚韧

　　福贵的人生是坎坷和磨难的堆积。他的生命中，仿佛下了一场无尽的暴风雨，不断地摧毁他的家园，一次次把他淋湿推向泥泞。然而，福贵却如老黄牛一般，默默承受着这一切，坚韧地行走在"活着"的道路上。生活的磨难没有幻化成恐惧将他吞噬，他用自己的质朴与坚韧，抵抗着来自命运的一次次无情的撞击。他相信：只要活着，就有希望。

　　生命的意义，并不仅仅在于物质的追求，更在于我们如何去面对、度过每一个当下。无论生活给予我们多少挫折和磨难，我们都应葆有一颗坚定的心，相信时间总会给我们带来希望和光明。这种忍耐的力量如同树木扎根于土壤，越深越能枝繁叶茂。

二、家之港湾，温暖与力量

　　在《活着》中，福贵与家人的深厚感情让我感受到了家庭的温暖与力量。

无论生活多么艰难，家庭始终是他们的避风港，是他们最终的归宿。寒冷与黑暗交叠侵袭的日子里，他们粗糙的手紧握在一起，就拥有了继续活下去的力量。

家庭，这片温暖的土壤，是我们生命的摇篮，是我们心灵的港湾。在家人无微不至的关爱和默默奉献中，我们携手前行，相互扶持。在这里，我们学会了如何去爱，如何去体谅，用真挚的情感去触摸彼此的心灵。

同时，家庭也是我们面对生活困境时最坚实的后盾。在困境中，家人的支持和鼓励是我们前进的动力。家庭的力量让我们能够勇敢地面对生活中的挑战和困难。在岁月流转中，家在，那盏照亮黑暗的灯就一直在。

三、社会浪潮，变革与影响

在巨大的社会变革中，普通人往往面临着生活的颠沛流离和无尽的苦难。在《活着》中，我们窥见了社会浪潮对个人命运的深远影响。

福贵一家的命运就是社会变革的缩影。他们经历了从地主到贫农的剧变，见证了土地改革、人民公社化、"文化大革命"等一系列历史事件。这些变革给他们的生活带来了巨大的冲击，他们不得不面对饥饿、疾病、死亡、政治斗争等种种困境。我们并不歌颂苦难，然而，从某种程度来说，人性的光辉在困境中会显得更加夺目。福贵一家在浮沉中呈现出来的对生活的执着与热爱，让我一次次热泪盈眶。

当今社会，社会变革的步伐依然不会因个人而停止。是机遇，或是挑战，全然在于我们如何应对。作为使命在身的有担当的青年一代，既然浪潮迎面而来，如果不想被湮灭，那不如乘势而为，做一名时代的弄潮儿。

四、读书之旅，启迪与成长

翻阅《活着》，我震撼于它史诗般的波澜壮阔，也为人物命运的悲欢伤心哭泣。我领略到了生活的艰辛与命运的无情，也对生命、家庭、社会变革有了更为深刻的认识。

通过福贵的经历，我重新审视了自己对生活的态度和价值观。在有限的生命里，我们应该珍惜每一分每一秒，努力活出自己的价值，追求自己的梦想和幸福。同时，我们也要珍惜与家人相处的每一个时刻，用心去体验和感受家庭的温暖与力量。面对社会变革和生活中的挑战，我们需要保持坚韧和乐观的精神，积极应对，为自己和家人创造更好的生活。

此外，阅读《活着》，还让我意识到自己的责任和使命。作为社会的一员，我们应该积极投身社会建设和发展中，为社会贡献自己的力量。我们应该关注社会的弱势群体，帮助他们走出困境；我们应该关注环境保护和可持续发展，为子孙后代留下美好的家园。

总之，《活着》是一部让我深受启发的作品。它让我重新审视了自己对生活的态度和价值观，也让我更加珍惜生命、珍视家庭、勇敢面对社会的变革。在未来的日子里，我将继续努力活出自己的价值，追求自己的梦想和幸福。同时，我也希望更多的人能够阅读这部作品，从中汲取力量和智慧，为自己的人生增添更多的色彩和意义。

酒店管理学院辅导员陈威廷点评：

王同学的读书心得体会深刻挖掘了《活着》这部小说所蕴含的生命哲理和社会价值。内容上，作者不仅感受到了作品带来的强烈震撼，更从中汲取了对生命、家庭和社会变革的独到见解。结构上，作者以心灵的触动为起点，依次展开对生命坚韧、家庭温暖、社会变迁的反思，逻辑严密，条理清晰。

在思想层面，作者透过福贵的命运轨迹，洞察到了生活的无常与珍贵，家庭的港湾作用，以及社会变革对个人命运的深远影响。这种深刻的思考不仅体现了作者对作品的深入理解，更彰显出其对于人生和社会的深刻洞察。

整体而言，这篇读后感语言深刻，内容丰富，结构严谨，思想深邃，是一篇极具启发性和文学价值的读后感佳作。也希望其他同学能够从这篇心得体会中汲取力量和智慧，为自己的人生增添更多的色彩和意义。

《啊呜一口吃掉烦恼》读后感

酒店管理学院 2022 酒管 4 班　任璐青

当你伤心难过的时候，很多情况下，道理你都懂，但是就是无法用道理安慰自己。就像"不用勉强自己，你已经很棒了！""不要因为别人的一句话，就丢掉一整天的快乐。"……这些说起来很轻松，却往往如风飘过，起不到真正作用。

不过，人类发明了"故事"这样一种载体——它深入浅出，令人乐于接受。《啊呜一口吃掉烦恼》就是这样的故事。这是一本绘本，轻松治愈的画风让人读起来乐趣十足。现在，就跟我一起来消化烦恼吧。

第一个故事　"蛋"愿你每天开心

草地上，两个小鸡蛋在聊天："太阳要落山啦，别的鸡蛋是不是已经想好要变成什么食物了呢？我今天什么也没有做，感觉浪费了一天的时间……"另一个问："那你今天过得开心吗？"小鸡蛋回答："开心呀！今天的太阳暖暖的，云朵变成了炒蛋的样子，干草软软的，很舒服……妈妈也和我们一起晒太阳。嗯，是开心的一天！"

有时候我也会回首刚刚过去的一天，感觉自己什么也没有做，常为自己浪费时间而懊悔不已。然后一想到别人的进步又更加焦虑，从而陷入不开心。这个时候，不妨学学这个小鸡蛋，想想生活里开心的事情，比如吃了好吃的午饭，身边有亲人的陪伴，看了想看的电视节目，是不是开心的一天呢？尽管这一天没有做什么积极进步的事情，但是谁都有松懈的时候，适当放松是不会影响整个人生的，因为"过得开心的话，就不算浪费时间啦！"

第二个故事　再坚强的柚子，内心也会需要温暖

天冷了，所有的柚子都聚在一起，互相贴贴，相互取暖。这时候大家看到了旁边的一个柚子，招呼它一起来。但是这个柚子拒绝了，它说："我之前是树上最高的柚子，已经习惯一个柚子待着了。"因为是最高的柚子，没有树叶遮风挡雨，所以皮变得很厚，不再怕冷。但是小柚子的一句话，让人瞬间破防："虽然你的外皮不冷，但是内心也是需要温暖的呀！"最后，大家一起贴贴，最高处的柚子感叹："好温暖呀！"

生活中，很多人就是这个最高处的柚子。可能是要撑起一家的生计又或者只是不希望他人看见自己脆弱的一面，为此他们把所有时间都用来修炼本领，隐藏自己的脆弱，来创造一个无虞的环境。但他们却忽略了自己的感受，自己的脆弱，自己对温暖的渴望。再坚强的人，卸掉厚厚的伪装和外壳，内心都是敏感而脆弱的，有些时候他们也是需要一点"被看见"和一点"被照顾"。

第三个故事　去做蛋吧！去做不被定义的蛋！

鸡妈妈生气了，因为它的儿子阿蛋说要去当皮蛋，就是那种"黑不溜秋，味道奇怪的蛋"。虽然，大家的理想都是白白嫩嫩的水煮蛋，还有香香软软的蛋糕，但是阿蛋就是觉得皮蛋好，认为"皮蛋晶莹剔透，超级酷"。最后，它不顾别人的阻挠，成为一颗皮蛋，然后被做成了香香的皮蛋瘦肉粥。最后，它感慨："做皮蛋也不错呢。"

像不像我们的人生？在大多数人都在努力考研考公，谋求一个"铁饭碗"的时候，总有那么一群人，坚持自己的梦想，不惧世人的眼光。比如，怀揣梦想不断坚持，在乡村拍摄了无数走秀视频的陆仙人，因为梦想，他不怕各种流言蜚语，用身边可以找到的东西制作服装，靠着视频，学习猫步，自己拍摄剪辑视频发到网上。他用三年时间从"乡村野模"变成了"国际超模"，他用热爱与坚持打败了所有的恶意和嘲笑，走向了成功。

蛋蛋的生活也有烦恼，就好像我们一样。但是，烦恼总会过去的，没有什么是美食化解不了的。如果你感到不开心，就来看看这本书，相信看完后，你

一定会把烦恼抛诸脑后，会心一笑的！

酒店管理学院辅导员吕月爽点评：

因为故事，人类才能形成庞大的社群，不断发展，走到食物链的顶端。《啊呜一口吃掉烦恼》正是这么一本贴近年轻人表达方式，让青年学生听得进去的一本故事书。这篇同名读后感也沿用绘本的表达方式，轻松、诙谐，故事与感受完美融合，极富可读性，就像同伴在耳畔娓娓道来。马德在《允许自己虚度时光》里写道：我慢慢明白了我为什么不快乐，因为我总是期待一个结果。看一本书期待它让我变得深刻，吃饭游泳期待它让我一斤斤瘦下来，发一条短信期待它会被回复，对别人好期待被回待以好，写一个故事说一个心情期待被关注被安慰，参加一个活动期待换来充实丰富的经历。这些预设的期待如果实现了，长舒一口气。如果没实现呢？自怨自艾。与其处处期待回应，不如学会看淡一切，试着多关注自己一些。

启心明智，筑梦前行

——《人民公开课：中国共产党与国家治理体系和治理能力现代化》读后感

酒店管理学院 2022 酒管 5 班　沈露瑶

一次偶然的机会，我从老师手里接过了这本《人民公开课》。关于党或中国式现代化这一类的书籍我以前也读过些许，我本以为这本书也和从前的书籍一样，或晦涩难懂，或枯燥乏味，但当我真正打开它的红色封皮，真正地沉浸在书中的一个个实例和故事当中，我才真正地从书中看到了作者所展现的中国。

一、从知道到懂得：以初心使命深化改革

"全面深化改革的总目标是完善和发展中国特色社会主义制度，推进国家治理体系和治理能力现代化。"这是书中内页第一页的内容，是习近平总书记说的话。本书正是以习近平总书记提出的"推进国家治理体系和治理能力现代化"指示精神为指导，以总结经验、面向未来、为中国探索长治久安之道为主题，以中国传统治理的历史经验、中国革命的遗产、新中国建设与改革的历程、全面深化改革的总目标和总任务为视角，由 13 位享誉国内外的名师大家所编写，从"历史经验""革命遗产""建设与改革"和"全面深化改革"这四个章节，讲述了从古至今中国的制度和思想的变化。其中更是引用了许多名人名言、历史故事和当今的一些真实事件。书中 13 位名师大家权威解读了中国道路、中国理论、中国制度和中国文化，深刻阐述了习近平同志治国理政新理

念新思想新战略，以大历史观和全新角度看待中国的历史与道路、发展与崛起，引领人民真正读懂共产党，读懂中国，读懂社会主义。

读完全书后，我最喜欢的一段文字是在第三章第三小节"中国道路与中国共产党的'四个三十年'"中的内容。它以三十年为一代，分为中国革命的三十年、建设社会主义强国的三十年和改革开放创造巨大社会财富的三十年，而如今中国共产党从 2010 年开始已进入了第四个三十年。

潘维老师用一段段文字讲述了他们那个时代人民的现状和思想，有对没有出生在战争时代的生不逢时之憾，有只能待在生产建设兵团务农之叹，也有留学生对美国密密麻麻的高速公路和城市灯火的震惊及羡慕。从什么都没有到面向世界，潘维老师用他青年时代在美国的见闻向我展现了中国的发展。从最简单的大型超市中"中国制造"的吹风机，到金门大桥附近"中国制造"的"海湾大桥"，一代人用三十年，就让世界第一大国不再以挨饿和挨打而闻名了。不仅是这一代，从中国革命到中国建设，这是由三代人接力共同完成的事业，是中国代代相传的精神。这些鲜活的例子都让我感受到了每一代人民的奋斗和努力。那么作为一名新时代大学生，我又可以做些什么呢？

二、从懂得到践行：以青春之我砥砺前行

如今，我们作为第四代，也在为我们的祖国努力奋斗。或许不少人觉得我们还只是没有完全步入社会的大学生，没有能力做出这么伟大的事。其实不然，作为 21 世纪初成长的青年，我们也可以为祖国的事业添砖加瓦。

我们在校园中积极地学习和吸收知识，提升能力，增长见识，学习知识，不断体悟前辈们的奋斗精神，然后将这些运用于生活，便也是在为祖国做贡献。如"路人在路边晕倒，某医学生及时运用心肺按压将其救醒""路边铁板压住行人，众大学生合力将其救出"等，这些正是青年人的担当。或许这些能上新闻的大事件我们没法遇到，但是生活中依旧有许多小事是我们力所能及的：捡起路边的垃圾，扶盲人过马路，帮助村里不会使用电子产品的老年人……作为一名酒店管理专业的学生，我们在步入社会后也能为此出一份力，做好前期工作让顾客感受到满意愉悦，或是提供良好的服务，或是在某些举办范围较大

的宴会或会议上用服务让外国宾客感受到大国风范……这些都是用专业知识为祖国奋斗，都是将积极奋斗的个人梦融入事业中，再将努力向上的事业梦投入所有人的中国梦中。

我们这代人可能会与前人经历同等量的困苦，将走同样曲折的道路，也将面临重大的挫折和失败。然而，如同前三代人，只要不屈不挠，胜利终将属于我们。

不仅是书中的内容让我思考，在前言中，我发现了这本书的前身是由众多专家学者为北京八所高校的同学开设的《名家领读经典：中国共产党与国家治理体系和治理能力现代化》市级公开课。参加授课的全体老师讲述了对中国人民所走过的艰辛伟大道路的思考、探索和礼赞，课程深受广大青年学生的欢迎。学生的积极响应和老师的认真教导让我看见了这一代人对党的关注，对社会、对国家的关注，也让我看到了大家齐心协力在为实现中国梦而努力。

"我们正在前进，我们正在做我们的前人从来没有做过的极其光荣伟大的事业……我们的目的一定要达到。我们的目的一定能够达到！不忘初心继续前进。"

谨以此文与伙伴们共勉。

酒店管理学院辅导员王琼琼点评：

作者以细腻而流畅的笔触，将《人民公开课》这本书带给她的思考与感悟描绘得淋漓尽致。她不仅深入领略了书中深厚的家国情怀，更在字里行间感受到了中华民族砥砺前行的奋斗精神。

本文流淌着对祖国的热爱、对历史的敬畏以及对未来的无限憧憬。作者不仅是一个善于思考的阅读者，更是一个怀揣梦想、勇于担当的青春战士。这篇读后感不仅是对书籍的深情赞美，更是对青春、梦想和责任的深刻诠释，展现了新时代青年的风采与担当。

坚韧铸魂，信仰引航

——《红岩》读后感

酒店管理学院 2022 酒管 5 班　叶丽仙

看完《红岩》这本书，心里一阵颤动，我低下头看了看左胸上的团徽：永远不会屈服的颜色！永远奋进的共产党！

一、红岩精神的永恒魅力

《红岩》这部小说，以其独特的魅力，让我沉浸其中，深受感动。红，象征着革命的热情与决心；岩，代表着坚韧不拔的意志与毅力。当我翻阅完这部小说，心中充满了对革命先烈的敬意与对红岩精神的真切体悟。

红岩精神，是一种在艰难困苦中坚守信仰、不屈不挠的精神。在国民党统治下的黑暗重庆，革命者们面临着巨大的压力和考验。然而，正是在这样的逆境中，他们的信仰更加坚定，意志更加坚强。他们用自己的行动和信仰，为我们树立了一座永恒的丰碑。

阅读《红岩》，我更加深刻地认识到了红岩精神的内涵和价值。它告诉我们，只要有坚定的信仰和崇高的精神，就能战胜一切困难和挑战。这种精神不仅是我们今天需要传承的宝贵财富，更是我们实现民族复兴的强大动力。

二、革命斗争的艰辛与意义

《红岩》通过生动的故事情节和人物形象，展现了革命斗争的艰辛与意义。在国民党统治下的重庆，革命者们不仅要面对敌人的打压和迫害，还要面对内部的矛盾和分歧。然而，他们始终坚守着对革命事业的忠诚和信仰，用自己的行动和信仰，感染和激励着身边的每一个人。

革命斗争的艰辛不仅体现在身体上的折磨和摧残，更体现在精神上的考验和折磨。然而，正是在这样的环境下，革命者们的信念和意志得到了更为深刻的锤炼和升华。他们用自己的行动和信仰，为我们树立了榜样和力量。

同时，《红岩》也让我更加深刻地认识到了革命斗争的意义和价值。革命斗争不仅是为了推翻反动统治、实现民族独立和人民解放，更是为了建立一个更加美好、更加公正的社会。这种意义和价值不仅体现在历史的长河中，更体现在我们今天的生活中。

三、坚定信念与崇高精神的力量

《红岩》中的革命先烈们，用他们的行动和信仰，为我们展示了坚定信念与崇高精神的力量。在生与死的考验面前，他们始终坚守着对革命事业的忠诚和信仰。他们的信念和精神，成为他们战胜困难和挑战的强大动力。

许云峰、江雪琴等革命者的形象，让我深受感动。他们在面对敌人的严刑拷打时，始终坚守着革命的秘密；他们在面对困难和挑战时，始终保持着坚定的信念和崇高的精神。这种信念和精神，让我深感敬佩和震撼。

同时，《红岩》也让我更加深刻地认识到了坚定信念与崇高精神的重要性。在今天这个充满挑战和机遇的时代，我们更需要坚定信念、保持崇高的精神。只有这样，我们才能战胜困难、迎接挑战、实现自己的梦想和目标。

四、自我反思与成长启示

在阅读《红岩》的过程中，我不仅深受感动，更进行了深刻的自我反思。当我面对学习上的挫折和困难时，我常常感到困惑和无助。幸好，《红岩》中的英雄们却给了我巨大的启示和力量。

他们告诉我，面对困难和挑战时，我们不能退缩和放弃。我们要坚定信念、保持崇高的精神，用自己的行动和努力去战胜困难和挑战。同时，我们也要学会在困难和挑战中寻找成长和进步的机会，不断提升自己的能力和素质。

此外,《红岩》也让我更加珍惜当下的生活。我们身处一个和平、繁荣的时代,享受着先辈们为我们创造的美好生活。然而,我们也应该铭记历史、珍惜当下、勇担责任。我们要用自己的行动和努力去回报社会、回报国家,为实现中华民族的伟大复兴贡献自己的力量。

五、结语

回顾这部小说带给我的深刻体验和启发,我更加坚信红岩精神的永恒价值。《红岩》以其深沉而磅礴的笔触为我们展现了一段革命历史的壮丽画卷,让我们深刻认识到革命斗争的复杂性和残酷性,更加珍惜今天的生活和幸福。

在未来的日子里,让我们铭记历史、珍惜当下、勇担责任。让我们将红岩精神传承下去,为实现中华民族伟大复兴而努力奋斗!同时,我们也要不断学习和提升自己的能力和素质,为社会的进步和发展贡献自己的力量。

总之,《红岩》这部小说不仅是一部优秀的文学作品,更是一部具有深刻思想内涵和历史价值的著作。它让我们更加深刻地认识到了红岩精神的内涵和价值,也为我们指明了前进的方向和道路。我相信,在红岩精神的指引下,我们一定能够战胜一切困难和挑战,实现中华民族伟大复兴梦想!

酒店管理学院辅导员陈威廷点评

　　叶丽仙同学在此文中不仅细致剖析了红岩精神的内涵,更在自我审视中反思自我,展现了她对成长的渴望和不断学习的态度。革命斗争的艰辛与意义,在她的笔下化作对历史的敬畏与对未来的深思。叶丽仙同学将红岩精神与当代生活相联系,虽略显稚嫩,却透露出对传承与创新的初步思考。她的心得体会,是我们前行路上的一盏小灯,提醒我们在追寻个人梦想的同时,不忘初心,为民族复兴贡献自己的力量。愿叶丽仙同学继续保持这份好学,不断前行,在智慧的道路上越走越远。

幸或不幸，好好活着

——读《活着》有感

酒店管理学院 2022 酒管 7 班　刘冰蕊

书是人类进步的阶梯，是人类的良师益友。如今的时代，手机、电脑、平板等电子设备层出不穷，人们已然忘记了书籍的存在。很庆幸我仍是一名热爱读书的人，这次我想分享的是对余华先生的《活着》一书的心得体会。

《活着》是余华创作的小说。通过主人公福贵的遭遇，展现了福贵一生的起落盛衰。读它，我们会领悟活着的更深层次的意义。人，总是要靠记忆来慰藉，靠倾诉来释然，靠平静来概括，靠回首来彻悟。书中深刻地揭示了人性的悲喜交加和生命的脆弱与坚韧，它触动了我内心最深处的情感，让我去探寻生命的意义和价值。

苦难中的希望：宝贵的礼物

作者说："正是在这样的心态下，我听了一首美国民歌《老黑奴》，歌中那位老黑奴经历一生的苦难，家人都先他而去，而他依旧友好地对待这个世界，没有一句抱怨的话……我想写人对苦难的承受能力，对世界乐观的态度。"

《活着》以中国农村为背景，通过福贵一家在动荡年代的经历，展现了社会巨变对一个普通农民命运的摧残。福贵在苦难中度过了一生，他经历了战争、饥荒、家庭的破裂，尝受了失去爱人和子女的悲痛。每一次痛苦都像一记重拳，仿佛要将他击垮。然而，福贵从未放弃对生命的执着。他在万劫不复的绝境中，仍然保持着一颗乐观向上的心；在每一次的重锤面前，毅然擦干眼泪坚韧地继续前行。他以一种无可替代的品质展现了坚强和勇气，让人为之动容。尽管遭遇了种种不幸，福贵从不向命运低头，他始终保持着生活的希望，将生命看作是最珍贵的礼物。

人生中的真谛：宽阔的忍耐

通过福贵的遭遇和命运的变迁，小说讨论了人生中真正重要的东西。作为读者，我们不禁思考生命的真谛和尊严，思考什么是真正的幸福。小说中，亲情和人与人之间的关系成为关键的线索，无论是失去亲人的痛苦还是亲人之间的感情联系，都深深触动了我的心灵。福贵在世间的痛苦中历劫，最终发现唯一所求的是人间的温暖与爱。余华给主人公福贵的人生苦难找到了缓解之路——忍耐！这就使得这部作品的叙述都因这种宽阔的忍耐而变得沉郁、悲痛而坚定。

福贵的生活方式值得我们学习，时间的漫长与短暂，时间的动荡与宁静，在他的一生中非常明显地体现着，但他学会了适应。也许，他的一生悲苦地让人感到窄若手掌，可是他的一生却又十分顽强，宽若大地。这是个矛盾的问题，福贵在命运面前看似弱不禁风，实则顽强抵抗，用苦难安慰疲惫至极的心灵。

"人为什么而活着？"这是一个永恒的话题，更是一个众说纷纭而没有结论的话题，余华这样说，活着是生命本身的要求，也是活着的人的最基本的目的，而不是为活着之外的任何事物而活着。活着就是这样一种自然而然的过程。

残缺中的圆满：生活的意义

《活着》还通过揭示社会巨变对生活的影响，引发我们对社会现实和制度的反思。小说中描绘的贫穷、饥荒和社会矛盾，展示了中国历史中不可轻轻放下的一面。小说让我知晓了不公和阴暗总会在某个角落盘踞，让我摆脱幼稚，去更深入地了解与思考当代社会中是否依然会存在这样的问题，这让我对社会问题有了更加清晰和深入的认识。

同时，我也想起了身残志坚的作家史铁生，他在年轻时因一次意外，双腿残疾，之后又频发重病，生活坎坷，然而在《我与地坛》中，他说道："一个人，出生了，这就不再是一个能够辩论的问题，而只是上帝交给他的一个事实。上帝在交给我们这件事实的时候，已经顺便保证了它的结果，因此死是一件不必急于求成的事，死是一个必然会降临的节日。"他还说："活着是自己的一种选取，既然选取了活着，为什么还要痛苦地活着！活着是艰难的，生存是充满苦难的，正是这些许许多多伟大的、平凡的人物，使我们透过泪水观察到了微笑，透过苦难体会到了生存。"

所以，好好活着，哪怕遭遇再不幸的磨难，都要拼尽全力去积攒生存的勇气，拼尽全力去活出人的尊严。当生活的暴风雨迎面而来，我们可以有强大的根基稳立不倒。我想，这大概就是《活着》对于我的意义，是文学带给人的力量。足够的坚强，是人类智慧的火苗能够历经黑夜却始终不灭的原因所在。

酒店管理学院学工办主任俞莹莹点评：

罗曼·罗兰曾言，只有一种英雄主义，就是在认清生活的真相之后，依然热爱生活。在这篇读后感中，刘冰蕊同学完美地诠释了这一真谛。通过深入挖掘《活着》的精髓，作者不仅捕捉到了作品的核心——活着的力量。更以独特的视角揭示了生命的深层意义——"宽阔的忍耐""残缺的圆满"等。福贵的人生虽布满荆棘，但他的坚韧与乐观，却是对生命最真挚的礼赞。本文字里行间，流露出作者对生活的敬畏与热爱，更展现了对每一个在逆境中不屈不挠、奋力前行的生命的崇高敬意。这是一篇既具有深度又充满温度的读后感，值得一读再读。

智慧的觉醒：《被讨厌的勇气》中的生命哲思与自我超越

酒店管理学院 2022 民宿班　陆松松

　　《被讨厌的勇气》是一本由日本心理学家岸见一郎与哲学家古贺史健共同创作的心理学小说。该书以一位青年与一位哲学家的对话展开，介绍了 20 世纪奥地利心理学家阿尔弗雷德·阿德勒的心理学理论。读完这本书，我深受启发，下面我就来谈谈我的读后感。

一、自卑的超越是成长的动力

　　书中提出了一个观点："人人都有自卑感"。这种自卑感，来自人是作为一种"无力存在"活在这个世界上的。并且，人希望摆脱这种无力状态，继而就有了普遍欲求。阿德勒称其为"追求优越性"。可以简单将其理解为"希望进步"或者"追求理想状态"。例如，人类史上的科学进步就是"追求优越性"的结果。与之相对的是自卑感，对于无法达成理想中自己而产生的一种自卑感。

　　无论是追求优越性还是自卑感，都不是病态，而是一种能够促进健康、正常的努力和成长的刺激，只要处理得当，自卑感也可以成为努力和成长的催化剂。

　　我认为自卑感本身也不算是坏事，自卑感可以成为促进努力和进步的契机。例如，虽然对学习成绩抱有自卑感，但因为我学习成绩不好，所以在学习上会付出加倍的努力。我觉得这不仅是正确利用自卑感，而且还是自我的一种接纳，即认识到自己的不足与缺陷，但我并没有去否认、排斥，而是选择去接纳。正是因为自己有这些不足的地方，所以我要针对这些不足做出改变。正确对待自卑感，将其转化为动力，是自我成长和提升的重要环节。这种心态使人们能够更加客观地认识自己，发现自己的优点和不足，并在此基础上制定合适的目标，付出努力去实现。在这个过程中，人们逐渐建立起自信心，自卑感也逐渐减弱。正确利用自卑感，接纳自己，发现不足，改正不足，可能会更容易让我们变得更爱自己。

二、竞争的超越是发展的路径

书中还有一个观点："人生并不是与他人的竞争"。无论是走在前面还是走在后面都没有关系，我们都走在一个并不存在纵轴的水平面上。"我们不断向前迈进并不是为了与谁竞争，人的价值在于不断超越自我"，这句话非常有深度。

在生活中，我们总是会陷入与他人的比较与竞争中，例如我的成绩没他优秀，我长得没他好看，并因此陷入自卑。但每个人都是不同的个体，有着自己的喜好，思考方式。我们不可能和所有人比较，每个人的起点都不一样，那又怎会同时到达同一个终点呢？我们无法改变自己的起点，但可以努力调整自己的心态，以更积极的态度面对生活。我们能够比较的对象只有自己——自己是比昨天进步了一点点，还是退步了一点点？进而不断向前，不断进步，成为更好的自己。

三、意义的赋予是价值的实现

书中，阿德勒还说，"人生的意义是由你自己赋予自己的。人生没有普遍性的意义，但是，你可以赋予这样的人生以意义，能够赋予你的人生以意义的只有你自己。"这启发了我对哲学三问的思考：我是谁？我从哪里来？我要到哪里去？

我是谁？我是我，没错，我就是我，但或许可以说，我并不知道我是谁，但我可以选择成为怎样的我。询问别人得不出答案，只有建议。因为这个问题是属于"我"才能解答的。

我从哪里来？每个人都拥有自己独特的答案。这个答案可能与我们的成长经历、家庭背景、兴趣爱好等有关。我们要根据自己的感悟来解答。

我要到哪里去？我曾经看到过这么一句话，"你面前或许有很多路，但走到最后，回头发现，只有一条路。"这一条路是因你的选择而拼凑的，所以到哪里去，也是属于自己的解答。

人生本无意义，我认为是对的。人生本无意义，但作为个体的我们，可以赋予自己人生的意义。过得开心快乐、帮助他人等，这些都可以成为人生的意义。

总之，阅读《被讨厌的勇气》这本书是一场心灵上的洗礼。它让我们明白如何处理人际关系，正确认识自卑感，把握人生的意义，勇敢地面对挑战，走出心灵的困境。这本书为我们提供了一种全新的看待世界和自我成长的方法，帮助我们拥抱人生，实现内心的自由。

酒店管理学院党总支副书记谢振旺点评：

《被讨厌的勇气》是一本引人深思的哲学著作，它以对话的形式展开，让人在轻松的阅读中思考人生的重要问题。陆松松同学通过认真阅读，深刻把握住了书中"哲人"的智慧，对如何改善人际关系，如何获得幸福，以及如何鼓起被讨厌的勇气，都有自己的思考，对自卑、竞争、人生意义也有了更深入的认识。当然，在领悟到人生的意义是个体赋予的基础上，我们还可以进一步思考：个体应该如何去赋予自己的意义？我们会发现，个体的价值、个体的意义最终总是通过他人、通过社会来兑现的，进而我们会意识到个人的价值、个人的意义只有和他人和社会结合，才可能真正得到实现。

"星"中那抹红

——《红星照耀中国》读后感

酒店管理学院 2022 民宿班　潘　刘

《红星照耀中国》，一部在 20 世纪初战火纷飞年代诞生的作品，由美国记者埃德加·斯诺执笔，真实且深刻地记录了他眼中的中国。对于我来说，这本书不仅仅是一段历史的见证，更有对精神世界的探索。

震撼：在困苦中向阳而生

在翻阅这本书的每一页时，我被中国在逆境中绽放的生机与活力所深深打动。那是一个硝烟弥漫、战火连天的年代，每一份资源都显得弥足珍贵，纸张与枪械竟都需从敌人手中夺取，然而，就是在这样的艰难环境中，中国的人民却以无比坚韧的生命力，谱写了一个又一个不屈的篇章。

他们有着严明的组织和铁一般的纪律，即便是在规模小、设施简陋的学校和工厂中，也处处体现出了有条不紊的管理与高效的运作。生活条件虽苦，但民众的精神状态却丝毫不见萎靡，反而充满了对未来的憧憬和对革命的坚定信念。

尤其让人动容的是，红军与百姓之间那份深厚的鱼水情。红军从不欺压百姓，时常助他们一臂之力，让他们从地主的剥削中夺回属于自己的土地。这样的军队，怎能不赢得人民的衷心爱戴与全力支持？中国的领导者和无数英勇的战士们，正是凭借着对信仰的坚守和对理想中国的执着追求，才能在那样的艰苦岁月中，带领人民走向光明。

奋斗：在艰险中谋求幸福

我在文字中穿越了时空的界限，身临其境地置身于那个烽火连天的年代。一个个字符如同历史的烙印，让我清晰地了解了红军的英勇事迹，领略那些耳熟能详的领导人的真实风采。毛主席、周总理等伟大的领袖们，在书中不再是遥不可及的神话人物，而是有血有肉、情感丰富的普通人。他们的童年回忆、成长经历、遇到的挫折与取得的辉煌成就，都在这本书中得到了细致的描绘和真实地呈现。这种深入骨髓的人性描绘，让我在敬畏之中又多了几分亲近和感动。特别是毛主席，他的童年叛逆、青年成长，以及后来领导革命的艰辛历程，这些鲜为人知的细节，让我更加深入地理解了这位伟大领袖的内心世界，也使我更加敬佩他的智慧与勇气。

正是这些领导人和他们的红军战士们，在艰苦的环境下凭借着坚定的信念和顽强的意志，克服了重重困难，为中国的独立和人民的幸福付出了巨大的努力和牺牲。他们的事迹和精神，将永远激励着我们为了更加美好的未来而努力奋斗。

人性：在险阻中百折不挠

我曾在课本中听闻了红军长征的英勇事迹。但直到我翻开这本书，长征精神才在我心中真正生根发芽，让我对其有了更为深刻和细腻的感悟。

在重重困难和考验面前，红军战士们展现出了无比的坚忍和毅力，面对险峻的山川、荒凉的草地、敌人的围追堵截，红军战士们从未有过丝毫的退缩。他们不畏艰难，不惧困苦，凭借着对信仰的坚守和对胜利的渴望，一次又一次地克服了难以想象的困难。但也许正是这些困难，铸就了红军战士们的英勇和坚强。他们用自己的行动，诠释了什么是真正的英雄主义，什么是真正的革命精神。这种精神，将永远激励着我们为了理想和信仰而努力奋斗。

洗礼：在美好中传承精神

如今我们生活在和平的年代，可能难以想象当年的艰苦环境。但《红星照耀中国》给了我一个机会，让我能够深入了解那个特殊的历史时期，感受到那一代人的艰辛和坚韧。这本书让我明白，生活不仅仅是追求物质的富足，更是精神的丰盈和成长。它告诉我，无论面对多大的困难和挑战，只要我们坚定信念、勇往直前，就一定能够战胜一切。

感谢埃德加·斯诺先生，他用文字记录下了那段不平凡的历史，让我有了更多的思考和感悟。我也要感谢我的老师，推荐了这样一本好书给我，让我有了这次精神的旅程。

总之，《红星照耀中国》是一本值得一读的好书。它不仅让我们了解到了中国的真实历史，更让我们明白了什么是真正的长征精神、不屈不挠的精神。这些精神不仅在那个特殊的年代具有重要意义，在今天同样也值得我们每一个人去思考和传承。这是我从《红星照耀中国》中所得到的感悟和体会。我希望每一个读过这本书的人，都能从中汲取到力量和勇气，敢于面对生活中的每一个挑战和困难。

酒店管理学院学工办主任俞莹莹点评：

《红星照耀中国》一书描绘中国共产党人和红军战士坚韧不拔、英勇卓绝的伟大斗争，以及领袖人物的伟大而平凡的精神风貌。潘刘同学在深入阅读的过程中，从中国在重重困苦中顽强生长的坚韧中感受到了震撼，从在艰险环境中不懈追求幸福的奋斗历程中汲取了励志的力量。面对艰难险阻时，他体会到了人性中百折不挠的坚韧与毅力，并在最终的美好中领略了精神的传承与升华。这些红色事迹不仅极大地激励了他的斗志，更深刻地启迪了他的人生道路。"书读百遍，其义自见"，革命烈士们的征程，我们可能再也无法重返，但我们可以从书中感受他们的力量。愿每一位同学都能够脚踏实地地活在当下，永不忘记红色中国的峥嵘岁月，传承好红色文化，争做时代有为青年！

寻常之渊

——《洛丽塔》读后感

酒店管理学院 2022 邮轮 1 班　李浩赟

每当我谈起《洛丽塔》时，就回到那个洒满金色阳光的午后，有句话让我念念不忘。"洛丽塔是我的生命之光，欲望之火，同时是我的罪恶，我的灵魂。洛—丽—塔，舌尖得由上颚向下移动三次，到第三次再轻轻贴在牙齿上，洛—丽—塔。"

《洛丽塔》的出名让"萝莉""洛丽塔文化"诞生，但是这些并不是他的主题。当我们细细品读就会知道这是由亨伯特的自我供述为核心的小说。当一个罪犯坐在法院之中面对陪审团，他的一切供述，就是为了让自己的行为得到一个合理的解释，于是，"欺骗"也就成为这篇小说无法避免的核心。

一、亨伯特的"欺骗"

亨伯特的"欺骗"绝不仅是对陪审团，还有自己甚至对 Dolores（书中的 Lolita）。

开篇，亨伯特就已经进行了第一次"欺骗"，即他儿时的爱恋——阿娜贝尔——恰好和埃德加·爱伦·坡的妻子同名，甚至同样是一位未成年少女。"杀人犯总能写出一手妙文"，他不正是在描述自己实际上也是一位文学巨匠？同时，爱上一个女孩，并不罕见，只是寻常之事。这样的欺骗，让所有人相信，亨伯特是一位情深至极的男人，他对 Lolita 的爱，只不过是一场悲剧而已。"唯有她给了我无限快乐的痛苦"，于是，在一个又一个微妙的"真实"下，洛丽塔被他包裹成一场充满爱情的悲剧。

他的欺骗也针对自己，只有将一切化作寻常的事物，他的"自我"才会顺从"超我"的规则，达到自己对自己行为合理化的目的。

二、他爱着谁呢

"我疯狂占有的并不是她，而是我自己的创造物，是另一个想象出来的洛丽塔——说不定比洛丽塔更加真实，这个幻象与她复叠，包裹着她，在我和她之间飘浮，没有意志，没有知觉——真的，自身并没有生命。"亨伯特无比深爱着 Lolita，洛丽塔就是他的阿尼玛。所以，当亨伯特谈论起洛丽塔，她无不与那些神话中或是童话中的女性一同登场，如仙女、女妖。他是如此爱着洛丽塔，甚至已经彻底将她化作身体里代表女性特质的一部分。他爱着谁呢？Dolores？洛？还是 Lolita？他自始至终都爱着自己！爱着那个由他构成的洛丽塔！这让他在文章中的表现自始至终都像是一位温和的暴君，温柔但彻底地控制着洛。他只希望永远爱着的人是那个在自己眼中、由自己一手创造的洛丽塔。

多洛莉丝并不是洛丽塔，虽然她确实是一位早熟的美丽性感少女，但她和那些亨伯特眼中的年轻人并无二致：她会不厌其烦地读着报纸的娱乐版面；会和奎尔蒂做与亨伯特待在一起时相同的事；会向往旅行；她也会在亨伯特买的一箱东西（他认为洛丽塔会喜爱的）里选择一块肥皂，"只是因为那是样品"。

三、寻常下的深渊

当我再次重读《洛丽塔》时，不禁被里面那些对爱伦·坡、福楼拜等文学巨匠和对弗洛伊德的大量戏仿而逗乐。我才反应过来这是本后现代主义的开山作。转念一想，后现代的核心与灵魂正是无休止的解构和虚无，那么我们从这样的角度去看《洛丽塔》，我才看见那个被掩盖在寻常表面下的深渊。

为什么呢？当我们回忆起这篇供述，它的欺骗就是让本不寻常的事物变得寻常。让我们再次回到这个令所有人耳熟能详的开头来，仅仅是拆分开词的发音，它的吸引力就像是一块磁铁的正反两极。其实，真正让我们震撼或者恐惧的，并不是来自未知的某处，而是来自生活的寻常时刻。我们仔细思考，Lolita 到底是什么？一个年轻、性感、早熟、充满青春年少的洋溢着活力的东西？一个牢牢和年轻与欲望挂上钩的事物？一个只要想到就会爱上的东西？一个念及此就会感到哀伤的事物？

伴随着阅读的增加，我总觉得亨伯特的爱类似于《金阁寺》的主角之爱，"我爱你，我是个怪物，但我爱你。"这是对自身认为最美事物的追求。但当我想起洛时，我又总会想起《痴人之爱》，同样是由肉体的迷恋引发的欲望，这种欲望让他爱上了 Dolores。于是我们明白了《洛丽塔》的核心——一场关于爱（美）与欲望的故事。

四、欲望是可怕的东西

"年轻美丽"是人类社会中永恒的课题。谁会不爱年轻美丽的东西呢？就像一个全新的科学理论、一个全新的逻辑论点、一个全新的切入点、一个自己没有了解过的事物、一个自己不了解但表现美好的人……这不正是人类社会中正常的欲望嘛！但当我们为这场欲望小小的加码，它就会变成《洛丽塔》，一种脆弱至极的道德。

欲望太过可怕，能让我们忍受那些远超出我们想象的东西。有人为自己眼中"年轻美丽"的生活，无休止加班到猝死，或者把自己变成另一个人，甚至可以牺牲自己的一切。对人们来说，永远爱着"年轻美丽"就是一种永恒的美。不过过去的人爱着"年轻美丽"，然后成为亨伯特；年轻的人爱着"年轻美丽"，然后成为 Dolores，亨伯特希望 Dolores 成为 Lolita，但 Dolores 只会是 Dolores，尽管她曾经如此像 Lolita。《洛丽塔》的闹剧其实无时无刻不在我们身边上演，是我们生活中的寻常；但当我们凝视它们时，它们便成了深渊。我们将有意义的事物放大，于是它就变成了无意义的寻常；我们打开无意义的魔盒，让一切无意义变得有意义。当我们开始被意义与寻常作弄，然后带着病态去追求那份美的执念，于是又一个亨伯特诞生了。它像只温顺的骆驼，在过去的束缚下成长着，那些东西来自家庭、父母、社会，当他自以为可以逃离其中，寻找到那个自己以为的金阁寺，却发现过去束缚他的东西不过变作了金阁寺而已，而它也成为别人的鞭子，鞭挞着另一只骆驼。

寻常的深渊为所有人的行为找到了借口，而任何反人类的事物，也得以被寻常的深渊洗净，直到每个人都无法再忽视这场因为寻常而带来的异变，但他们能做什么呢？

当我们再读一次《洛丽塔》，才发现 Dolores 确实有着太多不好的品质，但那是青年人寻常不过的特性。她在面对亨伯特时，却表现了另一点——善良。于是，她最后选择逃离了亨伯特。

酒店管理学院辅导员吕月爽点评：

《洛丽塔》（Lolita），是俄裔美国作家弗拉基米尔·纳博科夫创作的长篇小说。小说以第一人称展开叙述，讲的是一位道貌岸然的老知识分子亨伯特，因为9~14岁的早恋不成，所以留下了所谓"年少时很冒险的梦"，即扭曲的性心理。小说于1958年出版了美国版，作品一路蹿升到《纽约时报》畅销书单的第一位并被改编成电影。作者在读后感中提到，这是一个主题为"欲望"的彻头彻尾悲剧，但更让人感到恐怖的是，小说作者让这种悲剧平常化，即本书评的主题——寻常之渊。把违反道德失去理性的"有意义"变成"无意义的寻常"，然后带着病态去追求那份美的执念，便从"受害者"变成"加害者"。一个大学生不断在书中认识到人性是复杂的、欲望是平常的，但失去控制的欲望终将让我们走向深渊。这何尝不是一种深刻的成长？

理想之光照耀未来之路

——《红星照耀中国》读后感

酒店管理学院 2022 邮轮 1 班　徐　欢

　　《红星照耀中国》是一部让人深受启发的作品，是一本描写中国革命历史的著作。通过阅读这本书，我深刻感受到了中华优秀传统文化的伟大力量。它以红色经典为背景，以鲜活生动的文字和丰富多彩的故事情节展现了中国共产党领导下的伟大斗争，展现了中国革命的壮丽历程。通过阅读这本书，不仅加深了我对中国革命历史的了解，也让我对其中所蕴含的社会主义核心价值观有了更深刻的理解。

一、怀爱国之心，筑青春之梦

　　在共产党人与国民党之间就"土地革命、反对帝国主义、争取苏维埃民主和民族解放"的争议声中，作者毅然决然地站了出来，向全世界客观而真实地报道了中国共产党、中国工农红军及其领袖们的真实风貌。全书以细致入微的笔触，生动展现了中国共产党领导下，人民群众为实现国家独立、人民解放所经历的波澜壮阔、艰苦卓绝的斗争历程。

　　在这场历史洪流中，无数英雄儿女怀揣着坚定的信念，舍生忘死，为真理与正义而奋斗。他们不仅彰显了社会主义核心价值观中崇高的道德品质，更体现了为人民谋幸福、为民族谋复兴的深沉责任感。这种精神，正是对中华优秀传统文化中爱国主义情怀的弘扬与传承。

　　作为新时代的青年学子，我们应当脚踏实地，志存高远，怀揣着深沉的爱国之情、砥砺强国之志，并付诸报国之行。我们的梦想应当与中华民族伟大复兴的中国梦紧密相连，成为这壮阔蓝图中的一抹亮色。在校园内，我们不仅要深耕专业知识的沃土，汲取理论之精髓，更要锤炼职业技能，将未来的职业规划与爱国情怀紧密结合。职业不分贵贱，每一份工作都闪耀着爱国之光，每一份职业都有其独特的价值。只要我们怀揣坚定的理想信念，将所学技能施展于各自的领域，便是在为社会贡献自己的力量。身为邮轮专业的学生，我致力于学习餐饮服务、宾客服务、沟通技巧等专业知识，同时不断提升英语水平，以适应日益国际化的工作环境。如今，中国自主研发的大型邮轮也扬帆起航，这是国家实力的象征，更是国人的骄傲。我怀揣着对邮轮行业的热爱与憧憬，期待有朝一日能在这海上移动的"五星级度假酒店"上挥洒汗水，为"自己的邮轮"服务。

将所学知识运用于专业领域，将所学技能发挥于所属行业，这不仅是我们的职业追求，更是当代年轻人展现爱国之情的方式。让我们携手共进，以青春之我，创造青春之中国，为实现中华民族伟大复兴的中国梦贡献青春力量。

二、持坚定信念，立鸿鹄之志

《红星照耀中国》是一部气势磅礴的史诗巨著，它记录了中国共产党领导下的新中国建设历程，同时也镌刻了无数英雄儿女坚守信仰、挥洒汗水的辉煌篇章。重大历史事件在我们面前如画卷般展开，中国共产党人所面临的挑战与考验在今天看来仍历历在目。他们不畏强权，坚守正义，为人民权益和社会进步而英勇奋斗，这种精神深刻诠释了"天下为公"与"仁者爱人"的中华文化精髓。这部作品让我们深刻认识到，社会主义建设的道路并非坦途，而是需要坚定的信念、巨大的付出和无私的牺牲。每一位英雄都以生命和热血，铸就了新中国的不朽荣光。他们的事迹，如同璀璨的星辰，指引着我们不断前行，让我们感受到一股不屈不挠、勇往直前的力量。

《红星照耀中国》不仅是一部历史巨著，更是一部精神传承的宝典。它让我们更加深入地理解并传承中华优秀传统文化，将这些宝贵的精神财富转化为推动社会进步、构建社会主义现代化强国的强大动力。让我们携手并进，怀揣着坚定的信念和鸿鹄之志，共同前行！

三、聚青春之力，奋发向未来

此外，《红星照耀中国》还强调了团结合作和集体主义精神在革命斗争中的重要性。"红星"不仅代表了革命者们对敌人进行顽强抵抗的勇气和坚定信念，也象征着他们之间紧密团结、相互支持的集体主义精神。在书中，我们看到无论是军队还是地方组织，在面对困难和敌人的压力时，都能够紧密团结在一起，共同战胜困难。

这也启示我们，在困难和挑战面前，只有坚定信念、紧密团结，并将个人利益置于集体利益之上，我们才能够取得胜利。这种集体主义精神与社会主义核心价值观中强调的"全心全意为人民服务""团结就是力量"的理念相契合。在我们的生活中，我们也应该时刻牢记这种团结合作和集体主义精神的重要性。就像2020年疫情开始之时，全国人民同舟共济。一方有难，八方支援，全国各地的医疗队向疫而行，他们不顾小家，挺身而出，把危险留给自己，把安全带给他人，筑起了一道守护生命安全的防线。人民子弟兵，基层党员干部，志愿者……大家各司其职，互相团结。一位位"最美人物"脱颖而出，大家一起守护着人们健康和万家灯火，守护着全社会。最终全国人民一起战胜了疫情，迎来了曙光。我们只有通过团结合作，才能实现国家的繁荣和人民的幸福。在当今这个社会，没有人是完全独立的个体，只有大家一起团结合作并将其贯彻到行动中，我们才能够共同创造一个更加美好和繁荣的未来。

《红星照耀中国》既是历史的瑰宝，又是心灵的滋养。它带我穿越革命的风云，领略了中华民族的坚韧与辉煌。在它的照耀下，我坚定了信念，决心在未来的征途中无畏前行。我将深悟并传承中华文化的精粹，矢志不渝地为中华民族伟大复兴贡献力量。

酒店管理学院辅导员王琼琼点评：

《红星照耀中国》讲述了充满艰辛与信念的中国革命历史。在斯诺的笔下，那些红军战士和党的领导者的形象跃然纸上，他们面对困难毫不退缩，为了理想和信仰舍生忘死。这种精神在和平年代是否已然过时？

当今世界仍波谲云诡，青年在此百年未有之大变局中，究竟肩负着怎样的使命？需要做些什么样的准备？该书对处在成长孕穗期的青年大学生意义深远。本文作者结合当前的时代背景和自身的角色定位，对此展开了一系列的思考，抒发了阅读该书的所思所悟，很好地展现了青年一代的责任与担当。我建议年轻的同学们，不妨都去读读这本书。

枪炮与玫瑰永不磨灭的革命精神

——读《中国共产党的九十年》有感

酒店管理学院 2022 邮轮 2 班　鲍远宜

趁着寒假，我翻开了这本在书架上放了很久的《中国共产党的九十年》。悠悠五千年的中华民族历史长河，创造了优秀灿烂的华夏文明。一朝一夕，日升日落，中华民族在这片广袤的土地上书写了不朽的传奇。翻开书页，我看到在硝烟炮火中、在泪眼婆娑间一代代英雄豪杰陨落，然而高擎着不灭的革命火种，一代代新生力量始终涌动澎湃着。

生生不息的，是那一个个革命勇士倔强的身影，仿佛依旧鲜活于眼前；代代相传的，是那一双双渴望的眼中不灭的希望，坚定跟随新时代的号召。我们跨越这不可磨灭的百年时光，跨越这斑驳陆离的枪炮刀光，才终于来到了新时代玫瑰般芬芳的幸福新生活。在这个属于我们的时代，我们心怀诚挚的敬意，永远在心底缅怀他们——那些在时代的画卷上留下浓重笔墨的革命灵魂画手们。

李大钊：炮火纷飞硝烟中的黎明图

当《凡尔赛条约》的苛刻要求激起他的愤慨，当北洋政府的步步退让和妥协触动他的怒火，当华夏大地再次面临帝国主义的瓜分与掠夺时，他心中的怒火已忍无可忍。他深知，在捍卫祖国土地的斗争中，从无"退一步海阔天空"的余地。他忙碌的身影穿梭在人群之间，声嘶力竭地呐喊，激昂的言辞如烈火般燃烧。他，便是李大钊——那位无畏的先驱者。正是因为有了他，身处黑暗中的中华儿女才更有勇气与方向，以炽热的爱国之心奔走街头，共同构筑起中华民族坚不可摧的精神堡垒。

但是，即便"我们要民主，我们要自由"的声音响彻云霄，即便我们似乎看到了一丝丝黎明的曙光，可是啊，在当时帝国主义和反动军阀围剿下，他怎么可能逃过那邪恶的爪牙？昏暗的灯光、刺鼻的腐臭、潮湿的监狱、让人发怵的酷刑工具，把"时年尚不足三十八周岁"的他，永远钉在了死亡的绞架上。不过，李先生的人生宽度没有边界。我们永远不会忘记那一场场慷慨激昂的演讲和一篇篇呕心沥血的文稿，李先生所宣传的马克思主义，成为正确的思想指导和精神武器，促进着中华民族的进一步觉醒，终于让我们看到了真正的光明。

张思德：跋山涉水路途上的长征图

是谁徒步行走两万五千里，写下人类战争史上的奇迹？是谁四渡赤水，强渡大渡河，巧渡金沙江，飞夺泸定桥，书写着"男儿百死不惜死，女儿项上血殷红"的雄心壮志？又是谁紧紧依靠人民群众，同人民群众生死相依、患难与共，播撒革命的种子？是张思德前辈。他爬雪山，翻草地，书写着共产党人坚忍不拔、不屈不挠的光荣事迹，更为我们留下了宝贵的"长征精神"。

补洗衣服，编草鞋，喂战马，挑水烧火，采药防病，站岗放哨，带头帮助驻地群众生产劳动……他努力干好每一件革命工作。毛主席在延安枣园沟口的操场上高度赞扬他"人固有一死，或重于泰山，或轻于鸿毛……张思德同志是为人民利益而死的，他的死是比泰山还要重的。"不知道沉眠于窑洞中的他是否热泪盈眶？我想，年仅29岁的他可以铿锵有力地喊一句"仰不愧于天，俯不怍于人"！

钱学森：自力更生不停歇的科技图

听！在国际舞台上，"弱国无外交"的论断越发显得沉重而真实。看！西方列强的钢铁巨舰与火炮利箭，正虎视眈眈地瞄准着我们。嗅！帝国主义的硝烟似乎已经隐隐萦绕在中国的天空之上。然而，我要说，我们并不畏惧！有钱学森前辈这样的民族脊梁，他无视美国的重重阻挠，坚定不移地选择回国，投身于祖国的航天事业。他焚膏继晷，不畏艰辛，数十年如一日地默默奉献。正是因为有了像钱学森这样的前辈，我们才有了直面强权的勇气；正是因为有了他们，我们的脊梁才更加挺拔，我们的信念才更加坚定。让我们铭记历史，珍惜当下，奋发向前，共同书写新时代的辉煌篇章！

小时候，在课文中学到钱老时，也曾经思考过，是外国的诱惑不够大吗？后来，才渐渐懂得了那背后的东西。钱老的选择，是岳飞的以身许国，何事不敢为？是顾炎武的天下兴亡，匹夫有责；是陈毅的祖国如有难，汝应作前锋。

中国共产党的九十年何其不易，又何其辉煌！100年前的革命先驱者，他们哪儿来的大梦先觉？哪儿来的敢为人先？哪儿来的勇气过人？让历史的硝烟终于在这片胜利的芬芳中慢慢淡去。先辈们已为我们青年一代做好榜样，青年一代的我们怎能懈怠，怎敢忘怀呢？只愿在不断流淌的历史长河中，洪流碾过，巨山平偃，我们却依旧能满含热泪，听到青年一代嘹亮的呼喊！

酒店管理学院辅导员孟佳佳点评：

鲍远宜同学通过回顾《中国共产党的九十年》中的革命先驱者李大钊、张思德、钱学森等人的先进事迹，展现了中国共产党九十年来的辉煌历程与坚韧不拔的革命精神。

本文语言流畅，情感饱满，对历史的反思和对青年的期望深刻而恳切。作者以历史为镜，提醒我们不忘过去，铭记历史，珍惜现在，并鼓励青年一代勇担责任，继续前行。这种对历史与现实的深度思考，让人深受启发。

信仰之翼：飞跃社会主义的广阔天空

——《钢铁是怎样炼成的》读后感

酒店管理学院 2022 邮轮 2 班　陈燹襄慧

　　《钢铁是怎样炼成的》是作家奥斯特洛夫斯基创作的一部长篇小说，小说通过记叙保尔·柯察金的成长道路告诉人们，一个人只有在革命的艰难困苦中战胜敌人也战胜自己，只有在把自己的追求和祖国、人民的利益联系在一起的时候，才会创造出奇迹，才会成长为钢铁战士。读完这本书，我深受触动，体会到了社会主义建设的艰辛与伟大，也更坚定了我对社会主义核心价值观的信仰。

一、生活很苦，熬过去就算赢

　　首先，这本书让我深刻认识到了实现社会主义工业化的艰辛。小说中，钢铁厂的建设过程中充满了困难和挫折，但主人公保尔·柯察金始终坚持不懈地奋斗着。他不畏艰辛，不怕失败，不断超越自我，最终取得了巨大的成功。这让我明白了社会主义建设并非一帆风顺，而是需要付出巨大的努力和牺牲。只有坚定的信仰和不懈的奋斗，才能战胜困难，实现社会主义的伟大事业。

　　其次，这本书让我认识到了社会主义工业化的伟大意义。钢铁是国家工业化的基础，没有钢铁就没有现代化的国家。小说中，钢铁厂的建设不仅改变了人们的生活，也为国家的工业化奠定了坚实的基础。通过对钢铁厂的描写，作者向我们展示了社会主义工业化所带来的繁荣和进步。这让我深刻认识到时代之初，社会主义工业化是国家发展的必由之路，只有通过工业化，才能实现国家的繁荣和人民的幸福。

此外，读完这本书之后我深刻认识到社会主义建设的挑战和困难也是不可忽视的。除了钢铁厂的建设过程，社会主义工业化在其他领域也面临着许多挑战。农业现代化、教育改革、医疗保障等方面的发展都是社会主义建设中的重要问题。例如，农业现代化需要克服土地资源有限、技术不足等难题；教育改革需要解决资源分配不均、教育质量提升等难题；医疗保障需要解决医疗资源不平衡、基层医疗服务不足等难题。这些挑战需要政府和社会各界共同努力，持续改进和创新，以推动社会主义建设的全面发展。

二、每个微笑的背后，都有一个咬紧牙关的灵魂

无论面临多大的困难，社会主义工业化的伟大意义是不可否认的。除了钢铁厂的成功案例，世界范围内还有许多其他国家或地区在社会主义工业化方面取得的成功案例。例如，中国的改革开放和经济发展，从农业大国迈向工业强国，实现了历史性的跨越；苏联在第二次世界大战后迅速恢复国家经济，成为世界上最强大的工业国之一。这些成功案例充分证明了社会主义工业化对国家发展的重要性和影响力。

社会主义核心价值观的实践和发展也是社会主义建设的关键。在小说中，主人公保尔·柯察金始终以人民的利益为出发点，坚守社会主义的初心和使命，为人民造福，从未背离过社会主义核心价值观。他通过努力工作、努力学习，不断提高自己的能力，为国家的发展做出了巨大的贡献。这让我深深地明白，只有坚守社会主义的价值观，才能实现个人与国家的共同发展。

社会主义建设的未来展望也是我们应该思考的问题。当前，社会主义建设面临着新的挑战，如全球化、科技发展等。我们需要思考如何应对这些挑战，如何在全球化背景下维护社会主义核心价值观，如何在科技发展中实现科技进步与人民福祉的良性互动。

同时，我们也应该提出自己的观点和建议，比如如何加强社会主义核心价值观的传承和发展，如何引导社会主义建设朝着更加公正、平等、可持续的方向发展。

三、凡是让你痛苦的，都是来度你的

通过阅读《钢铁是怎样炼成的》，我深刻认识到了社会主义建设的艰辛、工业化的伟大意义以及社会主义核心价值观的重要性。这本书不仅是一部经典的文学作品，更是一部富有正能量的时代力作。我会将这些体会融入自己的生活和学习中，坚持社会主义的信仰、理念，坚持党的路线、方针、政策，努力成为一个有用之人，为实现社会主义核心价值观的伟大目标而努力奋斗。

酒店管理学院辅导员胡玉梅点评：

这篇《钢铁是怎样炼成的》读书心得充分显示出作者在阅读奥斯特洛夫斯基的杰作后所经历的深刻思考和感悟。作者通过对保尔·柯察金的经历的理解，将小说中的故事与社会主义建设的伟大目标相联系，领悟到了坚持信仰和实现梦想的价值。

作者不仅被小说中主角的奋斗精神所鼓舞，而且更确信社会主义核心价值观有助于个人成长和国家发展。这种对社会主义核心价值观的认同，展现了作者对信念的忠实和自我教育的成果。

总体来说，从认识到社会主义工业化的艰辛和意义，到深化对社会主义核心价值观的信仰，再到对未来展望的思考，展示出作者由个人感悟扩展到广泛社会理解的成熟过程。这是一篇充满热情、反映深刻思考且愿意为共同理想贡献力量的读书心得。

从"苏菲的世界"看世界

——《苏菲的世界》读后感

酒店管理学院 2022 邮轮 2 班　黄燕云

"我是谁？""为什么我是我？"……

这些简单且复杂的问题，我相信很多人在儿时也有过类似的困惑，甚至有些人终其一生都在努力寻找答案。

或许，这就是哲学出现的原因。

一、哲学：关于命运的迷思

哲学是一种理性的思考和探索。在哲学的吸引下，我追随着苏菲和导师艾伯特的脚步一起思考问题、探索真理。在《苏菲的世界》这本书里，十四岁的苏菲在神秘信件的引领下开始了哲学的学习之路。世界就像是一个巨大的谜团，谜团揭开一个，又接着一个，而新的谜团正在呈现。

在追随到命运那一篇章时，我有了更多的触动。在中考之前，我自认为学习还是很不错的，在心底坚信可以考上心仪的学校，可在我说出一定要考上某某学校时，突然感觉心空了一下。一定要考上的压力，让我觉得自己似乎和它无缘了。后来的我越学越累，变得疲惫不堪，越想努力，结果越不尽如人意。我很无措也很无力，总觉得有一股气在胸腔中无法得到释放，焦虑、恐慌、不甘……在与命运的抗争过程中，我发现过于强求反而事与愿违。或许，一个好的目标，应该是动力，而不是压力，这样命运才会更加垂青我们的努力。

二、哲学：关于世界的思辨

在书中，我可以看到哲学的发展历程是如何与人类对世界的探索过程相辅相成的。从古代的希腊哲学，到中世纪的哲学，再到近代的启蒙运动，哲学思想随着时代的变迁而演变。每一个哲学家都有他们自己的观点与见解，而正是有了这些哲学家的不断探索，才有了现在对世界精彩纷呈的认识，持续引发我们对自身存在的思考。

令我印象深刻的是柏克莱的观点。他认为，我们所感知的世界只是存在于我们的思想中，我们认识的物质只是感知的一种现象。这种观点让我开始思考我们所认知的世界是否真的存在？我们如何确定自己的感知是真实的？这些问题让我重新审视了自己对世界的认知，也使我重新审视了自己的人生观和价值观。

随着阅读的深入，我发现笛卡尔也有过类似的困惑。经过推倒重来的逆推，笛卡尔最终发现就算所有的东西都无法确定真实，但是思考的这个"我"总是真实的，即"我思故我在"。我的思考是如此重要，这让我开始更加深入地思考自己存在的意义以及我与这个世界的关系。

我开始意识到每一个生物的生命是有限的，也就是说我们都会面临死亡的一刻。虽然与宇宙的年岁相比，我们的生命只是一瞬间甚至一刹那。但就是这短短的一瞬间，每个人的价值有了不同的呈现，有的人存在无限的价值，有的人却如行尸走肉般活着……我想我们应该去珍惜每一个时刻，去追求自己真正热爱的事物，去实现自己的价值。

三、哲学：关于价值的追寻

《苏菲的世界》这本书给我带来的不仅是知识，更是思想与心态上的改变。就像书中最后所说的，人生如星尘，我们每个人都是熊熊大火中所爆出来的一点火花，在宇宙中显得是多么渺小啊！那么，渺小的我们，应该如何体现这一生的价值呢？

小我融入大我，是树立正确人生观的价值指向。我想起了习近平总书记关于人生观的重要论述。习近平总书记在纪念"五四运动"100周年大会上指出："青年的人生目标会有不同，职业选择也有差异，但只有把自己的小我融入祖国的大我、人民的大我之中，与时代同步伐、与人民共命运，才能更好实现人生价值、升华人生境界。离开了祖国需要、人民利益，任何孤芳自赏都会陷入越走越窄的狭小天地。"我想，这正是我需要学习、努力和实践的方向。

以上，就是通过《苏菲的世界》我看到的世界。

酒店管理学院党总支副书记谢振旺点评：

《苏菲的世界》是一本经典的哲学普及读物，作者巧妙地将哲学知识与故事情节相融合，让读者跟随苏菲一同探索哲学的深邃世界。黄同学通过认真阅读，结合自身经历，分享了她对人生、世界、价值这些重要议题的感悟。如果我们进一步思考和比较，我们会发现，不同于其他唯心主义哲学，基于辩证唯物主义的马克思主义哲学以其科学性和实践性，为我们认识和改造世界提供了科学指导，并在社会层面推动着中国的全面进步。同学们应该加强对马克思主义哲学的学习，并自觉运用在改造自我、改造世界的生动实践中。

梦之彼岸与现实之谷

——读《我们生活在巨大的差距里》有感

酒店管理学院 2022 邮轮 2 班　金欣雨

　　《我们生活在巨大的差距里》一书，以余华个人亲历为脉络，深刻描绘了中国社会数十载间的沧海桑田，以及这些变革如何深刻影响人们的生活轨迹。作者通过回忆自己的成长经历，结合对社会现象的敏锐观察与深刻思考，揭示了在经济、文化、教育等多维度上存在的巨大差距。这些差距，无论是贫富差距、文化隔阂还是社会阶层间的鸿沟，都是书中探讨的重要主题。这部作品，不仅是对一个时代的记录，更是对人性共鸣的深刻挖掘，让我们在梦与实的交织中，思考生活的真谛。

　　作家余华曾说过："梦想是每个人与生俱存的财富，也是每个人最后的希望。即便什么都没有了，只要还有梦想，就能够卷土重来。"正如他所言，梦想是行进途中的一捧清泉，是闪烁于天际的明星，是远航之船遥望的灯塔，只要它存在，我们终能抵达心之所念的地方。安徒生家境寒微，年幼时饱经苦难，辗转流离于异地他乡，但他却从未放弃过文学的梦想，最终以一支素笔，绘写出一个个缤纷梦幻的童话；袁隆平的"禾下乘凉梦"曾是那样不切实际，可在他日复一日地努力下，杂交水稻不断进化，最终走向全球，为解决世界的饥馑问题做出了巨大贡献。只要心怀梦想，并付之以相应的努力，再糟糕的境遇也会得到改变，迎来光明的前途。

　　在书中，那些鲜明的差距不仅浮现在物质财富、社会地位和教育资源的鸿沟上，它们更是悄然渗透至人的灵魂深处，触及精神的边界。余华用他独特的笔触，细腻地描绘出这些差距如何像无形的锁链，束缚着每个人的生活，以及人们如何在其中奋力挣扎，寻求解放。

余华敏锐地观察到，在物质丰富的现代社会，贫富差距却如鸿沟般日益扩大。这种物质上的不平等不仅加剧了社会的裂痕，更让人们对社会的公正与道德产生深深的怀疑。人们似乎越来越沉迷于物质的追求与享乐，却忽视了精神世界的滋养与成长。这种精神上的空虚与迷茫，使得道德沦丧，行为失范。许多人为了追求短暂的物质利益，甚至不惜舍弃最基本的人性与良知。这种精神上的差距，比物质上的贫富差距更为可怕，因为它直接关系到人类文明的未来。因此，余华呼吁我们正视这些差距，寻找解决的途径，让公平与正义的阳光普照每一个人。

在余华的笔下，每一个角色都栩栩如生，他们的生活经历、情感体验都如此真实而丰富。他让我们看到了人性的光辉与阴暗，让我们更加深刻地认识到人性的复杂与多样。他的文字充满了对人类的深切同情与关怀，他关注着每一个在巨大差距中挣扎的灵魂，用他的笔触为我们揭示了一个真实而复杂的世界。

谈及文学，余华的观点深刻而独到。他坚信，文学应当是一种抗争，一种对现实不公的呐喊，更是一种对未来的热切期盼。文学同样也是一种力量，它有能力撼动人心，激发人们思考，从而改变行为。他眼中的文学，更是一种美的体现，它让我们在字里行间感受到生活的多彩和意义。这些观点让我对文学有了更为深刻的感悟，也为我自己的创作之路提供了无尽的灵感与启发。

这本书让我陷入了深深的思考，我感受到了余华作为一位作家所肩负的社会责任与人文关怀。他用自己的文字唤醒了人们的良知与正义感，呼吁我们关注社会现实，关注人性的光辉与阴暗。他的文字让我感受到文学的力量与魅力，也让我更加坚信一个作家的使命与担当。这本书让我更加清醒地认识到现实世界的复杂与多元，也让我对人性有了更加深入的理解与感悟。我坚信，每一个读过这本书的人，都会被余华的文字所触动，并对生活与人性有更加深刻的体悟。同时，我也期待这部作品能够激发更多人的思考与行动，让我们共同努力，缩小差距，创造一个更加和谐美好的世界。

马克思主义学院教师冯瑞元点评：

从阅读轨迹来看，金欣雨同学喜爱阅读那些反映社会现实的文学作品，比较注重自身文学修养的提升，选择《我们生活在巨大的差距里》一书应该是理所当然。该书是作家余华自 2003 年以来的首部杂文集，以亦庄亦谐的笔锋将观察到的社会、时事、文化等现象一一记录剖析，在日常生活的表象下洞见社会固有病灶。本篇读后感展示了金欣雨同学阅读该书后比较直观、感性的情感，透过一个个来自普通生活中的接地气的小篇幅，感悟人生中的点点滴滴。行文结构比较随性，即感即发，透出阅读过程中兴起的真实情感，随想意味较浓。

家书纸短，笔墨情长

——《傅雷家书》读后感

酒店管理学院 2023 酒管 11 班　韩　佳

鱼离水则身枯，心离书则神索。世间万物往往纷纭不定，人生在世难免起起落落，而阅读的陪伴往往最恒久也最温情。人们总能在阅读中得到慰藉和滋养，收获内心的充实和温暖。而《傅雷家书》就是这样一本书，在寒冷的冬季，它作为温情的使者，将父母的爱诠释得淋漓尽致。相隔千里亲情在，字字句句现关怀，与此同时，本书也弘扬了中华传统文化中的家书家训、忠孝以及爱国等优良传统。

一本家书　万千情怀

《傅雷家书》是我国杰出文学翻译家、文艺评论家及美学家傅雷及其夫人在 1954 年至 1966 年，写给远在异国他乡的子女傅聪、傅敏的深情家书集萃。这些家书不仅是写在纸上的日常絮语，更如山间清泉潺潺、碧空云朵舒卷，情感真挚而质朴，读后令人心潮澎湃。

信中内容丰富多彩，涵盖了日常生活的点点滴滴，也深入地探讨了人生哲理与艺术追求，强调了作为一个艺术家应具备的高尚情操与品质。傅雷的教导充满智慧，他始终强调"先做人后做事"的原则，强调品德修养对于人生和艺术的重要性。

通读全书，我们不难发现，傅雷对儿子的谆谆教诲和深挚情感，贯穿在每一封家书中。这些家书不仅是傅雷对艺术深刻理解的体现，更是他作为一位父亲对子女深沉而崇高的爱的表达。这是一部极具价值的艺术学徒修养读物，也是一部倾注了父母无尽心血和期望的教子之作。

傅雷通过教育子女，传递了个人对社会、国家和人类贡献的理念，将教育视为一种神圣的责任和使命。这些家书凝聚了父母对子女的深沉爱意，以及对国家和世界的美好愿景。读后令人感受到一种超越血缘、跨越时空的深挚情感，以及对于艺术和人生的执着追求。

赤子之心　深沉父爱

作为一位父亲，傅雷对子女的教育既严格又充满深情。他秉持着以德为先、做人为本的原则，始终强调"做人第一，艺术次之"。他告诫傅聪，保持一颗赤子之心，唯有心灵纯净，才能将艺术表现得动人心魄。

傅雷对傅聪进行的爱国主义教育成果显著，即使身处遥远的波兰，傅聪依然深爱着祖国，坚守父亲的信念，从未背弃故土。傅雷无疑是傅聪的优秀榜样，他的言行举止都为孩子树立了标杆。对于傅聪的成就，傅雷由衷地感到骄傲和自豪，但更令他欣慰的是傅聪的坚韧不拔和谦逊自持。他赞美道："众多的赞誉和掌声，都未能使你丧失自知之明，你依然对艺术保持谦卑之心。"傅雷既是儿子的严师，又是益友，他在辛勤教育的同时不忘给予赞美，而在赞美之中又蕴含了深刻的告诫。这份深沉而无言的父爱，在字里行间得以凝聚。

反思现实，我们的父母是否也如此言传身教，用他们的言行影响着我们呢？我的父母虽非伟人，但他们以朴素至简的道理，默默地引导我成长。他们的教诲，虽不华丽，却同样是我立身处世的准则。这份亲情，让我感到无比温暖。

什么样的家，才是理想中家的样子？什么样的家风家训，能够让人一生谨记？《傅雷家书》给了标杆似的答案，家书中所展现的美好的人际关系、高尚的生活准则、优良的行为操守与道德传统，以及深深的爱国情感，永远不会过时。

父母之爱　温暖港湾

读了《傅雷家书》后，我受益匪浅，感受到了家人的力量，也更加庆幸自己生活在和平年代。我明白，不管孩子走得多远，父母的爱永远相随且亘古不变。所以，珍惜与父母相处的每一分钟，用心感受父母的爱，用心表达对父母的爱，这也是作为子女对父母的最好报答！

其实，我们的父亲也如同傅雷一般，他们默默付出，无私奉献，只为让我们有更好的生活，更高的学习成就。他们为了我们的生计奔波劳碌，为了我们能进入理想的学校，为了我们能取得优异的成绩，不惜耗尽心血。他们用行动诠释了父亲这一角色的内涵，展现了作为父亲的责任和担当。

傅雷是这些伟大父亲中的一个杰出代表。他的爱如同春雨般润物细无声，滋润着子女的心田，让他们得以健康成长。他的教诲和指导，如同明灯般照亮子女前行的道路，让他们在人生的旅途中不迷失方向。

傅聪的母亲在孩子的成长过程中也扮演了重要的角色，在信中，我们随处可见其对子女的关心和怜爱。我们的母亲又何尝不是如此？每天悉心照看我们的日常生活，细心呵护我们，直至我们长大成人。

因此，我们应该更加珍惜与父母相处的时光，用心感受他们的爱和付出。同时，我们也要用自己的努力和成就，来回报他们的辛勤耕耘和无私奉献。因为，他们是我们人生中最坚实的后盾，也是我们最宝贵的财富。

有人这么认为："就像颐和园中的大戏台，舞台上表演着粉墨人生，场下观众连声叫好，然而戏剧终有散场的时候，戏子们卸去浓妆，观众收拾情感，然后彼此都去过真实的生活。"这本书中最珍贵的，大约是教会人如何切身感受父母的爱，如何珍视父母的爱……所谓书不尽言，言不尽意，读后感只能记录我的一部分收获，更多的则是要亲自走进书中，细品其中道理。

酒店管理学院辅导员谭晨晨点评：

本篇读后感深入剖析了《傅雷家书》的精髓。韩佳同学以真挚的情感和细腻的笔触，将书中的故事与自身的生活体验紧密相连，不仅让我们领略到了傅雷一家深厚的亲情，更让我们感受到了自己身边那份同样珍贵的亲情。

在韩佳同学的笔下，傅雷的形象不仅是一位杰出的艺术教育家，更是一位充满爱心的父亲。他用自己的智慧和经验，为子女指明了人生的方向，用无尽的关怀和支持，陪伴他们走过人生的每一个阶段。

韩佳同学将我们带入了一个充满爱的世界，让我们在感受亲情的同时，也学会了感恩和珍惜。这是一篇充满情感和智慧的读后感，值得我们细细品读和反思。

《月亮和六便士》读后感

酒店管理学院 2023 酒管 9 班　叶子鹏

> 一个人知道自己为什么而活，就可以忍受任何一种生活。
>
> ——尼采

因为书的名字，吸引了我去一看究竟，看内容是否真的像书名那般清冷，令人心驰神往。当我读完，却发现全书竟没有一处"月亮""六便士"的身影，倒是斯特里克兰让我感到冷血甚至厌恶，他抛下令人羡慕的工作，抛下幸福美满的家庭，辜负了许多人，去成为一名穷困潦倒的不知名画家，过着衣不蔽体、食不果腹的日子，后几经翻转，去到了塔希提，那个在他心中如伊甸园一般的地方。他醉心于艺术，最终与他最伟大的作品永远地留在了那里。

世俗与梦想面前，你会选择哪一样？

"卑鄙与高尚，邪恶与善良，仇恨与热爱，可以并存于一颗心灵之中"。初读这句话，只觉得十分荒谬。世间如何会有这么复杂的灵魂存在？可当我读完《月亮和六便士》后，却发现"存在即合理"。

在世人眼中，他是个不折不扣的疯子，背弃家庭的负心汉。在理想面前，他的肉身残破不堪，灵魂却十分高尚。困住人们的通常是琐碎的生活，可斯特里克兰却看见了如月光般皎洁的地方。于是他放下了现有的一切，去追寻心中的梦——那个可以让他放弃一切的梦。

对于这个真实却又荒诞的故事，有许多争议：有人批评他的背信弃义，冷血无情；而有人则赞扬他的勇敢——敢于追求梦想的勇气。而我认为这些观点没有绝对的对错，选择月亮或选择六便士都是对的，现实与理想本身就存在碰撞。

满地都是六便士，他却抬头看见了月亮。

作者在书中说"斯特里克兰是个可憎的人，但我依然认为他很伟大。他虽然住在巴黎，却比住在底比斯沙漠中的隐士更孤独，他除了想不受打搅之外，从未要求过别人什么，他一意孤行地奔向目标。为此，他不仅愿意牺牲自己，甚至不惜牺牲他人。他有一种远见。"从某个角度来说，斯特里克兰也让我心生敬佩，他为了心中的艺术与美，终其一生创造了一幅最伟大的作品，在生命的最后却让妻子将其烧毁，这是一种超脱。因为对于大多数的我们，只是心藏月亮，却一生都在追逐六便士罢了。

这里，我总能想起杨绛先生的一句话："世界是自己的，与他人无关。"刚开始读这本书时，我对主人公无比厌恶，实在无法理解他的所作所为和自私冷漠。而随着阅读的深入，却对他多了一份理解：他借助绘画的方式来满足自己的精神世界，无须他物。他的前半生过的是世人眼中完美的生活，然而却不是他最想要的生活，当他放下一切去追逐自己的生活时，一切身外之物对他来说已不再重要。

他付出了一切，只为心中的追求到底值不值得呢？这个问题作者在书中就给出了答案，"难道做自己最想做的事，生活在让自己快乐的环境里，与自己和睦相处是在糟蹋生命，而成为一名杰出的外科医生，有一万英镑的年收入和一位漂亮的妻子就是成功吗？我想这取决于一个人对生活赋予了什么意义，对社会认可的哪些义务，以及自己有什么需求吧"。

仰望星空，人人都有自己的月亮。

所谓追求梦想并不是抛弃现实，而是站在现实的基础上，努力踮起脚尖去触摸梦寐以求的月亮。理想与现实总是矛盾的对立面，困在墙内的人，只能看到四角天空，却能安稳一生；闯出墙外的人，看到了广阔天空，看到了理想的月，却可能过着颠沛流离、穷困潦倒的生活。或许月亮和六便士并不是要你在理想与现实之间做出抉择，因为人生怎么选都会有遗憾，而是否拥有撞南墙的勇气，是否拥有深思熟虑的沉稳，才是最重要的选择。

一味地捡起地上的六便士，就失去了抬头看月亮的机会，这是斯特里克兰长久以来的困境，也是大多数人的悲哀。不同的是，现实中的人们也许会抽空抬头看一看月亮，然后继续捡着地上的六便士。《月亮和六便士》中讲述斯特里克兰的故事，也许是想告诉我们：别忘了还有梦想，捡起六便士后，偶尔抬头看看月亮。

"世间有两个我：一个青山快马逍遥仙，一个满地捡碎银"，这句话很好地诠释了当今我们身处繁华之中内心的想法。每当身心俱疲之时，心中对自由的向往便油然而生，想见山看海，想追逐一个或许不属于自己的梦，而《月亮和六便士》告诉我们，梦想从什么时候开始都不算太晚，愿我们都能在认清了六便士之后，还有追逐月亮的勇气。

酒店管理学院辅导员胡玉梅点评：

这篇读后感既展示了作者对主人公的复杂情感——厌恶和理解，也传达了书中所探讨的深刻哲思：一个人在追寻自我实现的道路上可能需要做出艰难的牺牲。

作者对斯特里克兰放弃物质舒适、冲破传统束缚，勇敢追求梦想的行为表示敬佩，这反映了对于个人追寻意义和幸福的支持。同时，他也提出了一个关键问题——为了达到内心的理想，究竟值得付出多少代价？作者在对这个问题的探索中，引发了关于个人价值和社会期望之间持续的张力的思考。

总体来说，这篇读后感是一份对《月亮和六便士》中斯特里克兰内心斗争和人生抉择的深刻反思，揭示了个人追求梦想时可能遭遇的挑战和困扰，以及在现实与理想之间寻找平衡的复杂性。可能，月亮和六便士，都是真实的人生。

心怀暖阳　沐光而上

——读《被讨厌的勇气》有感

旅游外语学院 2023 旅英 1 班　俞书婷

当我首次瞥见这本书的那一刻，心中不由自主地浮现出这样一句话："尊重所有声音，但坚持成为独特的自己。"《被讨厌的勇气》并非空洞地阐述大道理，而是需要读者逐字逐句品味，深藏的智慧犹如苦口良药，让人在沉思中豁然开朗。

书中，禅师与青年之间的对话如涓涓细流，透露出他们对人生迥异的解读，引发了一场思想的交锋与碰撞。阿德勒的心理学理论犹如一盏明灯，照亮了我们从过去、人际关系和未来的三重枷锁中解脱出来的道路。当我们成功摆脱这些束缚，会惊喜地发现，真正的自由其实近在咫尺，触手可及。

这本书鼓励我们每一个人，勇敢地做自己，不畏他人的评价，活出真实的自我，享受那份久违的自由。它赋予我们那种被讨厌的勇气，这是一种难能可贵的力量，让我们在纷繁复杂的世界中保持独立与自主。

一、告别过去，拥抱幸福

在书中，哲人首先引领青年了解阿德勒——这位与弗洛伊德、荣格齐名的心理学巨匠。阿德勒的心理学并非僵化的教条，而是一门深入探索人性本质和目标的学问。他坚决否定了心理创伤的存在，强调过去的事件已成定局，无法改变。沉湎于过去只会让人停滞不前，受其无尽纠缠。现在与未来并非过去的囚徒，它们充满无限可能，不受往事的桎梏。我们的关注点应在于如何解读过去，如何为那些经历赋予个人的意义。

同样地，我们的人生理应由我们自己来撰写。当对自己感到不满时，我们不应满足于现状，而应认清不足并奋发向前，眺望远方并坚定地迈出每一步。然而，许多人却缺乏这种自我变革的勇气，从而关闭了通往幸福的大门。当我们学会不再过分关注外界给予的一切，而是珍视并善用已拥有的资源时，幸福就会变得触手可及。

要摒弃原因论，勇敢地向前迈进，唯有如此，我们才能真正地收获与成长。决定我们人生的，是此刻站在这里的自己。为了成为更加出色的自己，我们需要勇敢地拥抱变革，这时，幸福自会在不远处向我们招手。

二、自我调节，远离烦恼

金无足赤，人无完人，每个人都不可避免地存在瑕疵。然而，我们可以坦然接受自己的不完美。书中的青年，身为图书管理员，性格内向、心思细腻却常怀自卑，难以发现自身的闪光点。这源于他内心深处"不要喜欢自己"的决绝。现实生活中，亦有不少人像这位青年一样，深受自卑的困扰，紧盯着自己的不足。他们害怕被他人嫌弃，恐惧在人际交往中受到伤害，因此选择逃避，试图通过与世隔绝来保护自己。

然而，这种做法并不现实。身处社会，我们总会与他人产生千丝万缕的联系，受伤也在所难免。我们能做的，是学会自我激励，更加珍爱和接纳自己。人类天生具有追求优越的本能，我们都在为了成为更好的自己而努力。无论是追求优越还是自卑感，只要适度把握，都能转化为推动我们努力和成长的强大动力。

每个人都有自己独特的旋律，不必在每场比赛中夺冠才能证明自己的价值，也不必取悦每个人或做到每件事都完美无瑕。人生是一场不断超越自我的旅程，我们的目标不是与他人比较，而是不断挑战和突破过去的自己。

若能将周围的人视为伙伴而非敌人，我们的世界将会变得更加宽广和明亮。无须刻意寻求他人的赞许，也不必背负不属于自己的重担。选择自己认为正确的道路，即使面临他人的非议也无所畏惧。因为我们始终拥有自由的灵魂，这是任何外界评价都无法剥夺的宝贵财富。

三、认真生活，活在当下

拒绝让自我意识过度膨胀，保持积极向上的心态至关重要。反观因害怕失败和他人的嘲笑而畏缩不前，这种做法绝不可取。在书中，哲人引出了一个深刻的概念——"共同体感觉"，即将对自我的过分关注转化为对他人的深切关怀，从而构建起一种强烈的共同体意识。要实现这一点，我们需要从自我接纳、他者信赖和他者贡献三个方面着手。

我们应该正视并接纳自己的不完美。学会欣赏自己的独特之处，同时勇于面对和改进不足之处。为自己设定切实可行的小目标，一步步朝着更好的自己迈进，这需要我们拥有勇于改变的决心。

我们要学会无条件地信赖他人。这也是课题分离的重要一环，我们只需关注自己应该如何行动，而不必过分担忧他人的想法和做法，因为那是他们自己的课题。当我们勇敢地选择信任，有时会收获到意想不到的真挚情谊。因此，不要总是把目光聚焦在可能受到的伤害上。

在日常生活中，我们要积极投身社会贡献的行列。通过实际行动帮助那些需要帮助的人，通过劳动实现自我价值，并真正融入共同体之中。努力成为一个有责任感、有担当的人，思考自己能为他人做些什么，并在这一过程中深刻体会到自我价值的实现。同时，我们也要学会欣赏平凡中的美好，勇于做一朵默默无闻的小花，因为这样的平凡同样能带来幸福。

人的一生，恰如书中所描绘的那样，是由无数个转瞬即逝的刹那编织而成。我们不必过分地追求那遥不可及的永恒，而应在每一个细微而短暂的时刻里，自由地舞动、尽情地绽放，这才是我们生活的真正内涵。保持一颗简单的心，我们眼中的世界也会随之变得简单而纯净。

在这个日新月异的时代，阿德勒的心理学思想犹如一盏明灯，照亮我们奋发向前、自我完善的道路。它鼓励我们勇敢地做自己，摆脱别人的期待和评判，就像史铁生在《病隙碎笔》中所言："且视他人之疑目如盏盏鬼火，大胆地去走你的夜路。"这是对我们内心的深刻呼唤——为自己而活，勇敢地追求属于自己的幸福。

当我们拥抱这种勇气，便能感受到清晨第一缕阳光所带来的那份无与伦比的美好。那是新生的希望，是勇往直前的力量，是我们内心深处对幸福的渴望和向往。让我们带着这份勇气和希望，去创造属于我们自己的精彩人生。

旅游外语学院学工办主任张晓侠点评：

这篇书评深刻而细腻地捕捉了《被讨厌的勇气》一书的精髓，不仅详细阐述了书中的核心观点，还结合了个人的感悟和思考。书评从告别过去、自我调节以及认真生活三个角度入手，全面而系统地解读了阿德勒心理学的实践应用。

作者在阐述每一个观点时，都紧密结合了书中的内容和现实生活中的例子，使得这些抽象的心理学理论变得更加生动和易于理解。比如，在谈到告别过去时，作者强调了阿德勒关于"心理创伤并不存在"的观点，鼓励读者从过去的经历中汲取力量，而不是被其束缚。在谈到自我调节时，作者以书中内向、自卑的青年图书管理员为例，提醒读者要正视自己的不完美，学会自我激励和接纳。最后，在谈到认真生活时，作者引入了"共同体感觉"的概念，呼吁读者将关注点从自我转向他人，积极投身于社会贡献，实现自我价值。

整篇书评逻辑清晰、条理分明，不仅展示了作者对原书的深刻理解，还通过丰富的例证和细腻的笔触，让读者在阅读过程中产生共鸣。这篇书评不仅是一篇优秀的学术解读，更是一篇充满人文关怀的心灵鸡汤，能够给予读者在人生道路上的启示和鼓励。

寻找纯真梦想　归来仍是少年

——读《小王子》有感

旅游外语学院 2023 旅英 1 班　张博恒

　　《小王子》是法国文豪安东尼·德·圣·埃克苏佩里的经典之作，以清新脱俗的笔触描绘了一个纯真而善良的世界。在这部作品中，我们跟随来自 B-612 小行星的小王子，展开了一段奇妙的星际旅程。

　　在这颗孤寂的小行星上，小王子与他的唯一伙伴——一朵娇艳的玫瑰花相依为命。然而，他选择了离开这片熟悉的土地，踏上了一段穿越多个星球的探险之旅。在旅途中小王子见过形形色色的人，他去的最后一个星球是地球，在地球待了一段时间后他想回到自己的星球，被毒蛇咬了之后，能否回到自己的星球，结局未知。

　　《小王子》一书简洁而富有哲理，让我在阅读过程中受益匪浅。这部作品以寓言的形式，让我们重新审视生活中的真善美，教会我们珍惜身边的美好，勇敢追求自己的梦想。

探索·青春旅程

　　在小王子的星际旅程中，他历经了无数的挑战与困境，然而，他始终怀揣着对世界的好奇心和善良的心意，坚定前行。他以自己的亲身经历向我们传达了一个深刻的道理：成长的过程中，我们需要肩负起沉重的责任，这责任不仅关乎我们自身，更关乎我们周围的每一个人。

　　踏入旅院的校门仅仅一个学期，我已然与同学们共度了许多难忘的时光。

我们共同学习，携手参赛，不仅收获了知识，更积累了珍贵的友谊。然而，成长的道路上总免不了遇到困难和烦恼。当我初次尝试制作 PPT 时，我曾感到手足无措；当我第一次负责组织游戏时，内心充满了担忧；当我担任某个项目的负责人时，心中甚至涌现出一丝惶恐。

在这些艰难时刻，我总会想起《小王子》中的故事。小王子在面对挫折和问题时，总是勇敢地迎接挑战，从不逃避，从不畏惧。他的精神激励着我，让我在面对困境时也能保持前进的动力。青春的旅程总是充满了未知与变数，而在探索的过程中，我们需要像小王子一样，拥有坚定的勇气和毅力，去迎接每一个挑战，去创造属于我们的精彩人生。

寻求·生活意义

在他的小行星上，小王子与一朵独特的玫瑰花产生了误会，因此他愤然离家，开始了星际旅行。在旅途中，他游历了众多星球，并与形形色色的人相遇——威严的国王、贪婪的商人、勤勉的点灯人、博学的地理学家以及沉溺酒精的酒鬼。最后，他踏上了地球，遇到了一只聪慧的狐狸，与它建立了深厚的情感纽带。

经历了这一系列的冒险后，小王子逐渐领悟到生活的真谛：生活的本质并不在于对物质的盲目追求或感官的短暂愉悦，而是在于人与人之间真挚的情感联系。他所遇到的每个人，尽管性格迥异，却都在以自己的方式追求着精神的富足与满足。

在我进入旅院的第一个学期里，我担任了三次团体辅导活动的工作人员。在组织游戏和活动时，我能够深切地感受到为大家带来的欢乐时的满足。这让我更加坚信，生活的意义或许就在于这些简单而纯粹的快乐。

永远不要忽视精神世界的建构，不断充实自己的内心，我们可以寻得真正的生活意义。

珍惜·爱与责任

《小王子》中最为核心，也最为动人的主题，无疑是爱。在这部作品中，玫瑰的形象深深地映射了作者安东尼的妻子——康苏爱罗。如同那朵独特而骄傲的玫瑰，康苏爱罗在安东尼的生活中也是美丽、高傲，且对浪漫满怀渴望。而那只善解人意的狐狸，虽然在故事中给予了小王子重要的启示，却终究只是他生命中的匆匆过客。

安东尼，身为一名飞行员，与康苏爱罗的相聚时间并不多。然而，距离并没有削弱他们的情感，反而使思念更加深切。在安东尼写给康苏爱罗的第一封表白信中，他深情地写道："我爱你的不安，爱你的怒气，爱你身上一切尚未被驯化之处。"这段文字不仅表达了安东尼对康苏爱罗深深的爱意，也揭示了他对她个性中独特之处的珍视和接纳。

正因为这份深沉的爱，当小王子在地球上看到五千朵与他的玫瑰相似的花朵时，他仍然能坚定地说："在我心里，她比你们全部加起来还重要得多。"这是对小王子与玫瑰之间深厚情感的最好诠释，也是对安东尼与康苏爱罗爱情的隐喻。

然而，在现实中，玫瑰并没能等到她的小王子。这个悲伤的结局让人深感遗憾，但也让人更加珍视眼前的爱情。在了解了《小王子》背后的故事后，我更加深刻地体会到了爱与责任的重要性。

大学的恋爱是美好而纯真的，它带给我们无尽的快乐和甜蜜。然而，在享受恋爱带来的幸福时光时，我们也应该肩负起对彼此的责任，珍惜这份来之不易的缘分。爱情不仅仅是相互陪伴和依恋，更是相互扶持和共同成长的过程。只有当我们真正理解并承担起爱与责任时，才能收获真正的幸福和满足。

适应·成长孤独

《小王子》一书深刻地描绘了孤独这一主题，它像一根红线贯穿故事的始终。在 B-612 小行星以及其他星球的旅程中，小王子所遇到的每一个灵魂都沉浸在各自的孤独里。即使在地球上，他与来自各个星球的旅伴有过短暂的相聚，然而终究要面对孤独的人生轨迹。这部作品向我们传达了一个信息：孤独其实是生命中不可或缺的精神伴侣。

在孤独中，我们有机会深入探索自己的内心世界，审视真实的自我，进而领悟到生命的真谛和意义。同时，孤独赋予我们力量，它教导我们如何独立地面对困境，培育出坚忍不拔的意志。自从我来到旅院学习，我也开始思考自己的未来道路。尽管周围有许多人对英语专业的前景持怀疑态度，认为机会有限，但我依然坚定不移地选择了这条路。我深知，成长往往伴随着孤独，而学会适应这份孤独，本身也是一种成长。

《小王子》通过引人入胜的情节和对生命、爱与孤独的深刻洞察，揭示了人性的多个层面。这本书教会了我许多关于人生的深刻道理，它让我珍视人性之美、生命之善，以及对爱与责任的追求。愿我们都能像"小王子"一样，在纷繁复杂的世界中，永葆纯真与梦想，归来仍是那个热爱生活的少年。

旅游外语学院学工办主任张晓侠点评：

《小王子》一书在我校备受推崇，曾长时间高居同学们借阅榜单之首。这本书以其独特而引人入胜的视角，带领读者走进了小王子的青春旅程，让我们每个人都能在这个奇幻世界中找到自己的影子。读者通过分享个人的成长经历，深情地鼓励大家：青春岁月中，我们或许会犯错，或许会留下遗憾，但正是这些经历构成了我们宝贵的青春回忆，值得我们永远珍藏。他希望我们都能像小王子一样，怀揣着对未知世界的好奇，勇敢地追寻属于自己的青春梦想，不畏挫折，勇往直前！

于艳阳风雨处绽放精彩

——读《活着》有感

旅游外语学院 2023 旅英 1 班　张渲乐

　　《活着》以福贵的人生沉浮为镜，折射出命运的无常与生命的顽强。福贵，从家财万贯到一贫如洗，历经了人生的极端转变，苦难接踵而至，甚至家人也相继离世。小说以朴实的情节反映了时代变革下个人的无奈与坎坷。通过作者的细腻笔触，我们深入感受到生命的意义与价值，以及命运的变幻莫测。阅读后，我深刻体会到生命的脆弱与珍贵，同时这本书也激励我们要坚强面对苦难，珍惜生命，勇往直前。

活着，是苦难的基调

　　徐福贵，一个充满普通人情感与本性的人物，却在生活的重重压力下展现出了无比的坚韧。他有着平凡人的渴望：一个温馨的家庭，贤惠的妻子，可爱的孩子，这些都是老百姓最朴素、最真实的追求。然而，中国的老百姓，似乎在生活的磨砺中天生就懂得了一个词——忍受。

　　福贵的人生经历了巨大的起伏，从家财万贯到一贫如洗，他承受着难以想象的痛苦。当亲人相继离他而去，书中并没有用华丽的辞藻来过度渲染他的悲痛，而是以轻描淡写的方式呈现出来。然而，在这平淡的叙述中，我们却能深切地感受到福贵内心的创伤和无尽的痛苦，这种表现方式无疑更加震撼人心，仿佛有一根头发在承受着千万斤的重压，却坚韧地没有断裂。

　　余华老师在描绘福贵一生的苦难时，巧妙地运用了"逆来顺受"这个词。

这意味着，无论生活给予他什么，福贵都选择坦然接受，勇敢面对。这种态度不仅彰显了人性的宽广，也让我们看到了在苦难中寻找幸福的坚韧精神。

这个人物或许并不光辉耀眼，但他的形象却十分丰满而立体。他的一生充满了苦难与悲伤，然而，即使孤身一人活在这个世界上，他也始终保持着对这个世界的善意和友好。这种坚韧和乐观的精神，无疑给了我们巨大的启示和勇气，让我们明白即使面临再大的困境，也要坚持活下去，寻找属于自己的幸福。

活着，是情感的"温床"

"少年去游荡，中年想掘藏，老年做和尚。"时间在他身上留下不可抹去的痕迹，岁月创造了幸福与痛苦，创造了动荡与宁静，但夺不走他心头温情的记忆。

全书中，福贵的身份经历了深刻的转变，从稚嫩的青年逐渐成熟为稳重的长者。从家庭角色来看，他最初是大地主的儿子，随后成为丈夫，再转变为父亲，最终还扮演了外公的角色。他的生活重心也从赌钱消遣，转变为努力赚钱养家，进而为养活家人而坚韧地活着。

从社会角度来看，福贵的身份更是经历了翻天覆地的变化。他由社会上层的富家子弟，一夜间沦为贫穷的普通人。曾经的那个纨绔子弟形象，逐渐被勤劳节俭、千方百计谋生的普通劳动者所替代。尽管身份不断变换，但福贵的目的始终如一——为了活着。

在不同身份的转换中，福贵逐渐变得成熟稳重。他在硝烟滚滚的动荡时代中奋力前行，身边的种种不甘与挫折反而锤炼了他坚强的信念和顽强的意志。福贵深知，既然活着，就要活得快乐、活得乐观。

乐观地活着，不仅是对自己身心健康的负责，更是对一路成长过程中所肩负的责任的坚守。福贵用他的人生诠释了这一点，他的故事激励着我们无论面临怎样的困境，都要保持乐观的心态，勇敢地活下去。

活着，是希望之歌

我深信，余华老师通过他的作品，是希望我们能够在经历亲人离世或社会的打击之后，依然能保持坚强不屈的精神，以积极乐观的心态继续生活。尽管这个世界并不完美，时常被悲伤和泪水所笼罩，但其中也总会闪耀着不期而遇的温暖和源源不断的希望之光。只要我们有勇气生于这世间，我们就应该珍惜生命，好好地活下去。

苦难固然是人生的常态，但生活本身并没有固定的意义，是我们每个人赋予它不同的内涵和价值。我们应该自己去探寻生活的目的，去领悟生命的韧性与内在力量，学会在阳光与风雨交织的复杂人生中，活得更加精彩纷呈。

作为新时代的大学生，我们更应该珍惜每一个机遇，勇敢地追寻自己的梦想，并为之不懈努力。即使在黑暗中摸索，我们也要坚定地朝着光明的方向前行，用自己的行动去创造属于自己的精彩人生。

旅游外语学院学工办主任张晓侠点评：

这篇文章深入而全面地剖析了《活着》一书及主人公徐福贵的人生经历，不仅展现了书评者对于作品的深刻理解，还通过福贵的故事，提炼出了关于生命、坚韧、乐观和希望的多重主题。

作者从《活着》一书的内容出发，精准地概述了作品的主旨和情节，为读者提供了一个清晰的背景框架。接着，作者通过详细解读徐福贵这一角色，不仅描绘了其人生的起伏变迁，还深入挖掘了角色背后的心理变化和成长过程，使得人物形象更加立体生动。

在探讨生命意义时，作者强调了"活着"的重要性和对生命的珍视，这不仅是对原著精神的准确把握，也是对读者的一次深刻启示。此外，作者还巧妙地结合了情感、希望和坚韧不拔的精神，展示了人性在极端困境中的光辉，使整篇书评更加具有感染力和启发性。

素履以往　一苇以航

——读《追风筝的人》有感

旅游外语学院 2023 传策 2 班　陆　茗

"许多年过去了，人们说陈年往事可以被埋葬，然而我终于明白这是错的，因为往事会自行爬上来"，这句话出自卡勒德·胡塞尼的《追风筝的人》。该书不仅是一部引人入胜的叙事作品，更是一曲关于爱与宽恕、背叛与救赎的交响乐。在这个感人至深的故事里，我们得以窥见人性的复杂面貌与内心的挣扎，同时也感受到了从困境中崛起的希望之光。

一、遗憾，是历史的轰鸣

故事从多年后的"现在"拉开帷幕。主人公阿米尔重返阿富汗，然而等待他的，却是满目疮痍、伤痕累累的故土。曾几何时，这片土地在每年冬天都会上演风筝比赛的盛况，孩子们欢笑着追逐风筝，穿梭于大街小巷。那时的阿富汗，天气宜人，孩子们的笑容如同明媚的阳光。但如今，战火已经摧毁了一切，无数孩子沦为孤儿，恐惧与绝望笼罩着他们的生活。

阿米尔此次回国，是为了寻找他曾经的挚友哈桑。哈桑是阿米尔家仆人的儿子，两人从小一起长大，情谊深厚。在那一年的风筝比赛中，阿米尔曾问哈桑："你会为我去追风筝吗？"哈桑毫不犹豫地回答："我会把风筝追回来的。"他奋力奔跑着，回头对阿米尔大声呼喊："为你，千千万万遍。"然而，正是那场比赛，哈桑为了追回风筝而遭受了屈辱，而阿米尔却因胆怯而选择了逃避，最终逼迫哈桑离去。

多年后，当阿米尔得知哈桑为了保护自家的房子而惨遭枪杀时，他内心的愧疚达到了顶点。于是，他毅然放弃了美国优越的生活，离开了深爱多年的妻子，独自回到战火纷飞、破败不堪的喀布尔，去寻找哈桑的孩子索拉博。最终，他弥补了自己的遗憾，也迎来了人生的重生。

这本书给我带来了深刻的感悟：人生总是充满了遗憾和悔恨，我们该如何去面对它们呢？

一开始，我非常反感阿米尔这个角色，厌恶他的虚伪、懦弱和逃避。也许是因为我在他身上看到了自己的影子，我也曾在面对遗憾和悔恨时选择过逃避。

记得在小学时，我担任语文课代表。有一次因为粗心大意，我漏做了一个抄写作业。然而，出于害怕受到惩罚的心理，我选择了隐瞒这一事实。出乎意料的是，老师似乎并未察觉。老师经常表扬我的乖巧和能干，还给予我上台发言的机会。但这一切都让我感觉如同小偷一般，窃取了老师和同学们的信任和赞赏。每当掌声响起时，对我而言却如同刺耳的轰鸣，声声扎心。我多么想向所有人坦白——我其实并不配得到这些荣誉。但我的侥幸心理和虚荣心却在作祟，既希望这个秘密永远石沉大海，又害怕秘密被发现后会失去一切、被人嘲笑和冷落。我曾试图坦白一切，甚至在镜子前一遍遍地排练如何向老师忏悔，但最终我还是没有说出口。这个错误虽然已经过去很久，但它却像一块无法抹去的污点，时刻提醒着我曾经的不堪和逃避。

回想起那段经历，我发现自己与阿米尔有着惊人的相似之处。我们都曾在困难面前彷徨失措、在险途前止步不前、在真相面前选择逃避。然而，《追风筝的人》让我意识到勇敢面对自己的过错和遗憾是多么重要，只有这样我们才能获得内心的救赎和成长。

二、面对，是现实筑起的堡垒

逃避或许是我们面对遗憾时的本能反应，但绝非解决问题的正确方式。即便我们暂时躲避，那些未解决的问题和遗憾也会一次次将我们拉回现实。在《追风筝的人》中，风筝这一意象让我深感遐想。它不单是飘荡在空中的玩具，更象征着人生中那些值得我们去追求的美好事物——无论是深厚的友情、炽热的爱情，还是对自己或他人心灵的救赎。

追风筝的过程，实则也是个人成长与自我救赎的历程。我们每个人都在这场人生的追逐中寻找自己的风筝，正如书中拉辛汗所言："那儿有再次成为好人的路。"阿米尔以他的勇气踏上了这条追风筝的旅程，也迈上了自我救赎和重新做人的道路。他勇敢地直面过去那个懦弱且犯过错的自己，不逃避自己的遗憾和过失，并竭尽所能去弥补。

阿米尔在这场救赎中不仅拯救了哈桑，更拯救了他自己的灵魂，同时也为无数在书前的"阿米尔"们指明了方向。正如茨威格所言："勇气是逆境中绽放的光芒，它是一笔宝贵的财富，拥有了勇气，就有了改变命运的机会。"面对自己的错误和遗憾固然艰难，但唯有鼓起勇气去正视和解决，我们才能真正地成长，才能勇往直前，乘风破浪。

每个人的内心深处都藏有一只属于自己的风筝，不论它代表着什么，只要我们有勇气，就应该去追寻。记住，只要你愿意，你永远都来得及，永远都能够做到，即使千万人阻挡，你也要勇往直前。如今，我已经接纳了自己的不完美和过去的错误，同时我也告诫自己要吸取教训，以诚待人。

"为你，千千万万遍。"这是我对自己的承诺，也是我对未来的期许。

"我追。"这不仅是阿米尔的誓言，也将成为我人生旅途中的座右铭。

旅游外语学院辅导员徐迎点评：

这篇文章展现了作者对《追风筝的人》一书的深刻理解和个人感悟。作者不仅捕捉到了书中的核心主题，还巧妙地结合自己的亲身经历，对如何面对遗憾和悔恨提出了独到的见解。

在逻辑构建上，该读后感条理清晰，层层递进。作者先从书中的故事引发思考，再逐渐深入个人的体验和反思，最后得出勇敢面对和弥补是面对遗憾和悔恨的正确态度的结论。这种由浅入深的论述方式，使读者能够轻松跟随作者的思路，共同探索面对困境的勇气与智慧。在语言运用上，这篇读后感流畅自然，用词精准，既表达了真挚的情感，又透露着理性的思考。作者在描述自己的经历和感悟时，采用了生动的叙述和细腻的心理描写，让读者能够感同身受，产生共鸣。

作者通过书中的故事和自己的经历，深刻地认识到勇敢面对遗憾和悔恨的重要性，这种见解对于现实生活中的人们也具有重要的指导意义。它鼓励人们正视自己的错误和过去，积极寻求改变和成长，从而让人生更加充实和有意义。

每天都是新的一天

——读余华《第七天》有感

旅游外语学院 2023 商英 2 班　　方佳怡

死亡，这个人们常常避讳的话题，总带给人一种莫名的沉重。在我的童年时光里，死亡只是一个模糊而遥远的概念，仿佛与我无关。然而，高三那年，邻居家遛狗的奶奶突然离世，让我首次感受到死亡的触手可及。她的离去让我开始深思：既然每个人的生命都注定走向终结，那么我们活着的意义究竟是什么？我们能否在这个世界上留下些许痕迹？难道人生仅仅是为了完成传宗接代的任务，然后碌碌无为地度过一生吗？

正当我迷茫之时，《第七天》这本书闯入了我的世界，为我揭示了生与死的另一层含义。书中，通过亡灵杨飞的独特视角，我们得以窥见一个普通人的一生。在杨飞的回忆中，他穿梭于殡仪馆，与前妻重逢，与父亲的好友和干妈再会，还邂逅了鼠妹和伍超。这些经历让他，也让我，对生命的意义有了全新的认识。

书中对爱情的描绘尤为引人入胜，那种深沉而细腻的情感令人动容。作者巧妙地运用了一种隐晦而充满期待的笔触："我在感情上的愚钝就像是门窗紧闭的屋子，虽然爱情的脚步声在我耳边回响，我却误以为那是为别人奏响的乐章，而非属于我的旋律。直到有一天，那脚步声在我门前停下，然后，门铃响了。"这一刻，"门铃响了"不仅象征着爱情的降临，更透露出主人公内心的转变——从最初的小心翼翼、不自信，到后来的欣喜雀跃。这种情感的转变和心路历程，我深有体会，仿佛看到了自己的影子。

一、向死而生

曾经，我总以为人生被无数的"应该"和"必须"所束缚，如同儿时的我，在长辈的教诲下，努力做到礼貌待人、勤奋学习、追求卓越成绩，以及与同学们和谐相处。然而，《第七天》这本书让我领悟到，人生并无绝对的完美，也不存在一成不变的标准答案。生活是一个不断变化的过程，每一件事物都有其独特的意义和价值，我们不应以僵化的标准去评判多彩多姿的人生。

在故事的结尾，杨飞身处"死无葬身之地"，这在世俗眼中无疑是悲惨的境遇。但书中却描绘了一个别样的世界："那里的树叶会向你招手，石头会向你微笑，河水会向你问候。在那个世界里，没有贫贱与富贵的差别，没有悲伤和疼痛，也没有仇恨和敌意……那里，人人死而平等。"这一描绘让我意识到，视角的转换能够带来截然不同的感受。我们如何看待世界，世界便如何呈现在我们眼前。这种领悟让我的世界观豁然开朗，我深刻体会到，我们真正能掌控的，其实只有我们自己的态度和看法。

因此，对于那些世人避之唯恐不及的生老病死，当我们学会从不同的角度去看待时，就会发现它们既是生命的终点，也是生命的起点。昨天的经历如同昨日的死亡，而今天的种种则如同新生的开始。我们无法追回已经逝去的昨日，就像我们无法挽回死亡；然而，每一天都是一个新的开始，就像新生命的降临。人的一生，其实就是在不断地经历着死亡与新生的循环。即使我们的生命走到尽头，我们的记忆仍然会留在人们的心中。在这个意义上，死亡并非生命的对立面，而是生命的一部分，它将永远存在。

二、携爱同行

在人生的列车上，爱如同一股清泉，为原本枯燥的旅途注入了生机与趣味。正因如此，人们对爱的渴望如同嗷嗷待哺的孩童，又似在沙漠中迷失方向、饥渴难耐的旅者。而《第七天》这本书的独到之处，便在于它让我这个曾经缺爱的孩子重新认识了爱，并开始相信爱的力量。

由于童年时代爱的缺失，我曾对"爱"这个字眼抱有异乎寻常的执着。我竭力想要获得更多的爱，以此证明自己是值得被爱的；我固执地期盼着全世界的温暖都能汇聚于我。因此，我不断在他人身上寻觅爱的踪迹，通过他们是否重视我的言语，是否给予我比他人更多的关怀来衡量爱的分量。然而，这种对爱的斤斤计较让我陷入了患得患失的旋涡，我开始感到，追求爱竟是一件如此疲惫的事情。

相较于索取爱，付出爱才更具深意。当我走出自我封闭的世界，开始为他人着想时，我发现人生因此变得更加丰富多彩，幸福感也油然而生。我为妹妹精心准备了一份礼物，看到她因此而欢欣鼓舞，甚至在日记里记下这份喜悦时，我的内心也充满了成就感；当我放下虚拟世界的诱惑，转而关注身边的长辈，与她们坐下来亲切交谈时，我的心中也涌动着温暖的涟漪。这一刻，我恍然大悟：只要我们勇敢地付出爱，迈出那一步，爱其实一直都在。与其像年轻时的杨飞那样在患得患失中等待别人的爱，不如主动成为那个付出爱的人，这样更能让我们感到踏实和安心。爱的旅程，理应从自己开始。

我们每天都在经历着生死与爱，而生命也在这些经历中获得了深刻的意义。当太阳照常升起时，我们迎来的不仅是新的一天，更是生命的全新开始。

旅游外语学院辅导员徐迎点评：

作者从《第七天》这本书有感而发，探讨了人生的生死和爱。她受到书本内容的启发，跳出自己原来单一的角度，学会用多元化的视角看待人生的生死，意识到无论生和死都是人生必不可少，都有重要的意义。此外，关于爱，作者认识到与其等待爱，不如主动去爱。她受到书本启发，能够学会多元角度地看待事物，学会主动付出去爱别人，是令人欣喜的成长。本文逻辑架构清晰，用语简洁流畅，感情真挚，饱含真知灼见，对广大青年具有启迪意义。

平芜尽处是春山

——《活着》读后感

旅游外语学院 2023 日语 2 班　孙　涛

在岁月的长河中，你会逐渐觉察到身边朋友的聚散离合，亲人也终将有离你而去的一天，唯有你心中的记忆会始终陪伴着你，直至生命的尽头。生活本身并非总是浪漫美好的，人们在这个世界上挣扎求生，这并不诗意，也不浪漫。然而，以踏实和真挚的态度去生活，这却是一种至高的艺术。

有些人能在生活中翻云覆雨，叱咤风云，有些人却只能在角落里黯然神伤。但不论他们的境遇如何，每个人都必须面对一个现实：当明天的太阳升起，推开门，我们都将迎接那真实且琐碎的生活。这就是人生，既有风华绝代的高光时刻，也有不尽如人意的低谷时期，但最重要的是我们如何找到生活的平衡，以平常心去面对每一个新的一天。

一、为何"活着"：忍耐是痛的，但它的结果是甜蜜的

为何丑恶的事物似乎总是环伺在侧，而美好的事物却仿佛远在天涯海角？这个问题曾困扰我整个青涩的年华。直到我读了《活着》这本小说，才逐渐找到了答案的线索。"活着"二字，在中文里蕴含着无尽的力量，它不仅意味着满足人类的基本生存需求，更深层地，它代表着对生活的积极面对与坚韧忍受。前者出于我们内心的渴望，而后者则往往是生活强加给我们的考验。在其中，我们承受着生活赋予的甜与苦，平淡与波澜，绝望与希望。简而言之，我们忍受的就是这个五彩斑斓却又复杂多变的"现实"。尽管现实中充斥着看似

丑恶与阴险的种种，但只要我们深入品味，细心感受，就会发现美好总会如期而至。这不禁让我想起了卢梭的名言——忍耐是痛的，但它的结果是甜蜜的。

二、如何"活着"：人是为了活着本身而活着的

《活着》一书总给人以深沉的苦涩与无尽的哀伤，余华笔下的福贵，就如同一棵在暴风雨中顽强挣扎的小树，即便历经风雨、命运多舛，也从未向困境屈服。每当夜深人静，回想起福贵的坎坷经历，心中总会涌起一股难以名状的酸楚。他就像是一个铭记在心的朋友，即使在日常的生活中，我也会时常想起他。他所经历的苦难，沉重到难以用言语来形容；我心中有无数的感慨，却不知如何说起。我虽不常提及他，但他却时常萦绕在我的心头。

福贵所受的苦难远超常人，他从原本的富足生活跌落至贫困潦倒，从年轻时的挥霍无度到老年的无奈挣扎。他熬过了战争的残酷，从遍地的死寂中捡回一命，之后又历经了集体公社、大饥荒以及无尽的贫穷。他的亲人一个接一个地离世，命运似乎总是在他的生活即将出现转机时，再次给他开了一个残酷的玩笑。

在历史的洪流中，普通人的命运就如同一叶孤舟，在时代的变迁中飘摇，每个人都无法逃脱生老病死的自然法则。福贵以他平凡的一生，尝试着去承受那些巨大的苦难，去体会生命的卑微与尊贵。这是他对待人生的态度，也是余华通过他所阐释的"活着"的真谛。

那么，人究竟为何而活？活着的意义又是什么呢？是为了追求理想、爱情、亲情还是友情？余华先生给出了他的答案：人活着的意义就在于活着本身，而非其他任何外在的事物。

三、何以"活着"：生活本就不易，活着本就是最大的幸福

几年前，家庭的突然变故让我的生活黯然失色，我讨厌癌症，讨厌死亡，讨厌被人提起甚至讨厌朋友突然的关心。我开始封闭自己，因为内心并非时时刻刻是敞开的，只有写作，才能使内心敞开，将自己置身于灵感中，让我与现实的关系不再紧张。

　　随着时间的转移，福贵这位"朋友"的出现让我与现实的关系渐渐平息，让我看到现实的单纯美好。福贵的一生是苦熬的一生，但对于他来说，更多感受到的是幸福，他相信自己的妻子是世界上最好的妻子，他的子女是世界上最好的子女。他的老牛、他的朋友们是他一生中最宝贵的财富。我对于福贵的情感不仅仅是同情，更是共情。死是最容易的事情，活着才不容易呢，生命从来不会等待别人来安排，活着才能感受生命中的灿烂烟火。苦难所带来的痛苦只会让人暂时的流泪，但在哭过之后，谁还不是带着眼泪继续生活呢？世界上总会有美好值得我全力以赴，我有世界上最好的姐姐，她顾着学业还处处想着我，还有世界上最爱我的奶奶，她让我离家在外想起厨房的油烟与温度总会偷偷哽咽。福贵告诉了我在逆境中也能热爱生活，生活本就不易，活着本就是最大的幸福。

　　"生活可能不像你想象的那么好，但是也不像你想象的那么糟。"人的坚强总是超越了自己的想象，有时在对抗现实的过程中会让人心力交瘁，但我们总会在不经意间发现自己咬着牙已经走了很长的一段路。我的生活的确平凡，甚至无以自遣，可当遇到可以让我选择的事情，我想我会拼尽全力去奋斗。曹操有一匹好马叫作"绝影"，快的连影子都追不上，它永远奔跑在阳光里，光与暗的分际永远在它背后，每当黑暗要追上它，它便在一次发足狂奔。可它跑不过时光，也跑不过早已被注定的——命运。而人的伟大在于即便命运坎坷也要逆流而活，即使最平凡的人也会为他的世界而奋斗，只要有坚定的信仰，秉持高昂的斗志，这个世界说不定就会揭开它冰冷的面纱，向你露出灿烂的微笑。

　　我理解了福贵，锄头耕得再快，也击不碎残酷的命运，身上背囊再大，也装不完对家人的思念。劈柴、喂牛、种田，你若这般过完一生，我不知你姓名，路过破旧的屋檐，看见你坐在门前的石板台阶手绘着眼前这幅景象，不是过去，而是活着的当下。不知匆匆路过的我，是否一直停留在此刻。

　　我该如何表达，我热爱的一切，但也因此痛苦。一路追风赶月，不停下脚步，因为长满草木的平原尽头，矗立着一座座春山。而这一切终将消逝，如它来的样子，悄无声息。

马克思主义学院教师尹晓盼老师点评：

这本书让我们感受到了生命的厚重与脆弱，也让我们明白了生活的真谛，它并不是充满了欢笑和快乐，而是伴随着痛苦与挣扎。然而，正是这些痛苦与挣扎，让我们更加珍惜生活的每一个瞬间。活着就是一种奇迹，无论生活多么艰难，我们都应该珍惜每一天，感恩生命赐予我们的一切。

苦难本身并不值得被歌颂，值得歌颂的，是那些有勇气去面对苦难的人。作者联系自身经历，在字里行间透露出对"世界上没有比活着更美好的事情，也没有比活着更艰难的事情"的深刻理解。希望我们如福贵一样，在面对生活的困难和逆境时，坦然面对，活着本身没有意义，而是我们赋予了它特殊的意义。

愿我们生如夏花！

悦纳自我　一路向阳

——《回归故里》读后感

旅游外语学院 2022 商英 2 班　王　悦

在最近几个月里，我深受《回归故里》一书的触动与启发。这本书由当代法国杰出思想家迪迪埃·埃里蓬撰写，深刻探讨了底层民众在成长过程中所面临的种种困境，并对社会进行了犀利的批判。书中提出了一个引人深思的问题："我们来到这个世界时，命运是否早已注定？"埃里蓬不仅勇敢地与自己的原生阶层和解，而且将审视的目光投向了更广阔的社会背景，他不再简单地将问题归咎于家庭或心理创伤，而是在教育制度、阶级差异中深刻反思社会如何塑造个体。

在物质欲望膨胀的现代社会中，这本书对我们当代大学生来说，具有深远的启示意义。它敦促我们反思自己的成长环境和社会背景，理解并关注那些在社会底层挣扎的人们。同时，它也提醒我们审视教育体系的作用，以及我们如何在这样的体系中寻找自我、塑造自我。最终，这本书激励我们要有勇气去抵抗不公，去争取自己应有的权利，成为真正想要成为的自己。

一、接纳真实的身份，找回内心的自我

作者迪迪埃·埃里蓬，他出生于工人家庭，小时候发现了原生家庭的弊端和与不同阶级之间的差异，他选择逃离了原生家庭，到外面的世界重塑自我。直至他父亲的离世，他选择回到家庭，以回忆的方式理解家庭，理解社会。最终他跟家庭和解，跟自己和解。他出身于法国的贫困家庭，却通过不懈努力，

成功跻身法国中产阶级。

在当今这个互联网高度发达的社会里，人们的目光总是聚焦在那些顶流阶级人们的生活里。互联网无不充斥着"你们的生活才是真正的生活，我只是NPC"，"少爷小姐，老奴来也"等诸如此类的话语。杨绛先生告诉我们："无论人生上到哪一层台阶，阶下有人在仰望你，阶上亦有人在俯视你，你抬头自卑，低头自得，唯有平视，才能看见真实的自己。"

回想古今中外，大多数人都是因为靠自身的努力才过上了想要的生活。减少比较，不要总是拿自己和别人比较，多关注自己的成长和进步。当我们学会接受一切，与自己和解，与家庭和解，我们的前行之路才会更加平坦。相信一切会更好，改变从此刻开始。

二、珍惜身边的家人，切勿让自己后悔

作者一直想要逃离家乡，逃离父母，直到父亲去世他回到家乡寻找答案，才明白自己想要逃离的不过是父母所处的社会环境。而父亲却不在了。"我父亲身上那种我所排斥和厌恶的东西，是社会强加于他的"，"我确信父亲所生活的环境对他来说是个巨大的负担，这种负担会让生活其中的人受到极大的精神损害。父亲的一生，包括他的性格，他主体化的方式，都受到他所生活的时间和地点的双重决定，不利环境持续得越久，它们的影响就越大；反之，它影响越大，就越难以被改变。决定他一生的因素就是：他生在何时、何地，也就是说，他所生活的时代以及社会区域，决定了他的社会地位，决定了他了解世界的方式，以及他和世界的关系。父亲的愚笨，以及由此造成的在人际关系上的无能，说到底与他个人的精神特质无关：它们是由他所处的具体的社会环境造成的。"也许也有人像作者一样遭受了原生家庭对我们的伤害，但我们能做的就是理解社会学是如何展开的，像作者一样和解。给自己提供一个审视自己，审视家庭与社会的全新视角。

三、重视教育的重要性，寻求进步与跨越阶级

作者出生于贫困家庭，但他并未向命运妥协。他通过自己的努力和才华，

成为家中唯一一个考上大学的人，而他的哥哥弟弟们都早早地就辍学离开了学校。他从小到大都利用空余时间孜孜不倦地阅读各类书籍。教育在人类社会中扮演着至关重要的角色，它是一个人成长和发展的基石。教育不仅能够促进个人成长，还能够推动社会进步和发展。

"教育是阶层再生产的制度性工具，教育让人学会用一种可以被资本和权力听到的语言说话。"那我们大学生应该如何提高自己的受教育水平？我们应该努力学习专业知识，积极参与课堂讨论，提升自己的学术素养；我们应该广泛涉猎各种领域的知识，开阔自己的视野，提高自己的综合素质；我们还可以通过参加学术科研、社会实践等活动，提升自己的实践能力；最后，我们应该多阅读书籍，提高自己的创新思维和批判性思维能力。

"这种自我再教育几乎就是完全改变自己，只有完成它，我才能进入另外一个世界"。我们普通人也能进行自我再教育，展示自己的价值，积极提升自己。

这本书不长，对我而言却是一场洗礼。将个人的命运划归到群体，再由群体谈到阶层，谈到社会，让我也了解到社会学的魅力。这本书让我学会接纳自己，珍惜家庭，以及更加重视教育的重要性，去成为更好的自己。

旅游外语学院辅导员宁静点评：

作者心得结合自身实际思考较为深入，通过读书明确作为一名学生应从专业知识学习和社会实践多方面提升自己的综合素养。正如作者的读书心得："多关注自己的成长和进步"，即使原生家庭、成长经历和社会阶层对我们有影响，但我们应与经历和解，与自己和解，通过自己的不断的努力走出一条不一样的路。终身学习与成长是大学生的奋斗之路、前进之路、必由之路，我们应该不断学习、不断突破，拒绝躺平、拒绝内耗，迎接未来挑战，成为更好的自己。

真情暖岁月　信念铸人生

——《活着》读后感

旅游外语学院 2023 传播与策划 2 班　　石　若

在闲暇之余，我沉浸于余华老师的作品《活着》，这本书让我深受触动，内心久久不能平静。余华老师在文中这样写道"人是为活着本身而活着的，而不是为了活着之外的任何事物所活着。"说来也奇怪，一本名为"活着"的书，全文讲述的却是生死别离。活着是为了什么，人为什么要活着？很多人用了一生的时间去思考这个问题，可是真正理解"活着"的人寥寥无几。余华在文中便用死别诠释了活着的意义。

什么是"活着"

书里的故事是围绕农村人福贵的人生遭遇展开叙述的。福贵本是一位阔少爷，可他偏偏好赌，嗜赌如命，最终赌光了家业，一贫如洗。他的父亲活活被他给气死，母亲则在穷困中患了重病，福贵去城里求药，却在途中赶上国民党抓壮丁，被抓了过去。经历了几番波折，福贵回到了家里时，才知道母亲早已去世。妻子含辛茹苦养大了两个儿女，可是女儿凤霞不幸变成了聋哑人。此后，悲惨的命运一次又一次降临到了福贵身上，儿子有庆因为献血过多离开了人世，女儿死于难产，妻子得病离世，女婿二喜死于建筑事故，外孙吃多了豆子得病去世……最后，他孤身一人与一头牛相依为伴，故事也至此结束。经历了种种不幸，"活着"成为福贵最终所拥有的。

作为读者，当我深入文字，探寻主人公福贵所经历的坎坷人生时，我的眼眶不禁湿润，内心充满了对他遭遇的不满与同情。我难以想象，目睹至亲之人一个个离自己而去，福贵的心灵将承受怎样的悲痛与绝望。在阅读的过程中，我始终怀揣着一份期待，希望故事能够出现反转，让福贵能够重获幸福，过上梦寐以求的美好生活。但是余华先生却以他独特的笔触，呈现了一个普通而现实的结局。小说以平静的文字展示了生命的意义和存在的价值。福贵的人生轨迹，从曾经的富贵大少爷到最终坚韧地活着，他历经了无数波折与苦难。这些挑战，也是所有普通人难以避免的人生历练。人生，仿佛是一条漫长而狭窄的道路，随着我们前行，这条路最终只够我们独自行走。在旅途中，我们不得不舍弃某些东西，直至终点时，往往只剩下自己一人。这并非意味着失败或遗憾，而是因为在接近生命的终点时，我们不得不直面那份深沉的孤独。

透过福贵跌宕起伏的一生，我深刻领略了人生的无奈与艰辛，同时也被活着的力量所深深震撼。"活着的意义，就是活着本身。"即使经历了如此多的苦难，福贵也没有想过去死，他一直鼓励自己要好好活着。书中有一段话："咱们攒钱，等鸡变成了鸭，鸭变成了鹅，鹅变成了羊，羊变成了牛福贵家就富起来了。"这是一种源自生活的淳朴智慧。鸡鸭牛羊，在常人眼中或许平凡无奇，但它们却承载着福贵一家对幸福美满生活的朴实憧憬。因此，我们不难发现，过高的期望和过大的目标并不总是带来好的结果。有时，仅仅是那些微小的期待和细微的成就，就足以在平凡的日子里给予我们前行的动力，支撑我们在生活的道路上不断前行。

活着是真情

"只要一家人天天在一起，也就不在乎什么福分了。"福贵历经波折，所求不过是一家团聚，只愿家人安康相守，这便是他心中最大的福祉。在这个纷繁复杂的时代，我们往往追求过多，以至于忘却了最宝贵的财富——家人的温暖与陪伴。真正的幸福不在于物质的富足和名利的堆砌，而是与家人共同度过的每一个简单而又不平凡的时光。我们常常思索活着的意义，却忘了生活的本质就是单纯地活着，无牵无挂，便是最好的生活状态。"人只要活得高兴，穷也不怕。"只要一家人在一起，无论是贫穷还是富有，家人的陪伴都能带来无尽的欢乐。因为家人的存在，我们才有了目标，才有了追求梦想的勇气，才可以在跌倒时毫不犹豫站起来大步向前。家里的灯常亮，饭桌上总是有热腾腾的饭菜，这就是最大的幸运。

初读《活着》，我以为只是在品味福贵一生中的坎坷与曲折。当再次翻阅这本书时，我被作者笔下主人公那份坚韧的承受力和对生活的乐观态度深深打动。余华的《活着》让我领悟到了生活的真谛：生活，是每个人独特的感受，它不属于任何外界的评价和看法。活着，我们无须过分在意他人的眼光，也不必被任何人的期待所束缚。因为生活是属于我们自己的，它需要我们用心去感受、去体验。正如杨绛先生所言："世界是自己的，与他人毫无关系。"让我们珍惜每一个当下，好好地活着，无须惧怕死亡和时间的流逝。因为，只有真实地活在当下，我们才能感受到生活的美好与意义。让我们以乐观的心态面对生活中的种种挑战，活出自己的精彩与独特。

旅游外语学院辅导员王海瀛点评：

这篇读后感情真意切，深入人心。石若同学通过余华的《活着》一书，深入剖析了人生的苦难与希望，展示了福贵一家人在困境中坚守生活的信念和勇气。文章结构清晰，层次递进，语言优美而富有力量，展现出了作者对于《活着》一书的深刻理解和独到见解。

文章开篇即引用余华之言，深刻揭示了人生的本质——活着，并非追求外在，而是体验本身。随后，作者细腻地勾勒了福贵从富贵到贫贱，历经生死的人生轨迹，展现了生活的无奈与坚韧。语言生动，情感真挚，使读者仿佛亲历其坎坷。福贵虽历经磨难，却始终保持乐观，对家人的深深眷恋更是令人动容。文章后半段，作者透过福贵一家的生活，探讨了生活的真谛——陪伴与相守远胜于物质的堆砌。这种洞见促使读者反思人生，获得面对挑战的勇气。最后，文章以杨绛的名言收束，强调生活的个性与独特，鼓励读者珍惜每一刻，积极生活，活出自我精彩。整体而言，文章简洁而深刻，是对《活着》一书的精彩解读和人生启示。

爱如晨曦光　情似夜月明

——《献给阿尔吉侬的花束》读后感

旅游外语学院 2023 旅英 4 班　林舒雨

《献给阿尔吉侬的花束》，书名如诗，初听之时，或以为是对一段深厚友情的颂歌，又或是对矢志不渝爱情的赞歌。怀揣着寻求慰藉的渴望，我轻轻翻开这页篇章，然而，它并未如我所期待的那样带来治愈。但令我意想不到的是，我被其深深地吸引住了，无法自拔。这本书如同一块磁石，牢牢地吸引着我的灵魂。它时而如暖阳般温暖，又时而如寒风般刺骨；它在微笑中藏着深深的伤感，又在痛苦中闪烁着希望的光芒。它不仅是一本书，更是一场心灵的旅程，让我在其中体验着生活的酸甜苦辣，感悟着人生的起起落落。

我翻开了书的第一页。

爱，流传着永恒的故事

故事的主人公名叫查理，由于先天性智力障碍，他不能与同龄人一起学习。遭受别人异样的眼光但依旧善良单纯的他一直认为世界都是美好的，直至他发现自己的不同。为了不再让母亲因自己的不同而失望，他勇敢地做出了一个决定——成为科学家的试验品，与小白鼠阿尔吉侬一同踏上治疗之路。他们拥有了一个崭新的家园，一人一鼠，在这片天地里独立生活，共同面对着未知的挑战。

慢慢地，查理在科学实验中由一个低智儿变成了天才。但是伴随着时间的流逝，他发现与他相伴的小白鼠阿尔吉侬开始退化，这预示着这场实验终将走向失败。查理的智力也随之回落，最终回归原点，直至生命的终结。然而，在这场命运的波折中，查理感受到了来自四面八方的爱。面包店的同事、父母，甚至是那位引领他走向未知领域的科学家，都在内心深处默默守护着他。这份爱，让查理在生命的最后阶段，依然愿意为人类的科学进步贡献自己。他渴望时间能够放慢脚步，让他有机会去深爱身边的人，去实现那些尚未完成的梦想与愿望。尽管生活充满波折，但查理心中依然对爱充满向往与执着。

爱是什么？小王子里说：爱是共同眺望的远方。罗素说：那些得到爱的人正是给予爱的人。莎士比亚说：爱情是叹息吹起的一阵烟；恋人的眼中有它净化了的火星；恋人的眼泪是它激起的波涛。它又是最智慧的疯狂，哽喉的苦味，吃不到嘴的蜜糖。

爱，牵系着温暖的情谊

记忆中，那天清晨起了点薄雾，淅淅沥沥的雨似乎预示着分离。清晨，我早早醒来，被母亲烹饪的早餐香气唤醒。平日里爱睡懒觉的母亲，今日却早早起身，忙碌不停。原来，又到了返校的日子。母亲忙碌的身影在我眼前穿梭，她一会儿翻找柜子，找出适合不同天气的衣物；一会儿又念叨着我喜欢吃的零食，将它们一一装进箱子。我瞥了一眼手机上的时间，意识到该出发了。于是，我轻声对母亲说："妈妈，别忙了，我该走了。"母亲的手在忙碌中一顿，随即转过头来，笑容满面地对我说："好，你走吧，我帮你整理一下柜子。哎，终于要回学校了，家里总算能清静一些了。"我假装生气，拿起箱子，走出家门，步入晨雾中。在雾中，我隐约看到母亲也走了出来。

阳光透过雾气，洒下斑驳的光影，使一切变得朦胧而美丽。我转身向母亲招手，示意她不必再送。我不知道母亲是否还在跟随，但我能感受到她深沉的爱意。她终于往回走，但时不时转过头看一眼。我看着金色的光终究是融进白雾里，颜色渐渐黯淡了下去，她多想让时间在这一刻暂停，慢一点，再慢一点……大雾散去，撒在母亲身上的光，像细沙，像溜走的光阴。

爱是什么？我说这就是爱。在孤寂的小说世界里，查理的知音唯有阿尔吉侬，那份理解与陪伴，只属于他们。爱，是即便面对绝症，也不离不弃的坚守；

是即便智力受阻，母亲仍愿意温柔守护的深情。爱，是父亲买橘时那坚毅的背影；是雨中倾斜的伞，为你遮风挡雨；是母亲四处奔波，为你撑起一片天的身影。时间无法冲淡这份情感，它只会随着岁月的沉淀，变得更加深沉与厚重。生活是一张白纸，而爱便是五彩斑斓的颜料，有了它，白纸变得多姿多彩。

爱，塑造着甜蜜的家园

在这个快节奏的时代，我们忙碌于世事纷扰，与人和事匆匆相遇、相知、相识，终又各自离散。回首往昔，那些记忆既遥远又模糊，带着淡淡的陌生与深深的遗憾。对于身边的人，我们总以为还有时间机会再团聚再亲近，总以为他们永远会在你身后，总是想着下次一定。而物是人非，终有一天他们会消失在我们生活里，消失在梦里面。终有一天我们可能在失去之后才懂得珍惜，每每说一声再见，下次可能就是再也不见。不要为了一直赶路，而忘记身边最美的风景。海一望无际，山层层叠嶂，它们都在，可你的身边不会一直有它们。让我们停下脚步，看看眼前的风景，好好爱身边的人。

"如果你有机会，请放一些花在后院的阿尔吉侬坟上"。这是他的爱，是他最后记得的事。

旅游外语学院辅导员祝书荣点评：

这篇读书心得真挚而动人，它深刻揭示了《献给阿尔吉侬的花束》中爱与痛苦交织的复杂情感，以及时间对每个生命体那不可逆转的冲刷。在当今这个瞬息万变的时代，我们常常在追逐中迷失，对身边的人和事匆匆一瞥，以为时光无穷，机遇不断，却往往忽视了生命的短暂与无常。林舒雨同学巧妙地捕捉了书中关于时间与生命流逝的深邃主题，它以细腻的笔触唤醒我们内心深处的情感共鸣。它告诫我们要珍惜每一个珍贵的瞬间，用爱去拥抱、用关怀去呵护、用梦想去照亮前行的道路，因为时间从不为任何人停留。

总而言之，这篇读书心得不仅成功传达了《献给阿尔吉侬的花束》的深刻内涵与情感，更展现了这部作品独特的艺术魅力，引领我们深入思考生命的意义与时间的价值。

品红岩精神　拥信仰之力

——读《红岩》有感

旅游外语学院 2023 商英 1 班　刘庆瑛

红岩，一抹红得鲜艳，也红得坚韧的色彩。在那革命烽火连天的岁月里，它不仅是共产党人的信仰之色，更是他们坚实不移、无畏牺牲的象征。罗广斌、扬益言所著的《红岩》正是这样一部描绘革命信仰与斗争的长篇小说，它不仅是对历史的记录，更是对革命精神的颂扬。

《红岩》诞生于特殊的历史背景之下。1948 年至 1949 年，国民党统治下的重庆，一方面面临着人民解放军在战场上的步步紧逼，另一方面他们又对地下党进行疯狂镇压。正是在这样的背景下，小说以重庆地下党人英勇斗争的事迹为主线，展现了他们面对严酷考验时所展现出的坚毅与无畏。故事中，许云峰、江姐等人的形象生动鲜明，他们面对敌人的酷刑与诱惑，始终坚守信仰，哪怕面对死亡也毫不退缩。这种革命精神、这种对信仰的坚守，正是《红岩》所要传达的核心信息。

革命信仰与人性光辉

《红岩》这部作品生动描绘出一个充满了血与火的年代。在那个特殊的历史时期，革命者们为了理想和信仰，不惜付出了生命的代价。他们面对的不仅仅是外部的敌人，更有内部的困境与挣扎。在严酷的狱中生活里，许云峰、江姐等人以坚韧不拔的信念和意志，与敌人进行了顽强的斗争。他们深知前路艰难，却义无反顾地走了下去。正是这种坚定不移的信仰成就了他们的伟大，也让我深刻体会到革命信仰的力量。在这部作品中，作者以细腻的笔触，描绘了许云峰、江姐、成岗等革命者们在狱中生活的艰苦岁月。他们面对种种酷刑，却始终坚守着信仰和理想，保持着对革命事业的忠诚。红岩英雄们的坚贞不屈与顽强斗争，充分展示了革命者们的英勇与无私。在狱中生活的艰苦条件和敌人的折磨令人胆寒，但革命者们凭借着坚韧不拔的意志，与敌人进行了顽强的斗争。这种英勇无畏的精神，不禁让我们为之动容。正是这种不屈不挠的意志成就了他们的伟大，也让我深刻体会到革命信仰的力量。

时代回声与人性拷问

与革命者的英勇形成鲜明对比的，是那些动摇的甚至是背叛信仰的人。例如，叛徒甫志高，他曾经也是一名热血的革命者，但在权力和金钱的诱惑下，他选择了妥协和退让。他的转变不仅是他个人的悲剧，更是对那个时代的一种反思。在那个特殊的时期，每一个人都面临着选择：到底是坚守信仰还是屈服于现实的压力？在这样的选择背后，是对人性的深度拷问。在甫志高身上，我们看到了人性的复杂性和多面性。在这个时代里，每一个人都有自己的选择，而这种选择背后，是对人性的深度拷问。

革命火种与永不熄灭

《红岩》这部经典著作中的革命者们，他们的生命如同一根根燃烧着的火烛，点亮自己，照亮他人。他们面对敌人的严刑拷打，不屈不挠，为了信仰和理想不惜付出生命的代价。他们的行动，是对当下社会的一种启示：无论面临何种困难和挑战，只要有坚定的信念和勇气，就能找到属于自己的光明之路。在这部作品中，那些革命者们的故事里充满了感人至深的牺牲和奉献精神。他们为了实现自己的理想，为了祖国和人民的事业，不惜付出生命的代价，甚至承受着肉体和精神的双重折磨。他们那种坚韧不拔的毅力和决心，那种对信仰和理想的坚定追求，让我们感到敬仰。这也提醒了我们，革命并非一成不变的，而是需要不断地发展和创新。在这个信息爆炸的时代，我们需要不断地学习和进步，才能跟上时代的步伐。

在现代社会中，我们常常面对各种诱惑与挑战，很容易迷失自我、失去方向。但《红岩》中许许多多的革命英雄人物非但没有迷失方向，反而对革命精神和信仰进行了深入探讨。他们用行动告诉我们，信仰是一种力量，一种能够让人超越自我、战胜一切困难的力量。同时，它也告诉我们：无论何时何地，我们都应该坚守自己的信仰，不为名利所动，不为困难所屈。只有这样，我们才能在人生的道路上走得更远、更坚实。《红岩》作为一部现代文学经典，不仅具有极高的艺术价值，更有着深远的社会意义。它告诉我们，信仰的力量是无穷的，只有坚守信仰、坚定信念，我们的人生才能一路生花！

旅游外语学院辅导员王海瀛点评：

《红岩》作为当代文学中一部卓越的革命英雄传奇，被誉为"革命的教科书"，更是"黎明前夕奏响的悲壮史诗"。其背景宏伟广阔，人物群像丰富多元，斗争纷繁复杂，但全书却展现出了令人赞叹的章法秩序，结构严谨且富有变幻之美。

刘庆瑛同学通过深入阅读，以"革命信仰与人性光辉""时代回响与人性拷问"以及"革命火种与永不熄灭"这三个小标题为指引，对全书有了更为深刻的理解。这部作品不仅震撼了无数读者的心灵，更激发了他们内心深处的爱国热情，启示我们要倍加珍惜这来之不易的美好生活，永远铭记那些为革命事业英勇献身的烈士们。更重要的是，它激励我们将这种革命精神薪火相传，让其在新的时代里继续发光发热。

高效低本　破茧成蝶

——读《不内耗的学习力：低成本、高效能的学习心理学》有感

旅游外语学院 2022 商英 1 班　郑乐轩

　　《不内耗的学习力：低成本、高效能的学习心理学》是一本旨在帮助读者提升学习效率、减少内耗的心理学书籍。本书的作者大阿托，是中国科学院心理所的专业心理教练，潜心教育研究 21 年，培养出多个北大及 985、211 院校学生。他在本书中为读者提供了许多实用的方法和技巧，为我们揭示了学习过程中的种种问题，并提供了一系列解决方案。

　　整部书分为三个部分：预备篇、流程篇和落地篇。预备篇阐述了学霸的三个秘密，即 3W 法则；流程篇给出了 8 个学霸养成步骤；而落地篇则是讲解如何应用"学霸 8 步法"解决学习中可能遇到的问题。这种结构使得整个内容显得有条理且深入浅出。

　　学习，作为人生不可或缺的重要组成部分，困扰着大多数的学生。为何有些人看似轻松，却能在学业上取得卓越的成绩？为何有些人尽管努力，却始终无法突破某个瓶颈？其实，如果我们仔细观察，就会发现那些真正的学霸往往不是学习刻苦的人，但他们的学习状态一定是好的。因此很多时候，我们学不进去很大一部分是因为自己给自己"使绊子"，也就是当代年轻人口中的"内耗"。本书围绕"学霸公式"展开，在这本书当中，作者透过 15 个真实的心理咨询案例、运用简单有效的"学霸公式"和成为学霸的"8 步行动路线图"为我们揭开了学霸背后的思维方式和习惯，帮助读者挖掘学习潜能，减少学习干

扰项，从而获得良好的学习状态。

一、追本溯源，正确应对内耗

打击内耗，首先要认清内耗的本质。作者在文中首先解释了什么是学习内耗，它包括心理内耗和生理内耗。心理内耗是指在学习过程中出现的焦虑、压力、拖延等不良情绪和行为；生理内耗则是指身体疲劳、注意力不集中、记忆力减退等问题。这些内耗会严重影响学习效果和学习动力。他指出，认清本质后要做的就是打败它们。因此作者提出了一些减少心理内耗的方法，如调整学习心态、制定合理的学习计划避免拖延症等。同时，作者还强调了自我认知的重要性，让读者了解自己的学习风格、优势和劣势，从而更好地应对学习过程中的挑战。

二、独有千秋，正确挖掘自我

书中提到"每个人都有内在资源和内在力量"，它旨在传达每个人都有属于自己的独特魅力，对于这一观点我深感认同。在我们的成长过程中，我们常常因为外界的评价、与他人的比较，抑或自我怀疑而陷入精神内耗中。而这本书时刻提醒我们，每个人都有自己独特的价值和潜能，只要我们愿意突破自我、挖掘自我，当这些资源和力量被看见、被激活时，人们便能激发出无限的潜能。这不仅是一种方法论，更是一种对生活的态度和信念。

三、引人入胜，引发正确思考

这本书最大的优点是它没有进行枯燥地说教，而是通过生动的人物形象和故事，让我们在阅读中产生强烈的代入感，从而对自己的学习方法产生反思，以达到纠正的目的。例如，遇到考试就紧张的小 H、极度自卑的小 Z、上课睡觉成绩却很优异的 X、容易走神的小 W 等，这些鲜活的人物仿佛就是我们身边的朋友或自己。

四、融会贯通，真正做到学以致用

此外，书中的大量实例和实用的学习工具包也让我受益匪浅。例如，"目标金字塔""目标工作表""优点整理表""每日行动清单"等 21 个高效学习的工具包，可以让我们根据自己的学习计划和学习进度进行个性化定制。作者不仅提供了实用的学习方法，还教会了我如何将这些方法融入日常的学习中，真正做到学以致用。

对我而言，这本书不仅仅是一本实用的学习指南，更是一面审视自我的镜子。它让我意识到，学习上的困扰很多时候并不是外界因素造成的，而是自己的内心在"作祟"。与其不断地向外寻找原因，不如先从内心开始调整和改变。

在当今这个知识爆炸的时代，很多人因为读书而读书，时常找不到学习的目标，一味地埋头苦读，却达不到心理预期，以至于陷入"内耗"的循环，回环往复，所以有时会觉得学习是一件很累的事情。但在这本书中它告诉我们，学习其实可以是一件轻松有趣的事情。只要我们掌握了正确的方法和思维方式，就能真正地做到事半功倍。

《不内耗的学习力：低成本、高效能的学习心理学》是一本值得我们仔细钻研的书籍。它不仅适用于学生时代，更适用于人生的每一个阶段。因为学习是伴随我们一生的伟大而艰巨的事业，保持内心的平静和运用自身无尽的力量则是通往成功的关键。

旅游外语学院辅导员宁静点评：

作者结合了自身实际情况谈收获，言之有物，实用性较强，收获颇丰。作者在阅读中洞悉学霸秘籍与高效学习之法，通过大量实例分析出同学们和"学霸"的差别在于思维方式，每个人都有内在资源，都有内在力量，当被看见、激活的时候可能会激发出无限的潜能。希望更多的同学可以阅读本书，进行自我审视，找到学习的状态，提升学习效率及效果。

乘风破浪：勇气与成长

——读《乘风少年的奇遇人生》有感

千岛湖国际酒店管理学院 22 西烹中澳 1 班　瞿文琳

　　《乘风少年的奇遇人生》这部小说犹如一幅绚丽多彩的画卷，在奇幻与冒险的色彩中，细腻地描绘了一个少年在经历种种奇遇后的心灵成长。作品以其深邃的视角和动人的故事情节，深深打动了我的心弦。每次阅读，文字都像诗意流淌在我的心间，浸润我的心灵。它不仅展现了主人公的探险之旅，更在字里行间蕴含着关于成长、勇气和探索的哲理思考。

　　主人公身上所散发的勇气和决绝，如同夜空中最亮的星辰，引领着他踏上未知的旅程。他无惧风雨，勇往直前，无论遭遇怎样的困境和挑战，都未曾退缩半步。这份无畏的勇气，既彰显了他面对外部环境的坚毅，又体现了他对内心恐惧和迷茫的征服。他的成长之路，犹如一面镜子，映射出我们每个人在人生旅途中，都应持有的那份勇气和决心。

　　作者的笔触细腻而富有诗意，将主人公的内心世界和外在经历交织成一幅美丽的画卷。每一个情节、每一个细节，都仿佛是一首诗、一支歌，引领我们进入主人公的奇幻世界，共同感受那些惊心动魄的冒险。作品的可读性极强，让人沉浸其中，仿佛与主人公一同经历了那些奇幻的旅程。

　　书中的特殊经历和深刻感悟，如同璀璨的繁星，点亮了一个充满智慧与哲理的夜空。全书由"给大人的睡前故事""和每一棵树握手""穿越世界的旅行家""走向光明之地"四个篇章组成，每个篇章都如同一段美妙的旋律，蕴含着作者对人生、成长、勇气和智慧的独特诠释。在乘风少年的冒险旅程中，他因一次偶然的机缘被卷入奇幻的冒险之中，与各种奇特的生灵和人物相遇相知，历经了种种磨难和考验。正是这些非凡的经历促使他如同凤凰涅槃般重生，变得更加英勇、睿智和坚定。

小说中对奇幻世界的描绘如同梦幻般的诗篇，展现了作者丰富的想象力和创造力。在这个充满未知与神秘的世界里，乘风少年不断探索前行、挑战自我并超越极限，最终破茧成蝶成为真正的英雄。作者保罗·柯艾深入探讨了生活的多元主题，如成长之痛、勇气之力、智慧之光、自由之翼以及爱与权力的纠葛等。他通过叙述自己的亲身经历和见闻感受来引导我们更深入地思考人生的意义和价值所在。

此外，《乘风少年的奇遇人生》还传达了一个深刻的道理：每个人都是独一无二的存在，如同没有两片完全相同的树叶一样，在这个世界上没有两个完全相同的人，即使是双胞胎也有着各自独特的性格和魅力。每个生命都是上天的恩赐，是这个世界上无可替代的瑰宝，我们应该学会欣赏，并珍惜自己的与众不同，活出真我风采。在书中《商场里的钢琴家》一文便是对此深刻的诠释，一位钢琴家在喧闹的商场中弹奏着莫扎特的曲子沉浸在自己的音乐世界里，他虽然不为众人所知，却在音乐的世界中找到了自己的价值和意义。音乐响起的那一刻，他仿佛在与天使交流、同上帝对话，他活出了独一无二的精彩人生。

我想说，《乘风少年的奇遇人生》不仅是一部文学佳作，更是一部能够启迪心灵的作品，它告诉我们无论面临怎样的困难和挑战，只要我们怀揣勇气和决心，就一定能够战胜一切找到属于自己的人生道路，同时它也让我们更加珍惜生活中的每一个瞬间，更深刻地领悟人生的意义和价值所在。

千岛湖国际酒店管理学院辅导员余戴明点评：

作者对《乘风少年的奇遇人生》进行了深刻剖析与体悟，精准捕捉了主人公身上所散发的勇气、对生活的积极拥抱及其在成长旅途中的深刻感悟。文章细致地探讨了作品中涉及的勇气、智慧与成长等多重主题，同时，对保罗·柯艾略的独特创作风格与作品深层含义有着深刻的认识。特别值得一提的是，通过引用《商场里的钢琴家》的片段，作者进一步深入解读了作品中关于个性独特性与生活珍视的价值观。整体而言，这篇文章不仅内容充实、逻辑清晰，更充分展示了作者对这部杰作的深度理解与感悟，为读者带来了丰富的启示与思考空间，体现了高度的专业素养与文学鉴赏力。

赓续红色血脉，润泽生命底色

——读《红星照耀中国》有感

千岛湖国际酒店管理学院 2023 智慧养老 1 班　王怡婷

翻开历史的扉页，踱步历史的长河，那是一段烙刻在记忆深处的峥嵘岁月。大国泱泱，动荡不安，在革命根据地的红军带领着人民百姓经历开天辟地的艰难历程。他们，义无反顾地踏上救亡图存、逆天改命的征程；他们，在战火纷飞的时代，演绎着生命的绝唱。正如书中所说的"中国共产党的革命事业如一颗闪耀的红星照耀着中国的西北，且必将照耀全中国"。

你问，是什么让红星如此闪耀？

是星火燎原，是共产党的苏维埃政权已然步步壮大，是人民之军队曰"红军"，甚是骁勇善战，无可匹敌。

"红军不怕远征难，万水千山只等闲"。还记得在《长征》中，徒步而行的红军们在逆境中拼搏，无畏艰难险阻也要到达目标。"金沙水拍云崖暖，大渡桥横铁索寒"，如果这个渡口再无法通过的话，那么红军的命运岌岌可危。面对着泸定桥下惊涛拍岸、奔涌湍急；峡谷中岩壁屹立，河道狭窄，水流深急，而铁索桥上的木板早已被敌人破坏，22 名英勇无畏的红军战士挺身而出，救国于危难之际。他们在 13 根铁链上奋勇激战，冒着敌人的枪林弹雨，攀着悬空的铁锁向桥东攻击前进。红军战士凭借非凡的信念和勇气奋力一搏，报着宁可前进一步死绝不后退半步生的决心，最终炸毁了敌人的碉堡。他们在被敌人视为插翅难飞的天险防线上，成功打开了一个缺口，为红军北上开辟了一条道路。这些视死如归的英雄，将其精神凝聚成一股强大的蓬勃力量鼓舞着我们。

书中对于这一事件的场景描写虽然只局限于文字，但那文字背后的画面却让人震撼不已。读罢，心情不能久久平复。

再观书中之领袖风采，"手指江山社稷，心怀天下百姓"，他们拥有"先天下之忧而忧"之胸怀，以"吾将上下而求索"之态度，为国为民，鞠躬尽瘁。他们无不令人折服，但其中最让我敬佩的领袖人物还是毛泽东。他那俭朴的生活、平易近人的生活态度吸引我；他那博览群书、当机立断的魅力折服了我。他精力过人，不知疲倦，是一个颇有天才的军事政治战略家。毛泽东作为红军最高领袖，他的生活和一般的红军战士几乎没有区别，毛泽东和夫人贺子珍住在两间窑洞里，遍观洞内陈设，只有墙上挂着些地图，可谓简朴至极。他和夫人的主要贵重物品竟然只是一顶蚊帐，他自己也只有一卷铺盖和两套布制服。

本书的作者是来自美国的埃德加·斯诺，他是一位杰出的新闻工作者。《红星照耀中国》，亦被誉为《西行漫记》，在其首次出版之际便在全球引起了轰动。这部作品向世界展示了一个充满活力的红色中国，以一段感人至深的壮丽历史，点燃了成千上万名青年的爱国情怀。

斯诺英勇无畏，冒着生命危险穿越了层层封锁，他不仅详细记录了考察中国西北革命根据地以及红军长征的珍贵实物资料，更对"红色中国"的诞生与发展进行了深刻的剖析，对中国共产党及其领导的中国革命作出了客观中肯的评价。在斯诺的生动笔触下，我们仿佛穿越时空，亲身感受那段风起云涌、波澜壮阔的历史岁月，体会那激情四溢的年代。

这是历史的追溯，更是心灵的洗礼。"哪有什么岁月静好，只不过有人替你负重前行。"在那风雨如晦的年代，是他们以铮铮铁骨战强敌，以血肉之躯换来安宁。山河不语，但从未将英雄遗忘。那些在烈火中永生的先辈们我们将缅怀且铭记在心。

"今天的中国，如你们所愿"，如今的祖国国泰民安，万里锦绣。生逢盛世，我们更应该接过重任，成为红船精神的掌舵手。

我们要以伟大的建党精神为滋养，发扬光荣传统，传承红色基因，凝聚红色血脉，始终践行初心、担当使命，为新征程谱写时代华章。

千岛湖国际酒店管理学院辅导员余戴明点评：

全文语言铿锵有力，掷地有声，读来令人热血沸腾、心潮汹涌，富有感染力。文章酣畅淋漓，一气呵成，让读者产生共鸣。文章辞藻华丽，结构清晰，体现作者思路与谋篇布局的潜力。文章内容丰富，有血有肉，开头领读者回忆光辉岁月，先声夺人，接着用反问"红星为何如此闪耀？"开启下篇陈词。引用毛主席中《七律·长征》的诗句，以饱满激情的文笔描写，将红军长征的艰难险阻刻画得淋漓尽致，从侧面烘托出红军的英勇无畏、无私奉献。正照应本文主题：时代剧变正急需长征精神的传承人。同时，作者阐述了星星之火得以燎原不仅归功于红军的浴血奋战，也深得于领袖的虔诚付出与指挥引领。作者在结尾鼓舞：在这个充满变革和挑战的时代，我们同样需要坚韧不拔、勇往直前的精神，无论是个人还是在国家建设中，都要有一种对理想和信念的坚守。

艺术宇宙与你同在

——读佩索阿《不安之书》有感

千岛湖国际酒店管理学院 2022 酒管英才 2 班　魏鸿雁

当你不知道做什么才能从迷途中返航，怅然若失也抓不住对的方向，就去读书吧。书中不一定有标准答案，却能倒映出另一个世界的光影和斑斓，或许能解救你的精神。

顺手从书架抽出这本《不安之书》，随便打开一页都充满无限幽暗的自由——这是一本你可以窝在角落，开一盏小灯，从夕阳渐落的黄昏读到夜幕华灯初上的著作。

佩索阿本人是传奇的"心灵捕手"，被誉为葡语写作的宝藏级诗人。不过，和大多数名人一样，他的生前并不得志，只是一个小小的银行柜员，死后却成为欧洲文学的标志性人物。银行柜员，是一份十分稳定而枯燥的工作，但作家的精神活水却从未因此而枯竭，暗夜里的文字倾吐了他无数情绪。

这是一个怪异、敏感到极端的作家，在艺术才华上，他表现得像个天才。白天，仿佛有一张安全的面具罩住了所有人真实的面孔。唯有在夜里，在书里，在自己笔下，佩索阿才能付诸完全的自己，100 多个异名，100 多个分身，不同的角色有截然不同的遭遇，他为自己创造了灵魂的第八大洋。他，天赋异禀，为创作而生。

如果没有读过这本书，很遗憾，你会错过一个神迹。

灵魂深处的呜咽与思考

你觉得自己是一个梦想家吗？你是否曾经想过和自己来一场跨越时空的对话？天才与疯子往往只有一线之隔。佩索阿毋庸置疑是个天才，但我不好说，他是不是一个疯子。毫无疑问，这是一本疯狂的书，里面充斥着大量的未完待续、大量的杂文。即使看起来像锅大杂烩，但这锅"魔药"具有独特魅力，你会不知不觉为之沉迷。未完待续的不完美也是一种美，就像月亮有自己的阴晴圆缺。

"我的心略大于整个宇宙"这句话在短视频时代也成为短视频博主的流量密码，成为直击心灵的金句，我甚至有一个印着这句话的文创帆布袋。同样发人深省的文字，书中还有许多。

读完这本书，个人的最大感受是解脱和放松。想说的、想表达的，那些痛苦的、压抑的、惆怅脆弱伴装健康的情绪，都被人毫不留情一把揭开。正如书名《不安之书》一般，经作者书写，替你开口，替你表达，作者与读者像是一对在黑洞中完成了一次灵魂交流的挚友，彼此迎来各自的释然。

没有什么比"怅望千秋一洒泪，萧条异代不同时"更能诠释"共情"这个词了，这本书就是用共情来解大家的"内耗"。它仿佛展现了一个人一生中可能会经历的无数次内耗的思考和疗愈过程，极其抽象、主观，又能引起你的共鸣。倘若你用心阅读，就会不自觉地随着作家进行一次次的梳理与沉淀。

回归浪漫，荒谬即神圣

佩索阿创作的精髓，其实在于"逃离自我"，他意图以无上的自由突破重复生活的枷锁。

"除掉睡眠，人的一辈子只有一万多天"，"人与人的不同在于：你是真的活了一万多天，还是仅仅活了一天，却重复了一万多次"，这是扉页上的箴言，也是佩索阿的人生态度。生命的意义是需要你自己去剖析和挖掘的，我们绝不能麻木地如行尸走肉般苟活。

无论是追求平凡的人生，度三餐四季，赏日落黄昏；还是想马不停蹄、披星戴月去追逐繁华的世界，这都是个人的选择。唯一需要特别注意的是：要坚持尝试，确定自己一直在路上——接近自己想要生活的路上，靠近自己理想未来的路上，而不是洋洋得意困守于自己的一小角月亮，成为只知坐井观天的青蛙。

佩索阿的《不安之书》，比起散文，它更像没有那么在意节奏的曲谱。高尚的思想从不以繁冗的形式而伟大，了了数行文字看似精简却能让人受益良多。打开它吧，在清晨，在黄昏，在傍晚，期待你能一览梦中的风景。

> **千岛湖国际酒店管理学院辅导员方玉棋点评：**
>
> 在阅读的过程中，我仿佛踏入了一座布满哲学思辨与人生感悟的迷宫。这部作品远远超越了一本书的范畴，它更像是一场洗涤心灵的长途跋涉，使我在文字的罅隙中领略到生活的厚重与纷繁。随着鸿雁同学那细腻至极的笔触，我目睹了一个人在漫漫人生路上可能会遭遇的无数次内心的挣扎与疗愈。在这个过程中，我不由自主地随着她对自我进行了反复的审视与自省，深深感受到了作者对于生活的敏锐洞察，以及她对自我与世界持续不断的探索和执着追求。

身处孤岛　心怀暖阳

——《鲁滨逊漂流记》读后感

千岛湖国际酒店管理学院 23 智慧养老 2 班　丁煜珈

《鲁滨逊漂流记》无疑是一部扣人心弦的作品，它超越了冒险小说的范畴，更像是一面历史的明镜，深刻映射出人类在面对生存挑战时所经历的种种困境。

在丹尼尔·笛福的妙笔下，鲁滨逊的旅程化作了每一位读者深埋心底的探险情怀。故事中，鲁滨逊在一次充满惊涛骇浪的海上航行中遭遇了意外，他所在的大船不幸沉没。在狂风巨浪的肆虐下，他奋力挣扎，最终流落到一座孤寂无人的岛屿。在这座岛上，他勇敢地面对着层出不穷的生存难题，以惊人的毅力战胜了超乎常人的困境。他独自一人完成了住所与船只的建造，靠打猎、捕鱼以及圈养动物来维持生计。更加令人敬佩的是，他还从追捕中救出了一个俘虏，并为其命名为"星期五"。在随后的二十多年里，他们共同在孤岛上生活，相互扶持，共同面对生活的种种挑战。

一、身处孤岛

这部作品的核心理念深植于生存与挑战的主题之中。在遥远的孤岛上，鲁滨逊所面对的，不仅是自然环境的严酷考验，更有内心深处的挣扎与无尽的孤独。身处这座无人问津的孤岛，与世隔绝的环境使他多次濒临精神崩溃的边缘。他必须学会适应并利用自然，与自然环境和谐共存。在拯救了星期五之后，鲁滨逊又面临着新的课题——如何处理与这位新伙伴之间微妙而复杂的关系。这一关系的处理，实则映射了人类社会中个体与个体间的相互依赖与交流。要想与人和谐共处，就必须尊重并接纳彼此的差异。虽然鲁滨逊最初对星期五保持警惕，但他也从星期五那里学到了诸多生存的智慧与世间的为人处事之道。

《鲁滨逊漂流记》以鲁滨逊的视角自述其非凡经历，引领读者身临其境地体验这一场冒险与生存的旅程。笛福巧妙地运用第一人称叙述，极大增强了读者的沉浸感和自我代入感。整部作品节奏紧凑，情节跌宕，充满了引人入胜的戏剧张力和冲突，使鲁滨逊的勇气和生存智慧更加令人钦佩。书中的每一章节都仿佛是一个独立的小故事，既自成一体，又环环相扣，共同构筑了一个宏大而完整的叙事世界。

二、心怀暖阳

《鲁滨逊漂流记》这部小说中蕴含着众多亮点，其中最为突出的便是成功塑造了鲁滨逊这一鲜活而立体的英雄形象。他英勇无畏，坚忍不拔，充满智慧且具备远见卓识。然而，这位英雄也并非完美无瑕，他的人性中同样存在着自私、多疑甚至在某些时刻的无情。这种多面性的人物塑造，使得鲁滨逊与传统意义上的英雄形象截然不同，他更加贴近现实，具有更多常人应有的复杂情感和思考。

特别值得一提的是，鲁滨逊与星期五之间的关系处理引人深思。这一关系的演变不仅展示了鲁滨逊性格中的多个层面，也反映了人类社会中复杂的人际交往与依赖关系。与此同时，小说通过细腻入微的心理描绘和环境渲染，让读者能够更深入地洞悉鲁滨逊的内心世界，感受他在孤岛上的孤独与挣扎，以及他对生存的渴望和对未来的希望。即使身处孤岛，但鲁滨逊始终心怀暖阳，这教人如何不佩服？

三、由人及己

对待生活，我们必须像鲁滨逊那样学会适应各种挑战，勇于面对困境。正如那句俗语所言："努力了不一定有结果，但是不努力一定没有结果"，如果鲁滨逊在孤岛上选择消极等待，而不是主动去探索生存资源，那么他很可能无法存活下来。

对待差异，我们必须像鲁滨逊那样理解和尊重同伴的差异。在我们的国家，56 个民族共同构成了丰富多彩的文化图景，每个民族都拥有自己独特的传统和习俗。这种多元文化的共存，正是"美美与共"理念的体现，也是社会和谐的关键所在。

《鲁滨逊漂流记》无疑是一部经得起反复品读的经典之作。它不仅带给我们冒险与生存的紧张刺激，更重要的是，它教会了我们如何在逆境中坚守勇气与毅力，如何在生活中不断学习和成长。每次翻阅这部作品，都能让我们获得新的感悟和力量。

千岛湖国际酒店管理学院辅导员方玉棋点评：

煜珈同学对《鲁滨逊漂流记》这部经典作品进行了深入的思考与解读，她以"生存和挑战"为核心，详细阐述了自己的见解与感受。通过细致入微的阅读，她不仅理解了小说的主旨，更对书中的谋篇布局、人物塑造以及故事亮点有着独到的认识。热爱生命、热爱生活、坚韧不拔、永不放弃，这些精神不仅是鲁滨逊能够在孤岛上生存下来的关键，也是我们每个人在面对生活中的困难和挑战时应该持有的态度。她将这些精神与自己的实际生活相联系，展开了丰富的联想，让我们看到了文学作品与现实生活的紧密联系。通过这样的解读，我们不仅更加深入地理解了这部作品，也能够在煜珈的引导下，反思自己的生活态度与面对挑战的勇气。

慎独而思　向阳而生

——读《百年孤独》有感

千岛湖国际酒店管理学院 2021 养老班　董建英

初见即惊艳

《百年孤独》的开篇，以精巧的笔触将过去、现在与未来三个时空精妙地交汇融合。简洁的叙述，结合时态的交叠运用，使得这部史诗般的巨著宛如一幅壮丽的画卷，在我们眼前缓缓展开。

它深情讲述了布恩迪亚家族从兴盛到衰亡的传奇历程，以"第一个人被捆在树上，最后一个人正被蚂蚁吃掉"为象征，透露出一种宿命的悲凉。作品中蕴含着对命运的无奈，对遥远国度的遐想，以及对消逝文明的缅怀，整部作品深邃神秘，魔幻与现实交织，引人入胜，令人陶醉。

粗读明孤独

从个人到群体，从群体到文明，孤独百态，尽在书中。欲望的纠缠、记忆的消解、内心的封闭，铸造了太多孤独的心灵。在这里，个人孤独，群体亦孤独。

当人们摒弃了彼此间的真挚情感，每个个体都像是一个孤独的单行体，无法找到情感的归宿，进而迷失了存在的意义。俞伯牙有钟子期，于是心中的高山流水有了共鸣；苏东坡有内心的"客"与"主"，于是有了稀星明月下的对谈。这片大陆上的他们没有情感慰藉的处方，只能用怪诞去掩饰孤独。在这里，历史孤独，文明也孤独。

要真正理解《百年孤独》的深层含义，就必须深入了解拉丁美洲那段充满苦难和破碎的历史。马尔克斯的另一部作品《拉丁美洲被切开的血管》就像一把解剖刀，剖析了这片土地上血淋淋的现实。拉丁美洲的历史实际上就是一部被西方殖民的历史，西方的掠夺加剧了这片大陆的贫困与落后。在西方资本主义的入侵下，拉丁美洲沦为了商品原料的产地。疯狂种植的甘蔗、香蕉，以及对种植园工人的残酷迫害，都为这片大陆带来了深重的苦难。马尔克斯不仅深刻记录了这些苦难，更巧妙地将它们编织进了《百年孤独》的每一章节中。

在这部小说中，魔幻只是一种叙述手段，而揭示现实才是最终的目的。书中那些看似荒诞的魔幻情节，其实是对现实的隐喻。吃土的少女、摇铃铛的外乡人，这些虚构的角色不仅是书中的人物，他们代表了拉丁美洲这片土地上每一个饱受贫困和苦难折磨的人。这些人在贫困中的挣扎和怪异行为，却被外界视为野蛮的象征。这使整个民族在贫困中饱受煎熬的同时，还要忍受外界的欺辱和误解。这样的描绘让人深感同情，不禁潸然泪下。

再品拾希望

阅读，是一个从"沉浸其中"到"超脱其外"的过程。文学具有超越时空的力量。经典永不过时，很多片段在许多年后的今天仍然可以和现实对应。我一边掩卷沉思，一边感慨"这是最坏的时代，也是最好的时代"。我们仍然不离"孤独"二字。在我们所处的时代，人与人之间的情感变得淡漠疏离了。各自奔忙、反复内卷，我们不再互诉衷肠、抱团取暖，于是有了抑郁、自闭的"孤独"群体。

"孤独"固然不可剥离，但是我们可以与之共存、与之和解、为之起舞。我们创造了心理学，用自我、超我、本我解剖自己，积蓄面对孤独的勇气；我们创造了无数脍炙人口的歌曲，致敬生命中的独处时刻；我们还有《深海》等影视作品，献给走过孤独长夜的人。很幸运，我们的文明在努力关照个体心灵、包容失落渺小。

当我们喟叹马孔多历史文明的孤独时，我们也自豪于我们有生命力的民族和博大精深的文化。不同于书中马孔多的停滞不前，我们从金戈铁马里走过，从枪林弹雨中走出，从辱骂欺凌中站起，沐过了唐风宋雨，蹚过了峥嵘岁月，来到了和平盛世，共享这百年芳华。

这样的精神，让我们互相搀扶、抱团取暖，"直面惨淡的人生"，让我们自觉传承、时刻记得五千年历史的辉煌与黯淡。

细思悟永恒

读完《百年孤独》，我们从宏大的孤独中体会自身的渺小，从漫长的历史长河中体会存在的短暂，从看似绝望的故事中提取希望，从看似枯燥的生活中寻找意义。

文学很大，生活更大。孤独永存，希望犹在。领悟了孤独百态，我们不再惧怕个体的孤独；感受了世界辽阔，我们不再拘囿逼仄的空间；体会了历史沉痛，我们关切、接纳、共情每一种文明的兴衰。读文学，其实是在救赎我们自身。我们沉浸于故事中的悲欢离合时，也要超脱于离恨之外，去热爱现世的"悠然南山""相与飞鸟"。于是，湖水虽然带有杂质但仍清澈，光影虽然斑斑驳驳但仍炽热，生活虽然充斥着孤独、不安、失望，但我们依然相信美好，正如我们相信下过雨的马孔多会出现彩虹。

很多年以后，面对孤独的时刻，相信我们还会想起读《百年孤独》的那个遥远的下午。

感谢文学里不含杂质的悲悯情怀，感谢内心深处不动声色的理想主义，感谢世界上丰富多样的人类文明。

千岛湖国际酒店管理学院辅导员朱晓彤点评：

孤独，这一深邃而复杂的情感，是青年成长道路上难以回避的议题。如何在漫长的孤独旅程中寻找希望的曙光，又如何将这微弱的希望之光点燃，照亮前行的道路，进而开创属于自己的未来，这不仅是董建英同学在读后感中深刻阐述的核心，更是每一位青年在人生征途上必须面对的重要课题。董建英同学的读后感，字里行间流淌着真挚的情感，他以别具一格的笔触，表达了自己对

《百年孤独》这部文学巨著的独到见解。整篇文章中心突出，结构紧凑，层次分明，文字如行云流水，自然而不失深度。他透过青年的独特视角，深入展现了马尔克斯笔下那个与文明世界迥然不同、充满旺盛而混沌的生命力量。

在董建英的笔下，我们仿佛能够感受到那种在孤独中挣扎、在挣扎中寻找希望的力量。他巧妙地将个人的感悟与书中的情节相结合，让读者在品味文字的同时，也能深刻体会到那种混沌而旺盛的生命力，以及青年面对孤独时的坚韧与不屈。

乡土情貌，泱泱华夏

——观《乡土中国》有感

千岛湖国际酒店管理学院 2022 酒管英才 6 班　黄　婷

"只是一段尝试的记录"，尝试回答他自己提出的"作为中国基层社会的乡土社会究竟是个什么样的社会"这个问题，费孝通先生就是这样定义《乡土中国》的。

虽仅是一本小册子，却以 14 篇精悍的文章，用洗练而富有洞见的研究性文字，深刻地剖析了中国农村的历史根源，为读者展开了一条深刻理解中国传统社会的独特路径。"从基层上看去，中国社会是乡土性的"，这是《乡土本色》开篇的洞见。在这一观念下，乡土社会因其地方性特征，构筑了一个人们生于斯、长于斯、死于斯的稳定社区。

这里的居民向往稳定，对重复的生活模式感到满足和安逸。文化，作为传统的积淀，在这里得到了深厚的体现，它汇聚了社会历代累积的经验与智慧。在这样的乡土社会中，变迁是缓慢的，稳定性成为其最显著的特质。甚至可以说，陶渊明笔下的桃花源，便是这种乡土社会的一个理想化投影，人们在这里过着自给自足、和谐安宁的生活。

这是一个"熟悉"的社会，孩子们在乡邻的注视中成长，每个家庭、每个社群成员之间，都被牢固的血缘和地缘关系紧紧相连。在这个环境中，陌生人的概念几乎不存在，每个人都沉浸在一种深厚的社区归属感之中。费孝通先生通过他的笔触，让我们得以一窥这个充满温情与传统的乡土世界。

以"土气"为乡，安之吾心

中国社会的根基深植于乡土之中，这是费孝通先生在开篇便深刻阐述的观点，同时也是贯穿全书的核心理念。他以"乡土"两字精准地描绘了广大农民的生存状态与生活方式，并进一步通过"土气"这一概念，对乡村人民进行了深入的剖析。他明确指出，这份"土气"实则是源于他们对土地的深深依赖和谋生之道，土地在他们的生活与信仰中占据了举足轻重的地位。

在乡村，一代又一代的农民坚守在土地上，除非遭遇特殊情况，他们往往终身与泥土为伴。这种农耕生活的稳定性，正是"土气"的根源。费孝通先生从这种人与空间的稳定性出发，进一步揭示了村落之间的孤立与隔膜。他描绘了中国乡村的独特景象：村民们围绕村落而居，形成紧密的社群，而村落与村落之间交流稀少，各自维系着独立的社会圈子。

然而，随着社会的发展变迁，这种乡土生活方式在现代社会中逐渐显现出其局限性。现代社会由众多陌生人组成，乡土社会的传统习俗在这里难以适用，导致"土气"一词逐渐带上了贬义的色彩，"乡"也不再是人们向往的归宿。尽管如此，"土气"中所蕴含的深厚文化和情感，依然深深植根于每个中国人的内心。

即使我们逐步走向现代化，乡土社会的影响力仍然不可忽视。那份对故土的眷恋和情结，使得故乡对我们而言，既是一个遥不可及的地方，也是一个永远无法割舍的精神家园。我们怀揣着荣归故里的梦想，渴望着落叶归根。

在《乡土中国》一书中，我们可以找到心灵的慰藉和认同。乡土社会孕育了我们独特的文化特点，让我们学会接纳和珍视这份"土里土气"的情感。群体间的差异，仅仅源于不同的生活环境，我们无法改变地域间的固有差异，但我们可以学会从容地面对这些现实差别，去理解和尊重各自传统的延续、发展及其变革。

以"土气"为根，绘之蓝图

"从土里长出过光荣的历史，自然也会受到土的束缚。""土气"是我们无法割舍的一部分，而其本质，实则是一种创造力。土地，作为我们创造辉煌的工具，它的真正价值在于我们劳动人民的智慧与汗水。是老祖先们精耕细作的智慧，铸就了我们民族的历史与文明。没有曲辕犁和筒车的巧妙发明，又怎会有盛唐时期的繁荣景象？没有四大发明的诞生，我们的视野又怎会如此开阔，文明又怎能得以延续？没有对二十四节气的深刻洞察，耕种技术又怎能取得如此长足的进步？

我们离不开这份"土气"，因为是土地滋养了我们的民族灵魂，教会我们坚韧不拔与勤劳不息。乡土，充满了无限的希望与期待。从古老的砖瓦小镇到如今的高楼林立，每一处都弥漫着乡土的气息，这就是人们常说的"人间烟火气，最抚凡人心"。乡土社会与现代社会的碰撞，是时代发展的必然趋势，而这两者的交融，必将深深依赖于我们脚下这片土地的"乡土情"。这份情感，体现了中国人独有的温良谦恭，也是我们中华民族引以为傲的精神内核。

像大山的女儿黄文秀，她毅然决然地投身于脱贫攻坚的伟大事业中，远离了都市的喧嚣与浮躁，全心全意为当地人民服务，将自己的青春岁月永远镌刻在那片充满深情的土地上；像李子柒，她义无反顾地远离城市生活返回乡村，用现代科技手段展示了乡村生活的宁静与纯真，那份淳朴的乡土味道，触动了无数网友的心灵。我们不必人人成为黄文秀、李子柒，但人人心中都应该有她们……

在当今时代，我们应当紧跟潮流，以现代社会为蓝图，以乡土本色为底色，执科技之笔，共同描绘出一幅未来乡土的壮丽画卷。中华民族历来是一个英勇无畏的民族，我们曾历经磨难，但也因此更加坚强。在历史的长河中，我们总能焕发出新的生机，带着无限的希望向着更加光明的未来迈进。如今，文明的基石已从土地转向了人民，新时代的曙光正如同璀璨的太阳般冉冉升起。作为新时代的青年，我们更应该深深扎根于这片沃土之中，夯实基础，脚踏实地，为实现中华民族伟大复兴而不懈努力。

千岛湖国际酒店管理学院辅导员王小飞点评：

黄婷的文章展现出了深刻的思考与丰富的内涵，她对这本社会学经典的理解与感悟，透过字里行间流露无遗。中国，这个古老的国度，正在经历一场从传统向现代的华丽转身，这其中的探索之路既艰难又漫长，但每一步都充满了意义。正如黄婷所言，只有忠实于过去，我们才能清晰地认识到自己的根与源；只有深入了解我们的乡土，探寻那些积淀深厚的农业文明，我们才能更全面地理解当下所处的生活环境以及错综复杂的社会关系。这不仅是对过去的回顾，更是对未来的深刻思考与探索。黄婷的文章，无疑为我们提供了一个宝贵的视角，去重新审视我们的历史、现在与未来。

大道至简，生生不息

——《老子》读后感

千岛湖国际酒店管理学院 2022 智慧养老 1 班　陈天诺

在快节奏的现代生活中，我选择了沉浸在中国古代哲学经典《老子》的深邃世界里。这部著作以其卓越的智慧和独树一帜的思想体系深深吸引了我，我在阅读过程中不断寻得人生的真谛与价值。

至简至繁　至真至纯

《老子》，亦名《道德经》，乃春秋时期道家始祖老子之杰作。全书包含 81 章，分为《道经》与《德经》两篇，围绕"道"之理念，深入剖析了自然、社会、政治以及军事等诸多方面的独到观点。书中，"道法自然""无为而治"等思想熠熠生辉，对后世产生了深远影响，亦成为中国文化的基石之一。

沉浸于《老子》的阅读之中，我深刻感受到了其博大精深的思想底蕴与别具一格的表达方式。老子的文字简练却意蕴深远，每一字句都饱含哲理。他巧妙地借助自然现象的描绘与比喻，展现了自己对于世界的独特见解与人生智慧。诸如，"上善若水，水善利万物而不争，处众人之所恶，故几于道"，此句流露出老子对水的深深崇敬，将水所具备的柔弱、包容与顺应等特质，与"道"之精髓相契合。再看，"大道废，有仁义；智慧出，有大伪；六亲不和，有孝慈"，此句则透露出老子对仁义、智慧、孝慈等世俗价值的深刻反思，他指出这些价值观往往在社会动荡、人性扭曲之时才被凸显与强调。至简的语句背后是至繁的奥义，纯真的背后正是老子那颗悲悯世人的至纯之心。

在探索《老子》的哲学世界时，我确实遭遇了不少挑战。其中的一些概念与思想对我而言相当陌生，需要我反复研读、深入思索方能窥见其真谛。同时，《老子》独特的语言和表达方式也给我带来了理解上的困扰，我时常需要借助详尽的注释和精准的翻译来辅助我理解。然而，正是这些挑战激发了我更深层次的思考，使我能更全面地领略《老子》所蕴含的丰富思想内涵。

无为而治　顺其自然

阅读《老子》是一次深刻的思想与智慧的启迪之旅，它让我对生活与世界有了更为透彻的理解和感悟。这部卓越的哲学典籍，以其深邃的哲学思辨和独树一帜的思想架构，为我开启了一个崭新的精神世界的大门。

《老子》中蕴含的"道法自然"与"无为而治"的哲学观念，对我产生了不可磨灭的影响。在当今社会，人们常常过分追逐物质利益和肤浅的成功，却忽视了内心的宁静以及与自然的和谐相融。老子所宣扬的"道法自然"理念，警醒我们要尊崇自然法则，顺应天地之道，而非过分张扬个人的欲望和意志。这一思想使我领悟到，唯有摒弃过度的欲望和焦虑，真心实意地顺应自然，我们方能觅得内心的安宁与社会发展的真正和谐，这才是幸福的真谛。

此外，《老子》中的"无为而治"思想也给予了我极大的启示。在当下社会，人们普遍认为，唯有通过持续不断的努力和进取方能获得成功。然而，老子的观点却独树一帜，他认为真正的成功并非源于刻意地追求，而是应当顺应自然、因势利导。这一思想使我深刻认识到，在某些情况下，放下过度的执着与欲望，允许事物按照其自身规律发展，或许会带来更为理想的结果。这种"无为"的智慧，实则是一种超脱和洞察，它教会我们在纷繁复杂的世界中保持一颗平常心，以更为自然和和谐的方式去追求成功与幸福。

古为今用　指引向前

在阅读《老子》的过程中，我收获的不仅仅是深邃的哲学智慧，更学会了如何将这些智慧融入日常生活。老子所倡导的"柔弱胜刚强"理念令我领悟到，柔弱并非软弱的代名词，而是一种内在力量的体现。这种以柔克刚的智慧教导我要秉持谦逊、包容之心，在遭遇困境时保持冷静与坚韧。

"上善若水"的观念也教会我：水，以其柔弱、包容、顺应之姿，恰如"道"之精髓。它告诫我要像水一样，保持平和、宽容的心态，坦然面对并克服生活中的所有挑战。"祸兮福之所倚，福兮祸之所伏"的辩证思维，也让我认识到万物皆有两面性，我们应以更宽广的视角去审视问题。"治大国若烹小鲜"的治国理念，则提醒我在处理事务时要关注细节，以匠心独运的态度去做好每一件事。这些智慧不仅提升了我的思想境界，更对我的日常生活产生了深远的影响。

《老子》是一部蕴含丰富智慧与启示的经典之作。通过它，我深刻领悟到了诸多哲学思想，并学会了如何在实际生活中运用这些智慧。我坚信，《老子》的精髓将始终伴随我，成为我人生旅途中的一盏指路明灯。

未来，我将继续深入研读和探索《老子》中的智慧，让它们引领我迈向更加美好的未来。同时，我也衷心希望更多的人能够接触并阅读《老子》，从中汲取智慧与启示，与我们共同探寻更加精彩的人生之路。

千岛湖国际酒店管理学院辅导员王小飞点评：

陈天诺同学通过对这部跨越两千多年时空的经典著作进行细致入微的研读，借助注释与翻译的辅助，深入剖析了老子思想的精髓，其学习态度之严谨、钻研精神之可嘉，值得称赞。老子的哲学思想，历经漫长岁月的洗礼，依旧保持着鲜活的生命力，这足以证明其深邃与前瞻性。

在常规的教育理念中，人们往往被鼓励展现出刚强与睿智，而老子的思想却独树一帜，他倡导以柔克刚、大智若愚的处世哲学。这种反传统的观念，体现了老子对自然与人类社会的深刻洞察，也为后世提供了一种全新的思考维度。

在当今快速发展的时代背景下，我们有必要重新审视并挖掘这些古典智慧的现代价值。陈天诺同学的做法为我们提供了一个范例：通过对《老子》的深入研读，他成功地将古典智慧与现代思维相结合，赋予了老子思想新的时代内涵。这不仅体现了对传统文化的尊重与传承，更展示了年青一代在文化传承与创新方面的担当与作为。

从平等之爱走向美好未来

——读《简·爱》有感

千岛湖国际酒店管理学院 2023 智慧养老 2 班　黄子力

　　小时候，母亲推荐我阅读经典名著，我常常以太过深奥为借口，鲜少静下心来去阅读。偶尔翻读，总是囫囵吞枣，随意翻过几遍便算看过。长大后，因为学业上的压力渐重，我尝试在书籍中寻觅一片能让我放松的"花园"。而英国作家夏洛蒂的《简·爱》，就是在不经意间，走入我的心扉。

平等之爱

　　那一天，在头顶的山尖上，悬挂着初升的月光，先是像云朵般苍白，但立刻便明亮起来，俯瞰着海村。海村掩映在树丛之中，不多的烟囱里升起了袅袅蓝烟。在这朦胧的雾中，一匹马从中走了出来，月光洒在马背上，直到此时，简终于见到了那个男人，她的雇主——罗切斯特。

　　在作者充满诗意的环境描写中，我随着简走出盖茨海德府，来到洛伍德义塾，结识海伦，又从那离开，来到桑菲尔德，成为一名家庭教师。

　　"我们的精神是平等的，就像我们的灵魂穿过坟墓，站在上帝面前，彼此平等"，即便有着前文的铺垫，在看到简沉着平静地对着罗切斯特说出这句话时，我仍是十分吃惊的。不仅是被这番言论所包含的思想而吃惊，也为在那个时代，居然有女性能大胆提出这种追求平等的言论而吃惊。

　　那时，简虽然仅有 18 岁，但她的内心世界极其深邃，足以让她与经历丰富却情绪多变的罗切斯特先生进行深入对话。尽管她未曾环游世界，但她的精神视野却远远超越了她的物理位置。她以不卑不亢的态度，以及对独立的坚定追求，不仅深深打动了罗切斯特的心，也紧紧抓住了同样 18 岁的我。

在当时的时代背景下，女性的话语权相对有限，而阶级观念也如一座大山般深植在大多数人的心中。作为一名家庭教师，简若想向雇主罗切斯特表达自己的想法，无疑需要极大的勇气和自信。然而，她凭借自身的努力和过人的智慧，成功地向罗切斯特传达了自己的观点，同时也证明了自己的价值与能力。

看这本书时正值高中，身边的女孩子一个个都情窦初开，开始对爱情抱起幻想。而说得最多的就是如何得到，如何拥有，也常常看到男孩子或女孩子为了心中所爱卑躬屈膝，甚至丧失自我。我常常在想，倘若我当时没有翻开这本书，没有被这种追求平等与尊严的爱情所吸引。如果不是因为简·爱，我想，我也以为爱情只是不顾一切地拥有吧。

18 岁的我，为了减压，细细品读《简·爱》，却在无意中初步体会到了书中平等之爱的核心。

走向美好

爱情观得到启蒙的同时，我也感受到了书中另一个十分珍贵的思想——"美好的未来比恨更可爱"。这句话来自简在洛伍德义塾时期唯一的好友海伦之口。对于有抗争意识的简而言，在遭遇不公时选择默默忍受是一件十分不可思议的事。但她的朋友海伦就是这么一个逆来顺受的人。她鲜少抱怨，能镇定地面对外界对她的侮辱。面对简的不解，她却能笑着说出"人生短暂而美丽，不值得记住每件可恨的事，我们应该向往美好的未来"。

海伦那副听天由命的样子让简感到难受，但毫无疑问，在那几年的相处下。海伦的处事观念对简产生了巨大的影响，也包括了年少气盛的我。

海伦那看轻不公与充满宽容的一生，总是让我想起那句话："生活不只眼前的苟且，还有诗和远方。"来到了接近社会舞台的大学之中，我更是切身感受到了海伦的宽容，其实是对美好未来的信念。

不是遇到所有的不公，都要去撞个头破血流，不是遇到所有的不满，都要去把它们全部铭刻于心。没有必要事事计较，人生应活出精彩与美丽，而不是为了一些污渍而导致人生染上不快的颜色。"生命短暂，不应该用来记恨"，海伦如此说，简后来也如此做。在学习和生活的纷纷扰扰中，我铭记了这句话，深觉受益，在和他人的交往中，宽容没有让我失去什么，相反，更多了一份海阔天空的自由与自我。

双向奔赴

我常常觉得，不是我选择了这本书，而是这本书选择了我。诗意化的环境，入木三分的人物心理与动作描写，都深深地触动了我，这些生动的人物形象在潜移默化中也影响、塑造着我的三观。

如果那天我没有选择翻开《简·爱》，我想我不会遇到一位充满精彩与传奇的独立女子；如果没有后来的一次次翻阅，我想我不会被书中的精彩文笔给俘获；如果没有多次的品读，我想，我的人生会缺少许多的沉思与探索，也将缺少很多的勇气与信心。

从平等之爱走向美好未来，《简·爱》不愧为一本经典之作，值得每个人细细品味和思考。

千岛湖国际酒店管理学院辅导员方玉棋点评：

这篇读后感展现了卓越的文学鉴赏能力和深刻的人生洞察力。作者以细腻的笔触，从年轻女孩的独特视角出发，对《简·爱》进行了深入的解读，不仅捕捉到了书中人物的复杂情感和命运纠葛，更将自己的人生体会融入其中，使得整篇读后感充满了真情实感。

作者对于《简·爱》的理解，不仅停留在故事情节的层面，更是深入了作品所要传达的平等、独立与真挚爱情等核心主题。这种深入骨髓的剖析，显示了作者对文学作品内在精神的敏锐捕捉和深刻理解。同时，作者能够将自己的初涉社会的体验与书中情节紧密结合，使读后感更具有现实感和共鸣力。

在文字表达上，作者展现了极高的驾驭能力，精炼而不失深度，自然而不做作。整篇文章逻辑严谨，层层递进，从初读的好奇到细读的感悟，再到品读的深思，阅读感受的细腻变化和思考的逐步深入都得到了完美的呈现。

后　记

　　阳光系列丛书是集体智慧的结晶。浙江旅游职业学院党委书记毛东辉高度重视、大力推动，党委副书记王方多次指导编委会成员研究全书框架结构、内容排布，学工部部长徐初娜、副部长金蓓蕾具体负责协调、统稿工作。在此，对给本书提供了亲切指导的毛东辉书记、王方副书记和所有参与丛书编写的工作人员致以衷心的感谢和诚挚的敬意。由于时间仓促，不足之处在所难免，欢迎广大读者批评指正。

项目策划：段向民
责任编辑：武　洋
责任印制：钱　宬
封面设计：武爱听

图书在版编目（ＣＩＰ）数据

阳光书院 ：书香社区"师生共读一本好书" / 徐初娜，金蓓蕾，陈雪琪主编 . -- 北京 ：中国旅游出版社，2024. 12. -- ISBN 978-7-5032-7466-4

Ⅰ . I267

中国国家版本馆 CIP 数据核字第 202423TT91 号

书　　名：阳光书院：书香社区"师生共读一本好书"

主　　编：徐初娜　金蓓蕾　陈雪琪
出版发行：中国旅游出版社
　　　　　（北京静安东里 6 号　邮编：100028）
　　　　　https://www.cttp.net.cn　E-mail:cttp@mct.gov.cn
　　　　　营销中心电话：010-57377103，010-57377106
　　　　　读者服务部电话：010-57377107
排　　版：北京旅教文化传播有限公司
经　　销：全国各地新华书店
印　　刷：三河市灵山芝兰印刷有限公司
版　　次：2024 年 12 月第 1 版　2024 年 12 月第 1 次印刷
开　　本：720 毫米 × 970 毫米　1/16
印　　张：20.5
字　　数：289 千
定　　价：59.80 元
ＩＳＢＮ　　978-7-5032-7466-4